무직전생

이세계에 갔으면
최선을 다한다

글 리후진 나 마고노테
일러스트 시로타카
옮긴이 한신남

피츠

리니아

프루세나

인물소개

루데우스 그레이랫
인물 연표
People chronology

갑룡력 407년

아슬라 왕국 피트아령의 부에나 마을에서 아버지 파울로와 어머니 제니스의 장남으로 태어나다. 세 살 때 가정교사로 록시 미굴디아가 왔다. 다섯 살에 수성급 마술사가 되어 엘프족의 피를 이은 실피에트에게 마술을 가르치다.

일곱 살 때 피트아령 영주 자택에 가정교사로 불려가서, 영주의 손녀 에리스 보레아스 그레이랫에게 마술, 산술, 읽고 쓰기를 가르치다.

갑룡력 414년

전이사건이 일어나서 에리스와 함께 마대륙으로 전이하다. 스펠드족 루이젤드 스펠디아를 동료로 삼고 도중에 모험가가 되어 마대륙에서 중앙대륙으로 여행하다.

갑룡력 417년

열세 살 때 루이젤드와 헤어지고 에리스를 피트아령에 데려다준 뒤, 행방불명된 가족을 찾기 위해 중앙대륙 북부로 떠나서 A랭크 모험가 '진흙탕 루데우스'로 이름을 날리다.

갑룡력 419년

여행 도중 미리스 신성국에서 아버지 파울로, 여동생 노른과 재회. 또한 실론 왕국에서 붙잡힌 양어머니 리랴, 여동생 아이샤를 구출하다.

갑룡력 420년

무직전생

이세계에 갔으면 최선을 다한다

⑧

글 리후진 나 마고노테　　일러스트 시로타카　　옮긴이 한신남

無職転生 ～異世界行ったら本気だす～ 8

CONTENTS

괴롭고 싶거든 먼저 가라. 즐기고 싶거든 따로 가라.

—— **True prosperity is ahead of the pain.**

글 : 루데우스 그레이랫

옮김 : 진 RF 매곳

제8장

청소년기
학교편(전)

프롤로그　진흙탕 모험가

마력재해.

통칭 '피트아령 전이사건'으로부터 5년이 경과했다.

영주 사울로스 B 그레이랫은 사망.

그 아들이자 성채도시 로아의 시장인 필립 B 그레이랫 및 그 아내도 사망.

또 그 보고로부터 얼마 지나지 않아 필립의 딸인 에리스 B 그레이랫도 사망했다는 보고가 들어왔다.

그런 연유로 다리우스 실버 가니우스 상급대신은 피트아령 수색에 관한 자금 원조를 중단했다. 개인적으로 수색 활동을 계속하는 이는 있었지만, 피트아령 수색단은 사실상 해산, 난민 캠프는 그 활동을 수색에서 개척으로 옮겼다.

이렇게 아슬라 왕국에서 전이사건은 끝났다.

하지만 당사자에게는 아직 아무것도 끝나지 않았다.

갑룡력 422년.

여기는 중앙대륙 북서부에 있는 바쉐란트 공국.

바쉐란트 공국은 마법 삼대국 중 하나로, 북방대륙에서도 손 꼽히는 대국이다.

그런 나라의 제3도시 피핀.

그 도시에 체류하는 것이 이번 밀착대상인 모험가….

항간에서는 '진흙탕'이라고 불리는 남자다.

그는 전이사건으로 멀리 날아간 인물로, 그 뒤로 몇 년에 걸쳐 피트아령에 돌아왔지만 그 참상을 목격하고 절망을 맛본 수많은 이 중 한 명이다.

그는 전이한 자신의 가족을 찾기 위해 중앙대륙 북부―통칭 '북방대지'로 이동하여 모험가로 각국을 뒤지고 다녔다.

진흙탕은 아침 일찍부터 활동한다.

신앙심 깊은 그는 해가 뜨기 전에 일어나서 신에게 기도를 올린다.

작은 상자에 담긴 신불에 대한 조용한 기도다.

미리스교단의 것이 아니다. 그것은 미리스교단이 보면 눈썹을 찌푸릴 것이다.

하지만 기도하는 모습은 진지 그 자체다.

아침기도를 마친 진흙탕이 다음에 하는 것은 트레이닝이다. 활동하기 편한 옷으로 갈아입고 도시를 한 바퀴 달린다. 모험가인 그에게 바탕이자 기반은 체력이다.

진흙탕은 말한다.

"나는 마술사지만, 그 이전에 모험가입니다. 여차할 때에 움직일 수 없으면 못 해먹지요."

한 시간 정도 달린 후에 그는 고향에서 전해진다는 독특한 운동을 한다.

바쉐란트 공국에서는 찾아볼 수 없는 것이다.

엎드린 자세로 팔을 사용해서 몸을 들어올린다. 그는 그 동작을 백 번 이상 반복한다. 그 뒤에 드러누워서 상체를 일으키는 동작을 또 백 번. 그 뒤에 앉았다 일어서는 동작을 백 번.

그는 이걸 하루도 거르지 않고 매일 한다고 한다.

"근육은 질투하니까요. 매일 돌봐 주지 않으면 고개를 돌려 버립니다. 여자랑 똑같지요…. 하지만 여자랑 달리 갑자기 없어지지는 않습니다. 근육은 배신하지 않습니다. 그렇지, 헐크, 헤라클레스?"

자기 손발에 이름을 붙이며 단련하는 진흙탕은 그렇게 말하면서 웃었다.

하지만 그 웃음은 다소 쓸쓸하게도 보였다.

그가 아침 운동을 마쳤을 무렵 시내가 눈을 뜬다.

진흙탕이 향하는 곳은 숙소 1층에 있는 식당. 아침식사를 하는 것이다.

모험가의 평균 식사량은 일반인의 두 배나 세 배라고 한다. 물론 북방대지의 식비는 비싸니까 적은 양의 식사만 하는 사람도 있다.

하지만 진흙탕은 다르다. 그는 먹는다.

가득 담은 쌀과 콩 요리를 보통 모험가의 약 1.2배 정도 먹는다.

아침을 든든히 먹는 것이 그의 힘의 원천이다.

아침식사를 마친 그가 가는 곳은 모험가 길드―시내의 거친 이들이 모이는 곳이다.

진흙탕이 길드 안에 들어가면 시선은 그에게 집중된다.

진흙탕은 고정 파티를 갖지 않는다. 상황에 맞춰 임시로 파티를 짜고 큼직한 의뢰를 받는 것이 그의 스타일이다.

우수한 마술사인 진흙탕의 수요는 크다.

오늘도 S랭크 모험가 파티의 리더가 그에게 말을 걸었다.

"여어, '진흙탕'. 들었냐? 북쪽에 외톨이 적룡이 나왔다는 모양이야!"

S랭크 모험가, 졸다트 헤켈러.

북방대지 사람 특유의 뚜렷한 이목구비를 가진 그는 검신류 상급과 수신류 중급에 오른 검사로, 이 부근에서는 유명한 모험가다.

그런 그가 이끄는 모험가 파티 '스텝트 리더'는 바쉐란트 공국 전체에서 활약하는 클랜 '선더볼트' 산하에 있는 파티 중 하나다. 주로 미궁을 수색하면서 때때로 토벌 의뢰도 맡는 무투파 파티다.

'스텝트 리더'의 파티 구성은 여섯 명.

검사 둘. 전사 하나. 치유 마술사가 둘. 공격 마술사가 하나.

과거에는 7인 파티였는데, 마술사 한 명을 불의의 사고로 잃었기 때문에 화력이 부족했다.

"어이, '진흙탕'. 슬슬 우리 파티에 정식으로 입단해도 좋잖아? 너도 불편하지 않을 거 아냐?"

졸다트는 때때로 이렇게 진흙탕에게 권유한다.

하지만 진흙탕이 고개를 끄덕이는 일은 없다.

"아뇨, 유명해지면 얼마 뒤에 또 다른 나라로 갈 거라서요."

진흙탕에게는 목적이 있었다.

가족, 어머니의 수색이다.

하지만 진흙탕은 알고 있다. 전이사건으로부터 5년. 넓은 세계의 어디에 있는지도 모르는 한 명의 인간을 그리 쉽게 발견할 수 없다는 사실을.

고로 진흙탕은 자기 이름을 퍼뜨리면서 나라 하나하나를 신중하게 뒤지고 있다.

나라 구석구석까지, 놓치지 않도록 세심하게, 공들여서 말이다.

거기에는 유명해지면 가족들이 자신을 발견해 줄지도 모른다는 마음이 있었다.

"아, 하지만 외톨이용 퇴치에는 가겠습니다."

진흙탕은 일 의뢰를 받았다. 용 퇴치에 성공하면 명성이 뛰어오른다. 그의 목적에 맞는다.

그들은 곧바로 카운터로 가서 파티 등록을 하였다.

"하지만 설마 우리만은 아니겠죠? 다른 파티가 어딘가 참가하 겠죠?"

"이제부터 모을 건데⋯. 오래간만의 큰일이야. 다들 의기양양 하겠지."

용 퇴치는 여러 개의 파티로 한다. 단 하나의 파티로 가는 건 자살행위다.

이번 적룡 퇴치에는 다섯 개의 파티가 참가를 표명했다.

S랭크 파티 '스텝트 리더'.

A랭크 파티 '로드 나이츠'.

A랭크 파티 '철괴군단'.

A랭크 파티 '케이브 어 몬드'.

A랭크 파티 '주정뱅이의 헛소리'.

총 25명.

용 퇴치는 만전을 기하려면 일곱 이상의 파티, 마흔 명에 가 까운 숫자가 바람직하다고 한다.

이 숫자로는 다소 부족하다.

"어이, 어이, 적룡이라고? 일확천금인데 왜 이렇게 머릿수가 적어? 다들 A랭크잖아! S랭크는 어디 갔어?!"

"저번에 동쪽에서 미궁이 발견되었다는 모양이야. 다들 그쪽 을 보러 간 거 아닐까?"

발을 구르는 졸다트. 이대로 있다간 외톨이 용 토벌이 물거품이 될지도 모른다.

그런 가운데 한 남자가 한숨 섞인 목소리로 말했다.

"…우리는 빠질게. 이대로는 아무래도 무리야."

'케이브 어 몬드'의 네 명이 빠지고 21명이 되었다.

이 숫자로는 힘들다. 아무래도 해산이다.

모두가 그렇게 생각했을 때 졸다트가 목청을 높였다.

"좋아, 21명이 되었으면 그만큼 보수가 많아지겠군!"

모두가 불안하게 생각했지만, 리더의 말을 거스르는 이는 없었다.

그들 21명은 북방대지의 척박한 땅을 걸었다.

살짝 눈에 덮인 길. 나무의 잎은 졌고, 가지들은 하얀 눈 화장을 하였다. 이제 곧 긴 겨울이 찾아온다.

"진흙탕, 정찰 부탁해."

"예."

진흙탕은 졸다트의 말에 따라서 마술로 기둥을 만들어냈다.

그 위에 올라가서 원시遠視 마술로 주위를 살피는 것이다. 진흙탕은 그렇게 본 주위 상황을 전달했다. 적룡은 크다. 이렇게 정기적으로 정찰하면 놓칠 일은 없다.

"음."

어라?

진흙탕이 뭔가 발견한 듯했다.

"2시 방향에 러스터 그리즐리 무리가 있습니다. 엄청난 눈보라네요."

"몇 마리야!"

"여덟…, 아니, 열 마리는 되네요! 이쪽을 알아차렸습니다! 똑바로 다가옵니다! 빠르다!"

타깃은 아니었다.

적은 인원으로 적룡을 목표로 삼은 그들에게 괜한 마물과 싸울 여력은 없었다.

하지만 불똥이 튀었으면 털어내야만 한다.

"산개해! 진흙탕, 내려와. 원호 부탁한다!"

"예!"

졸다트의 호령에 네 파티가 산개했다. 무리지어서 달려오는 곰 마물을 포위하듯이 매복하는 것이다.

"진흙탕!"

"예이."

졸다트의 호령에 진흙탕이 움직였다.

그의 눈앞에 순식간에 끈적거리는 진흙늪이 출현했다.

그는 그 별명처럼 진흙탕을 만드는 마술이 특기였다. 십여 마리에 달하는 러스터 그리즐리 무리는 갑자기 눈앞에 출현한 늪에 발을 붙들려서 움직임이 둔해졌다.

"지금이다!"

동시에 덮치는 모험가들.

고 랭크에 속하는 그들의 공격은 날카롭게 마물들을 차례로 처리하였다.

사정 봐주는 법 없었다. 확실하게 숨통을 끊지 않으면 다음에는 자기가 죽는다. 그런 상식에 따라 러스터 그리즐리는 순식간에 줄어들었다.

하지만 앞으로 몇 마리 안 남았을 때 누군가가 깨달았다.

"어이, 적룡이다! 이리 오고 있어!"

"그리즐리는 놈에게서 도망친 거야, 우오오오!"

적룡이다.

무리에서 이탈해 땅에 떨어진, 중앙대륙 최강의 생물.

그의 사냥감은 러스터 그리즐리 무리였다.

"어이, 진흙탕! 어떻게 된 거야! 왜 저걸 놓친 거야!"

"눈보라 때문에 안 보였습니다!"

모험가는 손도 못 쓰고 적룡에게 유린당했다. 그들은 애초에 멀리서 발견하고 기습을 가할 생각이었다. 그런데 준비도 없이 오히려 기습을 허용하였다.

승산은 없다.

"제길! 철수다, 철수!"

적룡은 하늘을 나는 생물이지만, 네 다리는 강인하여 겉보기 이상으로 경쾌하게 움직인다.

드래곤이란 땅에 떨어져서도 강력한 생물이다.

이들도 숙달된 모험가들이지만, 이 정도로 혼란스러운 상황에서 드래곤을 상대로 승리를 거두기란 어렵다.

"연막을 펴겠습니다! 뿔뿔이 흩어져서 도망치세요!"

혼란스러운 현장에서 진흙탕이 움직였다.

"'딥 미스트'!"

진흙탕은 냉정했다.

익숙한 솜씨로 불 마술을 써서 주위의 눈을 녹이고 수증기의 벽을 만들어냈다. 자연을 사용한 즉석 연막. 숙달된 마술사는 이런 식으로 적의 눈을 속인다.

하지만 외톨이 용은 교활했다. 가장 위협이 되는 자를 먼저 배제할 만한 지혜가 있었다.

진흙탕을 노렸다.

"…큭!"

진흙탕은 도망쳤다.

동료들과는 반대 방향으로…. 그를 노린다면 그걸 이용하여 동료가 도망칠 수 있도록 하는 게 그의 역할이었다.

민첩한 진흙탕. 다리는 멈추지 않고 적룡을 희롱했다.

매일 아침의 훈련이 성과를 보였다. 계속 움직이고 계속 도망치는 것이 살아남는 비결이란 걸 그는 알고 있었다.

애가 탄 적룡의 입 안에 불이 켜졌다.

내뿜는 화염. 순식간에 주위가 불로 물들었다.

적룡의 필살기, 파이어 브레스다. 정통으로 맞으면 모든 생물이 불타 죽는다.

진흙탕은 죽었을까.

…아니, 살아있었다. 진흙탕은 재빨리 돌아보고 거대한 물의 벽을 만들어내었던 것이다.

뭉게뭉게 피어오르는 수증기를 가르며 진흙탕이 움직였다.

아직 남아 있는 불기운이 로브 자락을 그을리는 것도 개의치 않고, 그는 바위 포탄을 만들어내었다.

고속으로 발사된 탄환은 적룡의 비늘을 꿰뚫었다.

"캬아아아!"

계속해서 날아드는 탄환. 적룡은 몇 개를 피했지만, 고속으로 날아오는 탄환을 죄다 피할 수는 없었다.

적룡은 곧 몸을 돌려서 도주하기 시작했다.

적룡은 똑똑한 생물이다.

조그만 진흙탕이 강한 공격력을 가지고 있다고 즉각 이해한 것이다.

진흙탕은 쫓지 않았다. 절호의 사냥감을 놓치는 걸까?

그렇게 생각한 다음 순간.

"캬아아아아아아아!"

적룡의 포효가 울려 퍼졌다.

적룡이 달려간 곳에는 진흙늪이 있었다. 점착성이 강한 늪에 적룡이 빠져들었다. 진흙탕은 거기에 또 마력을 보냈다.

날뛰면서 늪에서 빠져나오려는 적룡의 주위가 더욱 강한 점착성을 띠었다.

"오오, 걸렸다…."

진흙탕은 의외라는 듯이 작게 중얼거리고, 발버둥 치는 적룡에게 거대한 바위덩어리를 날렸다.

흩어졌던 모험가들이 돌아왔다.

"으음, 진흙탕. 너 정말로 세구나…."

"괜히 마대륙을 여행한 게 아니군."

"세다, 세다 싶었지만 해치웠나."

동료들은 저마다 진흙탕을 칭찬했다.

진흙탕은 겸손하다. 그는 잘난 척 하지 않는다. 교만이 균열을 낳는 것을 알기 때문이다.

"상대도 죽어가고 있었으니까요. 그래도 설마 저 혼자서 해치울 수 있을 줄은 몰랐어요. 그런 것보다 다들 용의 사체를 가져갈 수 있는 데까지 가져가죠."

그리고 선심 좋게 자기 몫을 나누었다.

그럼으로써 그의 명성은 나라 안에 퍼진다.

"괜찮겠어? 거의 너 혼자서 잡았잖아?"

"아뇨…. 어차피 혼자서는 못 가져가고, 두고 가도 마물이 먹을 뿐이지요. 가져갈 수 있는 만큼 가져가고, 남은 건 죄다 태워 버릴 거니까요. 드래곤 좀비가 되면 큰일이고요."

이렇게 진흙탕의 하루는 끝났다.

실제로는 적룡의 둥지까지 왕복 7일 정도 걸렸지만, 하루가 끝났다.

오늘 수확은 적룡의 소재. 비늘에 뼈, 고기.

한 재산 모을 수 있는 양의 소재를 팔아서 두둑해진 지갑을 가지고 진흙탕은 침상으로 돌아왔다. 주점에서 아침식사와 비교해 다소 적은 식사를 하고 자기 방으로 돌아갔다.

"오늘 하루도 고마웠습니다."

신앙심 깊은 그는 하루의 마지막으로, 무사히 하루를 보낸 것에 대해 신에게 감사한다.

그 의식은 모르는 사람이 보면 기이하게 비치겠지. 하지만 그에게 이것은 중요한 일이다.

이렇게 진흙탕의 하루는 끝나고, 또 내일부터 가족을 찾는 생활이 시작된다….

★ 루데우스 시점 ★

그것은 밤에 일어난 일이었다.

나는 주점에서 언제나처럼 밥을 먹고 있었다.

물론 혼자서 말이다. 나는 혼자가 좋다. 고독이 좋다는 놈이다. 딱히 외롭지 않아. 나는 무리 짓는 걸 싫어하니까.

[그때였다! 적룡이 나타난 것이다!]

주점의 무대에서는 음유시인 세 명이 악기를 들고 연주하고 있었다.

한 명이 앞에 서서 영롱한 목소리로 이야기를 자아내고, 다른 두 사람이 거기에 맞춰서 BGM을 연주하거나 띠링 하고 효과음을 넣었다.

음유시인. 그것은 주점의 무대 등에서 노래하거나 연주를 하고 팁을 받는 직업이다.

큰 도시면 극장 같은 곳에서 전속 계약을 맺는 경우도 있다는 모양이다.

하지만 그뿐만이 아니다.

모험가 중에도 '음유시인'이 직업인 사람은 제법 있다.

다른 모험가와 함께 여행한 내용을 노래로 만들거나, 재미있는 모험을 한 사람에게 이야기를 듣고 모험담으로 만들거나, 모험의 경험이나 일화를 그대로 장사도구로 삼는 이들이다.

모험가와 음유시인의 상성은 좋다.

또 저작권이 없는 이 세계에서는 다른 이의 이야기를 자기 것인 양 어레인지하는 일도 일상적으로 이루어진다. 서로의 노래를 나누고 의견을 주고받아서 진화시키거나 합체시켜서 하나의 노래로 만드는 일도 있다.

개중에는 다른 악기의 연주가들이 여럿 모여서 파티를 짜고 밴드를 형성하여 세계를 여행하는 이들도 있다. 물론 그런 이들이라도 작게나마 마물과 싸울 수 있는 기능을 가졌다.

노래하고 춤추고 싸우는 모험가. 그것이 이 세계의 음유시인이다.

지금 무대에 있는 세 사람도 모험가 길드에서 이따금 볼 수 있다.

분명히 C랭크의 파티였을 것이다.

파티명은 '빅 보이스 악단'.

크게 뜨자는 의지가 엿보이는 멋진 이름이다.

그렇긴 해도 재능은 어중간한지, 자작 노래는 인기가 없다.

인기는 없어도 창작 활동을 계속하는 모양인지, 나도 어제 토벌 의뢰에 대해 여기저기서 인터뷰 요청을 받았다.

지금 그들이 노래하는 것은 내게서 들은 이야기를 정리한 모험담이다.

노래해 보았습니다, 라는 것이다.

…아닌가. 뭐, 좋아.

나는 생전부터 음악을 전혀 몰랐다. 옛날에 ●컬로이드로 노래를 만들려고도 해 보았지만 순식간에 좌절했다. 그 이후로 내가 다룰 수 있는 악기는 엉덩이 팡팡 밖에 없다고 말해 왔다.

다룰 수 있다고 해도 얻어맞는 것뿐이지만.

뭐, 그건 그렇다고 하고.

나한테 들은 것만으로 이야기를 만들어서 노래한다. 나로서는 불가능한 일이다.

재능은 없더라도 그 창작성은 인정해야겠지.

참고로 그들이 만든 내 모험담은 마을에 한 명 있는 이야기 꾼 영감님 같은 어조로 노래하였다. 완전히 다큐멘터리 방송풍 이다.

그러니 내가 들어도 재미있었다.

하지만 담담한 어조는 노래치고 역시 평이 안 좋은 듯했다. 재미없으니까 노래를 바꾸라는 야유가 날아들었다.

노래의 주인공 본인이 있는데 너무하잖아, 어이.

이런 생각을 할 때였다.

쾅!

하고 갑자기 주점 문이 열렸다.

몰아치는 차가운 공기. 집중된 시선. 부르르 하는 떨림.

"겨우 찾았군요, '진흙탕' 루데우스!"

프랑스빵 같은 머리 모양을 한 엘프족이 서 있었다.

모험가 같은 차림인데, 어딘가 드레스 같은 복장. 등에는 백 팩, 허리에는 검과 방패가 매달려 있었다.

얼굴은 한마디로 말하면 미인이다. 길쭉한 눈에 긴 귀, 빛나 는 금발.

그리고 날씬한 몸에 납작한 가슴, 긴 귀. 그야말로 엘프란 느 낌의 엘프족이었다.

그녀가 가리키는 곳에는 내가 있었다. 내게 시선이 집중됐다.

"켁…. '진흙탕'이 있었잖아…."

방금 전에 야유를 날렸던 남자가 쓸쓸한 얼굴을 하였지만 무시하였다. 나는 관대하니까.

엘프 쪽을 돌아보았다.

"드디어 걸리고 말았군요…."

그렇게 건성으로 대답했지만 내 기억에는 그녀가 없었다.

나는 최근 몇 년 동안 누군가에게 원한을 살 만한 짓을 하지 않았다.

이름이 팔리도록 움직였다. '진흙탕 루데우스'라고 이름도 팔아왔다.

사람을 돕고 싸움을 피하며 악명이 되지 않도록 신경 써 왔다.

이런 미인이 말을 걸어온 것도 처음이지만, 모르는 상대에게 감사의 말을 듣는 경우는 많이 있었다.

그녀도 분명 그런 부류…는 아니라고 직감적으로 생각했다.

"들은 대로 눈에 띄니까 금방 찾았어요."

"방금 전에 '간신히'라고 말하지 않았나요?"

"더 동쪽에 있을 거라고 생각했거든요."

여자는 그렇게 말하면서 아름다운 눈으로 나를 똑바로 바라보았다.

왜인지 그 입에서 침이 흘러내렸다. 그녀는 그걸 낼름 핥았다.

뭐야, 첫눈에 반하기라도 했나?

아니면 최근 꽤나 다부져진 내 육체에 침을 흘렸나?

후후, 최근에는 다소 단련했으니까. 성장기이기도 하고. 근육이 붙었지, 근육이.

"왜 그러나요?"

"아뇨, 아무것도 아니랍니다!"

엘프 여자는 어흠 하고 헛기침을 한 번 하더니 내 옆에 앉았다.

주점이 "오옷!"하고 술렁였다.

구석에서는 '진흙탕에게 여자가 있다니' 같은 소리도 들렸다.

분명히 그건 놀랍다. 설마 나한테 어울리지도 않게 여자 같은 게 있다니.

너무 놀라서 눈물이 나올 것 같다.

"후우."

그녀는 백팩을 발치에 내려 놓더니 드르륵 소리를 내며 의자를 붙였다.

가깝다. 왠지 거리가 가깝다. 혹시 내가 동정이었으면 '이 여자, 날 좋아하는 건가?'라고 착각했겠지.

후후. 위험했어. 아가씨. 나한테 반했으면 화상 입을걸?

"제 이름은 엘리나리제. 엘리나리제 드래곤로드. 당신의 아버지 파울로와 과거 파티 멤버로―."

"하아."

그렇군. 파울로의 친구인가.

그럼 나를 찾았다는 말도 이해가 된다. 무슨 메시지라도 가져
왔겠지.

"―그리고 록시의 친구랍니다."

"어! 선생님 말인가요! 선생님은 지금 어디에?"

나는 몸을 내밀었다.

오래간만에 남을 통해 듣는 록시의 이름에 흥분하였다.

그러고 보면 최근 몇 년 동안 록시를 향한 기도만이 내 마음
의 버팀목이었다.

아아, 알고 싶다. 록시는 지금 어쩌고 있을까. 어디에 있을까.

"그보다."

엘리나리제는 내가 제일 알고 싶은 질문에 대답하지 않고, 몸
을 내민 내게 그대로 키스라도 하려는 듯이 귓가로 입을 가져왔
다.

"들었어요. 외톨이 용을 거의 혼자서 격파했다는 모양이더군
요."

"어…어어, 뭐, 상대도 거의 죽어가고 있었고요."

"록시가 자랑하는 것도 이해가 되는군요."

적룡과의 싸움은 여유롭지 않았다.

최근 몇 년 동안의 의뢰 중에서 가장 여유가 없는 싸움이었
다고 해도 과언이 아니다.

하지만 용신 올스테드를 상대할 때와 비교하면 무게감이 덜
했던 것은 틀림없다.

인간은 '그거랑 비교하면'이라고 생각할 수 있는 뭔가가 있으면 신기하게도 마음이 놓이는 모양이다.

"선생님이 자랑하셨다니 왠지 낯간지럽네요…. 어딜 만지는 겁니까?"

"가슴팍이지요. 다부지네요."

시선을 주니 엘리나리제가 내 팔뚝과 가슴을 만지고 있었다.

그러니 간지러웠지. 그리고 나도 다부지다는 말을 들으니 기분이 나쁘지 않았다.

"어머?"

그리고 엘리나리제의 손가락이 어느 곳에 닿았다.

리랴에게 받은 펜던트다.

"어머나, 어울리지 않게 귀엽군요. 누구에게 받았나요?"

"우리 집 메이드입니다."

"메이드? 엘프족인가요?"

"예? 아뇨, 아닙니다…. 왜 그런 걸 묻나요?"

어차, 이런. 말투가 옮겠다.

"아뇨, 대단한 건 아니랍니다."

엘리나리제는 딱히 마음 두는 기색도 없이 자기 허리에 찬 칼집에 달린 것을 보여주었다.

같은 모양의 펜던트였다. 하지만 내 것보다 정교하게 만들어졌다.

내 것이 초보자의 작품이라면 이건 프로의 작품이다.

"똑같군요."

엘리나리제는 그렇게 말하면서 내게 몸을 기대왔다.

뭐, 뭐야. 아까부터 꽤나 접촉이 많은데.

"아까부터 뭡니까? 혹시 나를 좋아합니까?"

"예, 좋은 남자니까요. 기대 이상으로. 깜짝 놀랐어요. 더 어린애일 거라고 생각했는데… 다부져서, 멋·져….'

날 놀리는 거겠지만, 조금 두근두근.

"어어…. 후후, 누나도 꽤 아름답네요."

흐흥. 하지만 나는 놀림 좀 받는다고 허둥대는 동정이 아냐.

그렇게 생각하며 턱에 손가락을 대고 슬쩍 들어올렸다.

"음…."

그러자 엘리나리제는 가만히 눈을 감았다.

마치 키스라도 기다리는 듯한 모습이었다. 무슨 장난인가 했더니 그녀의 손이 내 머리 뒤에 감겼다.

"…어?"

진짜로? 왠지 분위기가 나오는데, 어? 괜찮아?

즈큐우·우·우·우·웅 해도 돼?

그렇게 생각한 순간 엘리나리제의 눈이 번쩍 떠졌다.

"어머, 안 되지. 나도 참."

"너무 놀리지 마세요."

"전 남자를 놀리거나 하지 않아요. 하지만 파울로의 며느리가 될 생각은 없고, 계속 록시의 친구로 있고 싶으니까요."

…이건 또 무슨 소리야.

파울로는 예전에 이 사람들과 싸워서 헤어졌다는 모양이고, 그 아들과는 사귈 수 없다는 걸까.

뭐, 아무래도 좋지만.

아무튼 나는 누구와도 사귈 생각이 없다.

"그래서 엘리나리제 씨는 저한테 무슨 일입니까?"

"예, 당신에게 낭보를 전하러 왔답니다."

"낭보?"

엘리나리제는 빙그레 웃었다.

그 날.

나는 제니스의 위치가 판명되었음을 알았다.

제1화 추천장

제니스의 위치를 듣고 1주일이 지났다.

나는 아직 바쉐란트 공국의 숙소에 머무르고 있다.

제니스는 베가리트 대륙의 중앙 부근에 있다. 미궁도시 라판이라는 곳에 있다는 모양이다.

당장이라도 베가리트 대륙을 향해 여행을 떠나고 싶은 참이다.

하지만 베가리트 대륙은 멀다.

여기서 걸어서 이동하면 몇 달이 걸릴지 알 수 없다. 어쩌면 1년 이상의 시간이 걸릴지도 모른다.

게다가 조만간 겨울이 온다.

중앙대륙 북부 '북방대지'의 겨울은 가혹하다.

대량의 눈이 계속 내리고, 적설량은 5미터를 넘는다.

국내라면 가도도 있고, 나라가 어느 정도 제설 작업을 하기 때문에 이동 자체는 가능하지만, 국외라면 어려워진다.

물론 마술로 눈보라를 멈추고 눈을 녹여서 이동할 수도 있다.

하지만 마술을 쓴다고 해도 길을 다 아는 것도 아니고, 눈보라를 계속 멈출 수도 없다. 야숙 없이 이웃나라까지 갈 수 있는 거리도 아니다. 어딘가에서 피난하는 게 빠르지.

그렇기 때문에 지금은 당분간 이 나라에 머물기로 했다.

뭐, 엘리나리제의 말로는 제니스는 느긋하게 미궁 탐색을 한다는 모양이었다.

느긋하게, 라는 말은 엘리나리제가 나를 안심시키려고 한 말이겠지만, 아무튼 "당신이 서두를 필요는 없답니다."라고 엘리나리제도 말했고, 파울로나 록시도 그쪽으로 가고 있다고 했다.

파울로는 모를까, 록시가 간다면 일단 안심이다.

나는 위험을 무릅쓰지 않고 겨울이 끝난 뒤에 이동하는 편이 낫겠지.

"좋아, 오늘도 단련이다."

그런고로 오늘도 일과인 트레이닝으로 하루를 시작했다.

눈이 쌓였어도 근육 트레이닝은 할 수 있다.

그렇긴 해도 생전에는 신체 단련을 지속하기 어려웠는데, 왜인지 지금 몸은 잘 움직인다. 역시 몸이 다르면 성질도 변하는 거겠지.

별로 의문스럽게 생각하지 않고 트레이닝을 일과로 삼을 수 있었던 것을 기뻐하자.

그런 생각을 하면서 준비를 하고 운동하러 나갔다.

오늘은 휴일이니까 다소 빡센 코스다.

일단 도시를 한 바퀴 돌듯이 달렸다. 밟혀 굳어진 눈은 미끄러지기 쉽다. 미끄러져서 다리를 삐면 큰일이지만, 모험가는 발밑이 불안한 곳에서 달리는 일도 많다. 이것도 훈련의 일환이다.

도시를 한 바퀴 돈 뒤에 외벽까지 이동.

높이를 보자면 4~5미터는 될 만한 바위벽을 마술의 도움을 받아가면서 올라갔다.

모험가는 고저차가 큰 곳을 재빨리 이동해야만 할 때도 있으니까 이것도 훈련이다.

거기서 파수병을 발견.

“아, 안녕하세요.”

“우와아악?! 뭐야, 진흙탕이냐, 고생 많군! 오늘은 휴일인가?”

“예, 오늘도 훈련입니다.”

“너는 참 부지런해. 아, 그렇지. 다음에 우리 벽 좀 고쳐줘. 밥 사 줄 테니까.”

“따님의 가슴을 주무를 권리를 준다면 집까지 다시 지어드리죠.”

“이 자식….”

“농담이에요.”

외벽 위에 있는 병사에게 인사를 하고 도시 밖으로 뛰어내렸다.

그리고 외벽을 따라 빙글 한 바퀴 돌듯이 달리기.

정기적으로 눈을 치우는 시내와 달리 밖은 눈이 쌓여 있기 때문에 불 마술로 눈을 녹이면서 나만의 길을 만들며 달린다.

마술을 써서 눈을 녹이며 이동하는 훈련이다.

눈을 헤치고 재빨리 이동할 일은 별로 없지만….

저번에 눈보라 치는 숲 속에서 고생했던 일도 있으니까, 비슷한 일이 있을 경우를 대비한 훈련이다.

“후우…. 후우….”

한 바퀴 돈 뒤에 가져온 목도를 사용하여 휘두르기 연습을 한다.

이것도 마술사에게 필요 없다고 생각하면서도 일과 같은 거라고 생각하며 해 왔다.

뭐, 역시 완력은 있는 편이 좋다. 마술사는 힘이 없어도 된다는 상식도 이 세계에 있는 모양이지만, 나는 그렇게 생각하지 않는다.

검은 안 쓰지만, 완력 그 자체를 쓸 기회도 많다.

물건을 들어올리거나 짐을 옮기거나.

완력이 있는 사람에게 맡기는 것도 방법이지만, 내가 할 수 있는 일은 많은 편이 좋다.

"합! 얍! 하압!"

휘두르기만이 아니라 파울로와 길레느에게 배운 품새를 한 차례 끝마친 뒤에는 가상의 적을 떠올리면서 쉐도우를 전개했다.

이번 상대는 루이젤드로 해 두었다.

물론 상대도 안 되었다. 압도적으로 내 속도가 부족하다. 더 단련하지 않으면 안 되겠지. 어쩌면 아무리 단련해도 부족할지 모르지만, 꼭 그에게 이기는 게 목표인 것도 아니다. 신경 쓸 것 없겠지.

얼추 끝난 뒤에 같은 루트로 돌아왔다.

숙소까지 돌아오자, 2층 창문에서 엘리나리제가 얼굴을 내밀고 있었다.

"아… 어머, 루데, 아… 우스, 어서 와요."

내 얼굴을 보고 말을 걸어왔지만 아무래도 낌새가 이상했다.

창가에 손을 대고 얼굴을 찌푸리면서 타이밍 좋게 얼굴이 흔들렸다. 목소리를 억누르듯이 "으읏, 읏."하는 신음소리까지 내었다.

게다가 어깨가 드러났다.

"다녀왔습니다, 엘리나리제 씨. 오늘은 아침부터 열심이네요."

"어? 열심? 무, 무슨 말인지, 모르…아앙!"

분명 저 창문 안쪽에는 남자가 있어서 엘리나리제 뒤에서 그걸 그러고 있겠지.

밖은 이렇게 추운데 일부러 창문을 열고 고상한 플레이를 하시는군.

열심이기도 하다.

"추우니까 감기 안 걸리게 하세요."

나는 그녀에게서 시선을 떼고 숙소 안으로 들어가서 내 방으로 향했다.

처음에 보았을 때는 놀랐지만, 지금은 익숙해졌다.

엘리나리제가 심각하게 남자를 밝히는 것은 1주일 동안 충분히 알았다.

어느 틈에 남자를 방으로 끌어들이곤 했다. 그것도 거의 매일.

존재 자체가 성범죄 같은 여자다.

물론 그걸 뭐라고 할 생각은 없다. 오히려 나도 그 성범죄에 휘말리고 싶다고 생각했다.

하지만 그건 안 된다.

사실 2년 정도 나는 어떤 병을 앓고 있다.

마음과 몸의 병이다.

자세히 말하기는 어렵지만, 그래. 구근을 예로 들어 말해 보자.

그 구근은 산을 보거나 계곡을 보면 그 싹을 틔운다. 그리고 하늘을 향해 무럭무럭 성장하고, 비바람에도 쓰러지지 않는 훌륭한 줄기를 가지고 끝에는 훌륭한 꽃이 핀다. 그리고 때가 오면 하얀 씨앗을 뿌린다.

하지만 내 구근은 성장하지 않고 꽃도 피지 않는다.

아니, 더 분명히 말하지…. 말하자면 ED다.

카세트테이프가 아니다.

그래. 나는 에리스와의 이별을 경험한 뒤로 서지 않게 되었다.

판명되었을 때는 떠올리고 싶지도 않다.

모험가로서 이름을 파는 과정에서 나름대로 인기도 얻었다.

그때 여 모험가와 가까워진 적도 있었다. 나는 우쭐해져서 그녀를 숙소로 끌어들였다. 하지만 내 거기는 서지 않았고, 결국 상대는 화나서 돌아갔다.

물론 치료하려고 노력도 했다.

졸다트의 협력을 받아서 환락가라는 곳에도 갔다.

생전에는 한 번도 안 갔던 장소에 두근거리면서 도움을 받았다.

하지만 결과는 참패. 내 튤립은 피지 않고 조용히 줄기를 늘어뜨릴 뿐이었다.

게다가…. 아니, 그만 두자.

아무튼 나는 그때 상당히 쇼크를 받았다.

다시 일어설 수 없을 뻔했다.

간신히 일어났고 일이 있을 때마다 이런저런 수를 써 봤지만, 아직도 내 거기는 서지 않는 채다.

여자 알몸을 보면 흥분은 하지만, 척추를 꿰뚫으며 돌아오는 반응은 없고 하반신은 침묵.

그 뒤에 덮치는 무력감과 적막감.

그런 일이 몇 번이나 계속되면서 마음이 꺾였다.

나는 포기했다.

지금은 누가 어떻게 되든 상관 않는다.

좋아하는 상대는 없다. 배신당할 거면 처음부터 보고 만지고 귀여워할 뿐이면 된다.

그 이상은 바라지 않아도 된다.

예전부터 그랬지 않은가. 한 번 했는데 이 이상 뭘 바랄까.

전진하지 않아도 된다.

나는 솔로플레이를 하면 된다. 동료 같은 건 필요 없어. 나는 무리 짓는 게 싫다.

아니, 최근에는 그 솔로플레이도…. 우, 우는 거 아냐!

"하아…."

나는 내 방으로 돌아갔다.

마술로 실내를 데운 뒤에 뜨거운 물을 만들어서 땀에 젖은 몸을 닦았다.

그리고 옷을 갈아입은 뒤에 밥이라도 먹을까 하고 방을 나섰다.

"아."

"아."

그러자 딱 일을 마치고 나온 엘리나리제와 마주쳤다.

엘리나리제의 어깨를 껴안고 나온 것은 요 몇 년 동안 행동을 함께 했던 졸다트였다. 그는 내 얼굴을 보자마자 순식간에 얼굴이 창백해졌다.

"아니, 아냐, 루데우스…. 네 여자에 손 댈 생각은 없었어."

"아뇨, 아니에요, 졸다트. 엘리나리제 씨는 결코 제 여자가 아닙니다. 애초에 제가 안 서는 것도 알잖아요."

"어, 어어, 그랬지. 미, 미안. 마음의 상처를 건드는 소리를 했군…. 너랑 싸울 생각은 없어. 저번에도 덕분에 돈 좀 만졌고."

"괜찮습니다… 그런데 괜찮았나요?"

"음, 최고였어."

졸다트는 그렇게 말하더니 얼굴을 헤죽 풀었다.

"칫."

내가 질문을 던졌지만 혀를 차게 되었다.

"그렇다네요. 엘리나리네 씨, 잘 됐네요."

"예, 당연하지요. 저랑 한 남자는 다들 행복해진답니다."

"아, 그런가요."

나는 알고 있다.

졸다트네 파티 멤버 중 남자, 다른 몇 명은 이미 엘리나리제에게 잡아먹혔다.

각자가 나에게 사죄와 염장질 같은 소리를 하였다.

딱히 사죄는 필요 없지만, 다른 이들은 아는 걸까.

조만간 들켜서 수라장이 일어나지나 않을까.

분명히 졸다트네 파티는 그런 법도가 있었을 텐데….

뭐, 내가 알 바 아니지만.

나는 참가하지 않을 거고.

괜히 입을 놀렸다가 휘말려드는 것도 귀찮다.

나는 2년 동안 그런 귀찮은 일에 휘말려들지 않도록 행동해 왔다. 누구에게도 원한을 사지 않고, 누구와도 싸우지 않도록 해 왔다.

즉, 여기는 그녀에게 쓴 소리를 할 타이밍이 아니다.

"엘리나리제 씨."

"왜 그러나요?"

"마음대로 먹어치우는 건 좋지만, 뒤처리는 알아서 해 주세요."

내 몸을 지키기 위해서다.

졸다트네 파티에게는 신세를 졌지만, 내 하반신도 내 말을 안 듣는데 남의 하반신의 문제에 휘말려드는 건 사양이다.

"물론이지요."

"어이, 무슨 이야기야?"

졸다트는 무슨 소린지 모르겠다는 얼굴을 하였다.

엘리나리제는 그의 얼굴에 가볍게 키스를 하고 아래로 내려갔다.

"아무것도 아니에요. 자, 식사하죠."

못된 여자다.

엘리나리제 드래곤로드.

파울로의 예전 파티 멤버.

아무래도 전이사건 이후로 록시와 함께 파울로의 가족을 찾아준다는 모양이다.

록시와 함께 마대륙을 종단하여 중앙대륙까지 넘어왔다나.

록시와 함께… 고마운 이야기다.

내 선생님은 마대륙 끝에서 발길을 돌려서 제니스를 발견했다는 소식을 파울로에게 전하러 갔다는 모양이다. 즉 이 여자가 고집을 부리지 않았으면 여기에 온 것은 록시였다는 소리다. 제길.

아니, 상황을 들어보니 애초에 전원이 밀리시온으로 돌아가고, 나는 방치될 수도 있었다는 모양이다. 감사해야겠지.

뭐, 좋아. 베가리트 대륙으로 가면 록시를 만날 수 있다. 초조해질 것 없다.

그런 엘리나리제의 모험가 랭크는 S. 직업은 전사.

딱 한 번 함께 토벌 의뢰를 받았는데, 역시 S랭크라고 해야 할까, 약하진 않았다.

공격력은 다소 낮지만, 어그로 관리가 아주 빼어나다. 전사로서 일류겠지.

물론 최고는 아니다.

내 안에서 가장 강한 '전사'는 루이젤드다. 그와 비교하는 건 가엾겠지만.

빛나는 듯한 금발에 화려한 컬을 넣고 좋은 집안 아가씨 같은 외모를 한 엘프족.

부드러운 거동에 남자를 띄워주는 언동이 눈에 띈다. 시선은 항상 남자의 눈을 보고 있고, 자연스러운 신체 접촉이나 거동 하나하나로 상대를 유혹한다.

내 때도 그랬지만, '어라? 혹시 나한테 반했나?'라고 착각하게 하는 짓을 자연스럽게 해낸다.

게다가 실력이 있으니 이 세계 남자들은 홀딱 넘어간다.

그리고 아무래도 침대 위의 전투력도 대단히 높은 모양인지,

그녀와 하룻밤을 보낸 사람은 거의 전원이 진이 쭉 빠진다.

그렇다고 해도 여자를 함부로 얕잡아보냐 하면 그런 것도 아니다.

사랑하는 소녀에게는 조언을 주고, 남자를 사로잡는 요령을 가르쳐 주고, 파티로 싸울 때는 여자를 솔선해서 지키며 든든한 언니처럼 행세하는 일면도 있다.

또 특정 상대가 있는 남자를 유혹하는 일도 없다.

그녀 나름대로의 상황을 가린 행동을 하는 것이다.

엘프족 특유의 특징으로 가슴이 작은 걸 제외하면 나무랄 데 없는 완벽한 여자라고 할 수 있겠지.

마성의 여자라고도 할 수 있지만.

결점은 프리인 남자라면 주위를 개의치 않고 잡아먹는 것일까.

그런 탓에 옆에서 보면 불이 붙은 도화선 같은 면이 있다. 도화선이 어디로 이어졌는지 모르지만, 언젠가는 폭탄에 도달해서 대폭발을 일으키겠지.

대폭발, 즉 프라이드가 높은 모험가들끼리의 치정극이다.

죽고 죽이는 싸움이라고 해도 좋다.

물론 엘리나리제의 어그로 관리는 탁월해서, 어지간한 일이 없으면 칼부림 사태까지는 이르지 않겠지만….

그래도 역시라고 해야 할까, 뭐라고 해야 할까. 문제는 곧잘 일어나는 모양이라 한 파티에 오래 있는 일은 없는 모양이다.

그녀는 중앙대륙 남부의 남자들 사이에서 잘 알려졌고, 어지간한 일이 없으면 파티에 넣어 주지 않는다는 암묵의 룰이 생겼다나.

참고로 현재는 나와 파티를 짜고 있다.

보호자 행세를 하면서 "베가리트까지 갈 거면 제가 확실히 데려다 줄게요."라고 한다. 뭐, 여행을 할 때 혼자면 불편한 점이 많다는 것을 2년 동안 배웠으니 고맙다면 고마운 소리다.

전투력은 낮지 않다. 솔로 모험가로서 할 수 있는 건 대충 다 한다. 좋은 파트너다.

다만 밥을 먹을 때 일부러 옆에 앉아서 몸을 기대고 내 몸을 만져대는 건 조금 짜증난다.

ED가 아니었으면 답례로 몸을 만져 줘도 좋겠지만….

"졸다트 씨. 안 돼요, 루데우스가 보잖아요."

"이 정도는 괜찮잖아?"

"어머나, 못된 남자…."

그리고 현재 그녀는 내 눈앞에서 졸다트랑 붙어 있다.

따로따로 먹어도 되는데 왜 같은 테이블인 걸까. 나한테 보여 주려는 걸까.

제길. 하나도 부럽지 않으니까!

"……"

졸다트는 엘리나리제에게 헬렐레하는 중이다. 그의 파티 멤버도 전원 그랬다.

엘리나리제는 이 역하렘 상태에서 어떻게 트러블을 회피하는 걸까.

나한테 창날이 오지 않도록 해 주면 좋겠는데, 아무래도 나한테까지 문제가 돌아올 것 같다. 그 전에 어떻게든 문제를 해결하고 싶은데, 나는 이런 상황에 대한 경험이 부족하다.

함부로 간섭했다간 문제가 더 커질 것만 같았다.

그렇게 생각했는데.

"자, 이거 약속한 돈이에요."

"으음, 미안하네. 그렇게 좋은 시간을 보내고 돈까지 받다니…."

"그대신 저한테 진짜로 빠지면 안 되니까요."

엘리나리제는 그렇게 말하고 졸다트에게 돈을 건넸다.

과연. 역매춘이었나.

그거라면 문제 안 되려나.

…안 되나?

그런 생활이 또 한 달 정도 계속되었다.

그러던 어느 날의 일이었다.

내게 편지 한 통이 도착했다.

엄중하게 봉인된 편지로 표면에는 '라노아 마법대학'이라는 글이 적혀 있었다.

이건 뭐지? 일단 봉인을 뜯고 내용을 읽어 보기로 했다.

루데우스 그레이랫 님.

처음 뵙겠습니다.

'라노아 마법대학'에 수석교사로 있는 지너스라고 합니다.

지금 루데우스 님의 위명 '진흙탕 루데우스'는 라노아 왕국에서도 드날리고 있습니다.

루데우스 님은 무영창 마술을 구사하는 민완 모험가라고 들었습니다.

조사해 보니 수왕급 마술사 록시의 제자라고 하지 않습니까.

그 훌륭한 마법기술을 더욱 갈고 닦을 생각 없으십니까?

라노아 마법대학은 당신을 특별생으로 맞이할 의향이 있습니다.

특별생이란 수업 면제 및 학비 면제. 본교의 장서나 설비를 사용하여 자유롭게 연구 등을 할 수 있는 입장의 학생입니다.

7년 이내(졸업까지)로 한 가지 연구를 완성하여서 그것을 본교, 혹은 마술 길드에 양도해 주신다면 마술 길드의 C급 길드원으로서의 추천도 가능합니다.

물론 아무런 연구 성과를 내지 않더라도 다른 졸업생과 동등한 D급 길드원으로 등록됩니다.

부디 한 차례 인사드릴 기회를 얻을 수 없겠습니까.

갑작스러운 의뢰라서 죄송스럽지만, 검토해 주셨으면 합니다.

아무쪼록 잘 부탁드립니다.

　　　　　　　'라노아 마법대학' 수석교사　　지너스 할퍼스

라고 적혀 있었다.

특별생…. 말하자면 이건 장학생 추천장 같은 것일까.

이 세계에 마술 길드가 존재하는 건 알았지만, 뭘 하는 곳인지는 모른다.

참고로 '도적' 길드에 대해서는 알고 있다. 그들은 장물의 유통이나 노예 판매 관리 등을 하는 집단이다.

그러니까 마술 길드란 마술에 관한 책을 사고팔거나 마술을 연구하는 곳이라고 예상이 가는데, 실태는 모른다. 뭘 하는 곳일까?

아니, 왜 이제 와서 이런 걸 나한테 보내는 걸까?

분명히 나는 마술에 관해 다소 벽을 느끼고 있었다.

물론 생활하면서 충분하고 남을 정도의 힘을 가진 모양이란 것은 몇 년 동안 자~알 알았다. 실제로 거의 혼자서 외톨이 용까지 해치울 수 있었다. 상대도 꽤나 약해진 상태였지만, 해치웠다는 건 틀림없다. 이기면 장땡이다.

어찌 되었든 나는 진학 학원 같은 곳을 다닐 필요성을 느끼지 않는단 소리다.

잘 모르는 곳에서 잘 모를 이유로 추천장이 왔고, 잘 모를 곳으로 추천해 준다는 소리.

즉 이건 신종 사기나 그런 걸까?

멋모르고 나갔다간 험상궂은 형씨들에게 둘러싸여서 온몸에 금가루를 칠하고 구경거리가 되는 것이다.

…라는 농담은 치우고.

이런 편지가 왔다는 소리는 2년 동안의 내 활약이 인정받았다는 뜻이다.

마법대학은 록시의 모교이기도 하고, 그런 장소에서 추천장이 온 것은 솔직히 기쁜 일이다.

그러니 그 참뜻에 대해 조금 조사하고 싶었다. 참뜻이라고 할까, 편지의 진의 말인데.

"엘리나리제 씨, 모험가 길드에 좀 다녀오겠습니다."

"어머? 오늘은 쉬는 거 아니었나요?"

어쩐 일로 남자 사냥도 않고 화려한 금발을 손질하던 엘리나리제에게 말을 걸었다.

"조금 조사하고 싶은 게 생겨서요."

"기다려요. 저도 같이 가지요."

엘리나리제는 빗을 놔두고 일어섰다.

아직 머리 세팅은 완벽하지 않은 모양이지만, 괜찮은 걸까.

"딱히 의뢰를 받는 것도 아니고, 금방 돌아올 건데요?"

"예전에 파울로가 그렇게 말하고 나갔다가 모험가 길드에서 여자를 사냥했지요."

"그런가요. 그건 또 아버지다운 짓이네요. 그래서 그게 왜요?"

"헌팅이라면 둘인 쪽이 성공률이 높거든요. 남녀 2인조를 노리는 거지요."

이 여자는 갑자기 무슨 소리를 하는 겁니까.

"그만두세요. 남녀 2인조라니. 연인이라면 원한을 사잖습니까."

"괜찮아요. 그런 건 보면 아니까요."

"아니, 헌팅이 아니니까, 따라오지 않아도 됩니다."

평소의 엘리나리제의 머리에는 기본적으로 그런 것밖에 없다.

의뢰를 받으면 순식간에 분위기가 바뀌어서 빠릿한 모험가 누나가 되는데….

그런 갭도 남자를 끌어들이는 매력 중 하나일까.

"그런 말 하지 마요. 당신이 상대해 주지 않으니까 남자를 낚아야만 하는 제 처지를 생각해 주세요."

"아니, 딱히 상대해도 좋은데요? 내 거기를 좀 어떻게 해 줄 수 있다면."

"애써 보고 싶지만, 파울로의 아들이랑은 못 해요. 그리고 록시와의 약속도 있으니까요. 전 록시에게 미움 사고 싶지 않은걸요."

하는 말이 지리멸렬이다.

이 인간은 대체 뭐 이리 대충대충 사는 걸까.

하지만 '록시에게 미움 사고 싶지 않다'는 말만큼은 이해되었다.

그리고 그 말만으로도 나는 엘리나리제를 싫어할 수 없었다.

'누군가에게 미움 사고 싶지 않다'는 그 마음도 안다.

하지만 엘리나리제가 미움 받고 싶지 않다고 말하게 하다니 역시 대단하군, 마이 갓.

그건 그렇다.

"하지만 그건 나 때문이 아니잖나요? 엘리나리제 씨의 개인적인 사정이잖아요?"

"그렇지요. 하지만 괜찮지 않나요. 헌팅 정도는 건전한 남자라면 누구든 하는 거니까요."

"건강불량소년이라서."

"어머나, 말도 잘해라."

이러니저러니 해도 결국 엘리나리제를 데리고 모험가 길드에 가게 되었다.

헌팅은 안 하겠지만.

이미 시각은 오후.

이 시간이면 모험가들도 띄엄띄엄하다.

오늘은 졸다트의 '스텝트 리더' 멤버들도 없는 모양이었다.

아마도 의뢰를 받고 나갔겠지. 겨울이라도 마물은 연중무휴라서 토벌 의뢰는 제법 많다.

러스터 그리즐리도 곰인 주제에 동면을 하지 않으니까.

시선을 돌려 보니 A랭크 파티 '케이브 어 몬드'가 있었다.

그들은 마술사를 중심으로 한 파티다.

멤버는 네 명이라서 소수. 마법 전사 하나, 마술사 셋. 전원이 중급 이상의 마술사로, 리더가 불 마술의 상급 마술사다.

"여어, 진흙탕. 오늘은 데이트냐?"

"예, 아리따운 이분이 헌팅에 데려가달라고 시끄러워서."

"뭐?"

'케이브 어 몬드'의 리더, 콘라트에게 말을 붙였다.

그는 마흔 살이 넘는 숙련 모험가로, 콧수염을 덥수룩하게 기른 남자다. 적룡 토벌 의뢰에는 참가하지 않았지만, 나는 그와 그럭저럭 사이가 좋다.

"뭐야, 드디어 우리 파티에 들어올 결심이 섰냐?"

그에게도 몇 차례 파티 권유를 받았다. 중급 치유 마술도 쓸 수 있는 공격 마술사는 귀중하다는 모양이다.

"흥, 나는 무리 짓는 걸 싫어하는 외톨이 늑대. 무리 밑에는 들어가지 않는다."

"뭘 잘난 척이야. 어차피 저쪽 여자랑 파티 짰잖아."

저쪽이란 말에 돌아보니 엘리나리제가 젊은 모험가들을 헌팅하고 있었다.

헌팅이라고 할까, 유혹이라고 할까.

멀리서 봐도 상대의 얼굴이 새빨갛게 물들고, 수족식으로 말하자면 '발정내'를 풍기는 걸 알겠다. 겉보기로는 경험이 없어 보여서, 엘리나리제의 유혹에 흥분보다도 곤혹스러움이 강한 것 같은데….

뭐, 아무래도 좋아.

"그런 것보다 콘라트 씨. 조금 물어보고 싶은 게 있거든요."

"뭐야, 이상한 거면 돈 받을 거다? 너 저번에 외톨이 용을 잡고 돈 좀 만졌지? 아아, 우리도 가면 좋았을걸. 너 혼자 해치울 수 있다는 걸 알았으면…."

"다음에 밥 한 번 살게요. 그래서 질문이란 게 말인데요…. 콘라트 씨는 라노아 마법대학 출신이었죠?"

"음, 5년 만에 그만뒀지만."

이 경우 낙오자인지는 관계없다.

"사실 이런 편지가 왔거든요."

나는 콘라트에게 편지에 대해 물어보았다. 일단 특별생이란 무엇인가.

"오오, 특별생이라. 있었지."

"자세히 들려주실 수 있나요?"

"마법대학에서는 말이야, 너처럼 특이한 마술을 쓰는 마술사나 모험가로 명성을 드날렸지만 마술 길드에 속하지 않은 녀석

이나 다른 나라의 왕족귀족인데 엄청난 마력을 가진 녀석에게
솔선해서 말을 걸어. 수업을 안 들어도 되니까 재적하는 걸로
이름만 올려달라고."

"그건 왜죠?"

"그런 녀석들이 장래에 이름을 떨치면 마법대학도 선전이 되
겠지?"

그런 이야기인 모양이다.

생전의 학교에서도 그런 게 있었던 것 같다.

장학생…이랑은 좀 다른가. 뭐랄까, 특별대우생?

어찌 되었든 무영창 마술의 정보를 위해 나에게 권유한 거라
면 완전히 사기인 건 아닌 모양이다.

"마술 길드는 뭘 하는 곳인가요?"

"스크롤의 판매나 마도구 제작 지원 등이지. 나도 자세하겐
몰라. 일단 소속되긴 했지만 F급이고."

"아, 그러고 보면 마법대학을 졸업하면 D급 자격을 받을 수
있다고?"

"졸업하면 말이지."

마술 길드는 마술에 관한 전반적인 지원을 하는 조직이다.

최소한 초급 마술을 쓸 수 있으면 소속은 가능. F급에서 시
작해서 급이 오르면 권한이 늘고 여러 지원을 받을 수 있다.

대개의 마술**학교**라면 졸업시에 E급 길드원이 될 수 있다.

마법대학은 조금 특별해서 졸업하면 D급 길드원이 될 수 있

다.

그것도 마법대학 자체가 마술 길드의 주체로 운영되기 때문이다.

또한 특별생이 연구 성과를 넘기면 C급.

물론 특별생이 아니더라도 수석으로 졸업할 만한 우수한 마술사에게는 C급 자격을 준다는 모양이다.

"C급이면 뭘 받을 수 있나요?"

"글쎄, 길드한테 물어보면 바로 답이 나올 텐데 이 동네에는 길드 지부가 없으니까…."

참고로 F급은 딱히 아무런 지원도 못 받는다는 모양이다.

마술 길드의 랭크는 길드의 의뢰를 성공시키든가, 혹은 마술 길드에 대한 공헌도에 따라 오른다는 모양이다.

모험가 길드와 달리 '이러면 오른다' 하는 명확한 라인은 없다.

길드의 간부와 연줄이 있고 아첨을 잘하는 녀석이 랭크만 쑥쑥 오르는 경우도 있다. 적나라하게 말하자면 마술 길드의 랭크 B급까지는 돈으로 살 수 있다.

"그러고 보면 진흙탕. 너 학교 같은 거 안 가 봤지?"

"가정교사에게 배웠지요."

"헤에, 꽤나 유복한 집안이었군."

"일단 이름처럼 아슬라 상급 귀족의 방계거든요."

"…미안, 너 성이 뭐였지?"

"그레이랫입니다. 루데우스 그레이랫."

진흙탕 루데우스의 이름은 그럭저럭 알려졌지만, 성까지는 퍼지지 않은 모양이다.

보통 그렇다. 나도 콘라트의 성은 모른다. 처음에 통성명할 때에 가문명에 대해 들었지만 잊어버렸다.

"그레이랫이라면 아슬라의 지방영주였던가. 대단한데, 왜 이런 곳에서 솔로로 모험가를 하는 거야?"

"그게…."

그렇게 말하려던 때에 에리스 생각이 뇌리에 떠올랐다.

에리스의 얼굴, 하룻밤의 온기, 그리고 다음날의 상실감, 사라와의 괴로운 추억, 그 이후에 서질 않는 내 거기…. 어느 틈에 주르륵 눈물이 흘러내렸다.

"어, 어라…?"

"어… 미안. 세상에는 여러 일이 있는 법이지. 미안하다."

날 배려해 주었다.

에리스에 대해선 잊을 생각이었는데, 이렇게 틈나면 떠오른다.

슬슬 잊는 편이 좋겠지. 에리스는 마음의 정리가 빨랐다. 나 같은 건 옛적에 잊어버렸겠지. 내가 미련 때문에 기억하더라도 아무런 의미도 없다.

사라 때는 쉽사리 극복했는데, 왜인지 에리스는 잊지 못하는구나.

아니, 더 이상 생각하지 말자.

"하지만 모처럼 저쪽이 우대해 준다니까, 가보면 좋지 않을까?"

콘라트의 말에 나는 떠올렸다.

에리스네에 가정교사로 갔던 것도 마법대학에 들어갈 입학금을 모을 필요가 있었기 때문이었다. 실피와 함께 마법대학에 간다는 게 최초의 목표였다.

그립구나. 당시의 나는 괴롭힘 당하던 실피에게 마술을 가르치면서도 자기 성장에 벽을 느끼고 있었지.

당시에는 그저 내 능력을 올리는 것만을 생각하며 행동하였다.

지금도 내 능력을 올리는 것의 중요성을 잊은 건 아니다. 앞으로도 계속할 생각이다.

마술 길드에 소속되면 나름대로 좋은 일도 있겠지. 뭔가 새로운 것을 배울지도 모른다. 그렇다면 내 능력도 오르겠지.

하지만 내 능력을 올리는 것을 최우선으로 할 수 없다.

가족 문제도 있고, 요 몇 년 동안 지금 능력으로 충분히 살아갈 수 있다는 걸 알기도 했다. 그 당시와 달리 지금 당장 뭔가를 배울 필요성을 느끼지 않는다.

그야 올스테드 같은 것과 갑자기 맞닥뜨리는 걸 생각하면 필사적으로 수행해야 한다는 생각도 든다. 하지만 애초에 그건 조금 수행한다고 이길 수 있는 존재가 아니다. 수백 년 살아온 루이젤드를 한손으로 가볍게 꺾어 버리는 상대다. 싸워서 어떻게 하는 것보다도 만나도 적대하지 않는 쪽을 생각하는 게 낫다.

어찌 되었든 그 무렵과는 상황이 다르다.

먼저 파울로와 합류하는 편이 낫다.

내 문제는 그 뒤에라도 늦지 않다.

"그렇지요. 파울로 따위와 함께 있는 것보다 학교에라도 다니는 편이 당신을 위한 길이에요. 이제 나이도 찼으니까 자립하는 게 어떨까요?"

어느 틈에 엘리나리제가 옆에 있었다.

"그건 가족이 일단 다 만난 뒤에라도 늦지 않습니다."

"제니스는 무사하다니까, 살아있는 동안에 만나도 되지 않을까요?"

"아뇨, 이산가족이니까 일단은 집합해야죠."

"파울로도 일단은 아슬라까지 돌아오겠지요? 그때 잠깐 여행을 가서 만나면 되지 않을까요?"

"밀리시온에서 살지도 모르잖아요?"

"거기는 아내가 둘 있는 남자가 마음 편히 살 수 있는 곳이 아니에요."

미리스교도의 가르침 중 하나로 일부일처가 있다. 주민의 태반이 미리스교도인 미리스 신성국에서 일부일처는 상식이다.

분명히 파울로 같은 녀석이 살기는 좀 힘들겠지.

"그보다 엘리나리제 씨가 아버지를 만나기 싫을 뿐 아닌가요?"

"그렇지요."

쉽사리 그렇게 대답하더니 엘리나리제는 어깨를 으쓱였다.

그녀는 정말로 파울로가 싫은 모양이다.

물론 파울로를 만나기는 싫지만, 나를 바래다준다는 일을 그만둘 생각은 없는 모양이다.

때때로 엘리나리제의 생각을 이해할 수가 없다.

"그런데 진흙탕."

"뭔가요?"

"슬슬 그쪽 누나를 소개해 주지 않겠어?"

콘라트가 다소 호색한 눈으로 엘리나리제를 바라보았다.

이 여자, 왜 이렇게 인기 있지?

뭐, 아무튼 마법대학에 대해서는 고민할 것 없다.

매력적인 제안이지만, 지금은 뭔가를 배울 때가 아니다.

이번에는 마법대학 입학을 보류하기로 하자.

그렇게 결심한 날의 밤이었다.

나는 꿈속에서 하얀 장소에 있었다.

녀석이다. 그 녀석이다. 모자이크다. 2년 만이다.

"응, 오래간만."

그래, 틀림없이 인신이다.

"뭐야, 그 말은?"

아무것도 아냐. 신경 쓰지 마.

"신경은 안 써. 네가 이상한 소리 하는 거에도 익숙하고."

그러냐.

그렇긴 해도 이 꿈도 오래간만인데, 예전처럼 싫은 느낌은 안 드네.

익숙해진 걸까.

"네가 순응한 것 아닐까?"

글쎄.

그런 것보다도 제니스를 찾는 도중에 몇 번이나 널 불렀잖아.

한 번 정도는 나타나도 좋지 않았어?

"나도 사정이 좀 있어."

그러냐.

뭐, 결과적으로는 찾았으니까 좋지만. 2년을 꼬박 손해 본 기분이야.

"잘됐네. 어머니를 찾아서."

그래. 설마 록시가 찾아줄 줄은 생각 못 했어.

"그녀는 부지런하니까."

정말이지 자랑스러운 스승이야. 그녀도 베가리트 대륙으로 가는 모양이고, 얼른 만나고 싶네.

"괜찮겠어? 자랑스러운 스승에게 지금 한심한 네 모습을 보여줘도?"

…뭐?

한심해? 지금 내가?

"아니, 그렇잖아? 에리스는 도망갔지, 모처럼 사라라는 애랑 친해졌다 싶더니 그쪽으로도 꽝, 마술 실력도 다소 늘긴 했지만 몇 년 전과 거의 변함이 없어. 검술도 매일 연습할 뿐이지만 딱히 강해진 것도 아냐. 몸이야 건강해졌지만, 당신의 제자는 훌륭하게 성장했습니다, 라고 자신 있게 말할 수 있어?"

끄으으. 아주 멋대로 지껄이는구나.

그래서, 무슨 소릴 하고 싶은 거야?

"지금이야말로 스스로를 갈고 닦을 때가 아닐까? 마법대학에 가면 잡다한 모험가와는 비교도 안 될 만큼 많은 걸 배울 수 있어."

그건 또 뭐야? 무슨 학원 강사냐?

아, 꽤나 줄줄이 떠들긴 했는데, 결국 그거냐? 항상 하는 조언이란 거?

"응, 뭐, 그런 느낌."

여전히 뱅뱅 돌고 수상쩍은 녀석일세.

"그래? 하지만 이번에는 내 말을 듣는 편이 좋아. 베가리트 대륙에 가면 넌 분명 후회하게 될 테니까."

후회? 왜?

"그건 말 못 해."

아아, 그러냐.

뭐, 네가 필요한 사실을 숨기는 게 하루이틀 된 이야기도 아니고. 하지만 그건 이유치고 약하다는 건 너 스스로도 잘 알겠지? 일단 가족이 전원 발견되었으니까 나도 좀 쉬고 싶다고.

"응, 그러니까 진짜 조언은 여기서부터야."

좋아, 들어보지.

"어흠. 루데우스여, 라노아 마법대학에 입학하거라. 거기서 피트아령의 전이사건에 대해 조사해라. 그러면 너는 남자로서의 능력과 자신감을 되찾을 수 있을 것이다."

뭐? 진짜?

내 에렉틸 디스팩션은 마법대학에서 치료할 수 있다는 겁니까, 인신님!

것이다…것이다…것이다….

잔향을 남기면서 의식이 흐려졌다.

눈을 뜨자 엘리나리제의 얼굴이 바로 옆에 있었다.

놀라서 눈을 치뜨면서 어제 일을 떠올렸다.

그녀는 어쩐 일로 보이즈 헌팅에 실패.

밤에 되자 '추워서 못 자겠어요' 같은 소리를 하면서 내 침대에 기어들어왔다.

확실히 북방대지의 겨울밤은 춥다. 숙소에는 난로가 준비되어서 바깥보다는 따뜻하지만, 에어컨이나 가스스토브가 없는 세계다. 고급 여관이라면 각 방에 난로가 있거나 마술 난로로 건물 전체를 데우기도 한다.

하지만 아쉽게도 여기는 C급 모험자용 싸구려 숙소. 기껏해야 두꺼운 담요 정도밖에 준비되지 않았다.

나는 마술로 방 전체를 데우니까 딱히 문제없지만, 지방이 적은 몸의 엘리나리제는 진짜로 추운 모양이라서 이거 잘되었다 싶어서 들여놓았다.

그러니까 결코 어젯밤에 재미 본 건 아니다.

그래, 재미 보았을 리가 없다.

이런 정조관념 따윈 없는 미인 누나와 잤는데도 내 물개는 축 늘어진 채로 허무한 침묵을 돌려줄 뿐이다.

시험 삼아 잠든 그녀의 몸을 몰래 주물러 보았지만, 역시나 침묵.

생전에 동경하는 여체란 것을 멋대로 주무르는 행위. 거기에 머리는 대흥분했는데 척추를 통해 돌아와야 할 반응이 없다.

"으음~….."

손을 떼니 문어처럼 달라붙었다.

전체적으로 살집이 적지만, 그래도 여성 특유의 부드러운 몸이 날 감쌌다.

지극히 선정적인 움직임으로 내게 달라붙지만 역시나 반응이 없다.

뇌는 분명히 흥분했는데 그저 초조함만이 일었다.

이윽고 엘리나리제의 움직임이 멈추고 또 조용한 숨소리를 내기 시작했다.

흥분은 순식간에 흐려지고 허무함과 적막감, 그리고 한심함만이 남았다.

눈물이 나왔다.

"그래, 이게 낫는단 말이지…."

나는 조용히 마법대학에 가기로 결심했다.

석 달 뒤.

겨울이 끝나고 눈이 녹을 때를 가늠해서 나는 졸다트 등과 이별을 고했다.

나는 모험가로서 계속 솔로로 살아올 셈이었다. 하지만 스텝트 리더와 행동을 함께 하는 일은 많았다.

고로 작별 인사 정도는 필요하다고 생각했다.

그래서 나는 숙소 앞에서 '스텝트 리더' 멤버들을 모아 사정을 설명하고 라노아 왕국에 가겠다고 밝혔다.

"여러분…. 여태까지 신세졌습니다."

마지막으로 내가 그렇게 말하자 '스텝트 리더' 멤버들은 다소 적적한 얼굴을 하면서도 "힘내라."라든가 "건강해라."같은 말을 해 주었다.

마지막으로 나는 고개를 돌리고 있는 졸다트 앞에서 머리를 숙였다.

"졸다트. 여태까지 신세졌습니다."

"아앙?"

"왠지 신세만 지고 아무런 답례도 못 한 것 같지만…."

졸다트 헤켈러.

그는 몇 년 동안 이러니저러니 하면서도 계속 나를 돌봐 주었다.

ED를 치료하려고 이런저런 수를 써 주기도 했다.

아마 제니스 문제만 없었으면 그대로 그의 파티에 들어갔겠지.

"딱히 널 돌봐준 거 없고, 갚을 필요도 없어. 오히려 나는 널 이용해서 돈을 벌었지. 너는 마술 실력만큼은 일류니까. 고맙다고 말해야 하는 건 오히려 이쪽이야."

졸다트는 천박한 웃음을 지었지만, 곧 머쓱한 표정을 하면서 고개를 돌렸다.

입은 험하지만 그 나름대로 내게 정을 품었던 거겠지. 이른바 츤데레다.

정말로 이용했다면 엘리나리제와의 현장을 들켰을 때에 그렇게 당황하거나 이렇게 머쓱한 얼굴을 하지 않는다.

"…하지만 잘 됐잖아. 그게 낫는다고?"

"…아직 모르지만요."

"그래…. 어찌 되었든 조만간 우리도 그쪽에 갈 일이 생길 수 있겠지. 그때는 또 둘이서 마시고 유곽이라도 가자."

졸다트는 그렇게 말하고 히죽 웃으며 내 등을 팡 하고 두들겼다.

나는 그 충격에 고마움을 느끼면서 라노아 왕국으로 떠났다.

제2화 입학시험

라노아 왕국은 중앙대륙 북부에서 가장 큰 나라다.

국력은 중앙대륙 남부에 있는 실론 왕국과 거의 비슷한 정도.

하지만 바쉐란트 공국, 네리스 공국과 동맹을 맺었고 마술 길드와도 두터운 사이. 삼국의 힘을 종합하면 가난한 북부에 있으면서도 세계에서 네 번째 가는 힘을 숨겼다고 한다.

그런 배경 탓에 라노아, 바쉐란트, 네리스를 '마법삼대국'이라고 부른다.

왜 '마법'삼대국일까.

마술 길드의 본부가 있으니까?

그도 그렇지만, 그 최대의 이유로는 세 나라가 마술 관련 연구에 힘을 기울이기 때문이다.

세계 각국에서 우수한 인재를 모으고 출자를 아끼지 않으며 마술에 관한 연구를 진행하고 있다.

그러기 위해 만들어진 것이 동맹주인 라노아 왕국의 끝, 국경선 아슬아슬한 위치에 존재하는 대도시, 마법도시 샤리아다.

거기에는 '라노아 마법대학', '마술 길드 본부', '네리스 마도구 공방'이라는, 마술에 관해 모든 것이 응축되어 담겨 있다.

마법삼대국의 중추이며 가장 융성한 도시라고 할 수 있겠지.

마법도시 샤리아를 위에서 보면 최신식의 내마耐魔 벽돌로 지은 마술 길드를 중심으로, 동쪽에는 마법대학을 중심으로 한 학생거리, 서쪽에는 마도구 공방을 중심으로 한 공방거리, 북쪽에는 상업 길드를 중심으로 한 상업거리. 남쪽에는 외부에서 온 사람이나 모험가가 이용하는 숙박거리가 있다.

아는 사람이 보면 밀리시온의 구조를 참고로 했음을 알 수 있겠지.

적어도 나는 지도를 본 순간 딱 하고 왔다.

딱 하고 왔다고 뭐가 있는 것도 아니지만.

나와 엘리나리제는 숙박거리에 숙소를 잡았다.

난방이 완비된 A급 모험가용 숙소였다.

엘리나리제가 춥다고 내 침대에 파고든다. 눈앞에서 무방비하게 자고 있으면 아무래도 만지고 싶어진다. 만지면 내 기분이 푹 가라앉는다.

삼단논법으로 난방이 필요하다는 결론이 나왔다.

엘리나리제도 딱히 불평하지 않았다.

여행 도중에 안 사실인데, 그녀는 남자와 하지 않으면 안 되는 이유가 있는 모양이다.

도중에 조금 길을 잘못 들어서 다음 도시에 도착하기까지 1주일 이상 걸린 적이 있었다.

그 동안 그녀의 몸 상태는 최악이었다.

몸에 원인불명의 떨림이 오고, 안색은 새파랗고, 종국에는 나를 보는 눈이 위험해졌다.

아무리 위험해져도 상대할 수 없는 건 없는 거니까 어쩔 수 없어서, 나는 안절부절못하면서 해독을 하거나 가슴을 주물렀는데….

자세히 이야기를 들어보니 아무래도 그런 '저주'라는 모양이다. 정기적으로 남자와 교미하지 않으면 사망한다는 '저주'다.

그런 말을 들으니 고생이구나 싶지만, 엘리나리제는 그걸 전혀 고생이라고 생각하지 않는지 "애초부터 야한 건 좋아하고, 저주가 아니더라도 다를 건 없어요."라고 말했다.

나와 달리 지병과 완전히 잘 지낸다고 할 수 있겠지.

"그럼 지너스 씨인가 하는 분에게 다녀오겠습니다. 엘리나리제 씨는 어쩔 건가요?"

"저도 가겠어요."

"…왜?"

분명히 엘리나리제는 모험가 길드 즈음에서 남자 사냥이라도 할 거라고 생각했는데.

"모처럼이니까 저도 마법대학에 입학해 보죠."

"…왜? 마술에 흥미가 있나요?"

"아뇨, 루데우스 정도 나이의 아이에게 흥미가 생겼거든요."

"아, 그래요."

완전히 평상운행이다.

하지만 대학이라고 해도 학교라면 아이도 많겠지.

이 나라의 법률이 어떻게 되었는지는 모르지만, 미성년자 약취가 되지 않으려나.

…뭐, 붙잡히는 건 내가 아니니까 상관없다. 어차피 막아도 할 테고.

내가 걱정할 일은 아니다.

"하지만 아마 보통은 입학금이나 학비가 필요할 텐데요?"

"문제없답니다. 전 이래 보여도 돈이라면 제법 있으니까요."

그렇게 말하며 그녀는 금화주머니를 툭 두들겼다.

그 안에는 여기서 사용되는 동전 외에도 아슬라 금화가 다섯 닢 이상 들어있었다.

또 그녀의 백팩 안에는 마력결정이 몇 개나 들어있다는 것도 알고 있다.

딱 한 번 구경해 봤는데, 아름다운 구체의 마력결정으로 크기는 슈퍼볼 정도. 팔면 아슬라 금화로 열 닢 이상의 가치가 나온다는 모양이다.

어디서 입수한 건가 싶었는데, 애초에 그녀는 미궁 탐색을 주로 하는 모험가다.

옛날에 찾은 마력결정을 수표 대신으로 가지고 다니는 거라고 멋대로 해석했다.

마력결정은 환전하지 않더라도 어디서든 돈으로 교환할 수 있으니까.

입학에 돈이 들지만, 그녀는 돈이라면 문제없다. 입학 이유가 불순하지만, 나도 남의 말을 할 게 못 된다. 막을 이유도 없었다.

"그런가요. 그럼 갈까요."

우리는 마법대학으로 발을 옮겼다.

라노아 마법대학은 거대한 부지를 갖고 있었다.

지극히 광대한 부지에 벽돌 건물들이 몇 겹이나 줄을 이었고, 중앙에는 성 같은 건물까지 존재했다. 모르는 사람 눈에는 그대로 요새로 써먹을 수 있을 것처럼 보였다.

이미지로는 츠쿠○ 대학에 가까울까.

아니, 츠쿠○ 대학은 사진으로밖에 본 적 없지만.

아무튼 교문에서 수위인 듯한 사람에게 편지를 보여주었다.

"실례합니다. 이런 편지를 받고 왔는데요."

수위는 편지를 보더니 고개를 끄덕였다.

"음. 교직원동이 어디 있는지는 아나?"

"모릅니다."

"이 길을 똑바로 따라가다가 초대 교장의 동상에서 오른쪽으로 가. 파란 지붕의 건물이지. 거기 접수대에 편지를 주고 절차를 밟으면 될 거야."

"감사합니다."

엘리나리제가 수위에게 교태를 부리려고 하기에 귀를 잡아당기며 발을 옮겼다. 엘프족의 귀는 기니까 잡아당기기 쉽다.

초대 교장 동상까지는 직선길이었다.

길 양옆에는 낙엽 진 나무들이 줄이어 서 있었다. 봄이 되면 벚꽃이라도 피는 걸까. 이 세계에 벚나무가 있는지는 모르겠지만.

나무들 뒤쪽으로는 높이 3미터 정도의 벽돌담이 솟아 있었다.

적이 여럿 공격해 올 때에 이 양옆에서 궁병이 얼굴을 내밀고 "걸렸구나!"라고 말하는 걸까.

"죄다 내마 벽돌로 만들어졌네요."

"호오."

엘리나리제의 말에 나는 벽을 주시했다.

내마 벽돌이란 그 이름처럼 마력에 내성을 가진 벽돌이다. 대규모의 공격 마술에도 버텨낼 수 있다는 모양이다.

대체 어느 정도 내성일까. 실제로 마술을 쏴서 확인해 보고 싶은 기분이 들었다.

안 하겠지만.

내마 벽돌은 마술 길드가 독점적으로 제조, 판매한다고 들었다. 아슬라 왕국에서는 왕도에서밖에 쓰이지 않을 만큼 값비싼 것이다.

미스라 신성국에서도 왕룡왕국에서도 못 봤는데, 마법삼대 국에서는 흔히 보였다. 그 동네의 모험가 길드의 벽에도 사용될 정도다. 제조법은 극비지만, 원재료는 그렇게 비싸지 않을지도 모르겠다.

벽돌 통로를 빠져나가자 다소 널찍한 광장이 나왔다.

거기서 길이 세 방향으로 갈라졌다. 중앙에 있는 것은 로브를 두른 한 여성의 동상이었다.

동상에는 '초대 교장 제56대 마술 길드 총수 프라우 클로디아'라고 적힌 팻말이 붙어 있었다. 이게 초대 교장의 동상이겠지.

벽돌벽은 여기서 끝났다.

정면의 길 끝에는 요새 같은 거대한 학교 건물들이 있었다.

눈에 보이는 범위로 만도 여섯 채 이상의 건물이 있었다.

문득 건물들 옆에 있는 운동장 같은 장소에서 불길이 치솟는 게 보였다. 아무도 소동 피우지 않는 걸 보면 수업 중이겠지.

왼쪽으로는 빨간색 지붕의 건물이 여러 채.

이것 또한 크고 창문이 많으며 베란다도 붙어 있었다.

베란다에 세탁물이 널려 있는 것을 보면 학생 기숙사일까.

자.

오른쪽에는 파란색 지붕, 왼쪽에는 빨간색 지붕.

나는 실○니아 패밀리가 아니기에 오른쪽으로 향했다.

"왠지 두근거리기 시작하네요."

엘리나리제가 중얼거렸다.

"그런가요?"

"이렇게 큰 건물뿐이니까요."

이 여자는 무슨 꿍꿍이인 걸까.

순간 그렇게 생각했지만, 모험가는 너무 큰 건물과는 인연이 없다. 기껏해야 모험가 길드 정도다. 그러니 큰 건물을 볼 기회가 적다.

"엘리나리제 씨가 여태까지 가 본 것 중 가장 큰 건물은 어디인가요?"

"밀리시온의 모험가 길드 본부네요."

"헤에, 그러고 보면 그곳도 컸지요."

나도 밀리시온의 모험가 길드에는 가 본 적 있다.

분명히 그곳은 상당히 넓었다.

물론 생전에 더 큰 건물을 본 적이 있으니까 놀라진 않았지만.

"재미없는 반응이네요. 제가 처음 밀리시온의 모험가 길드를 보았을 때는 흥분해서 무심코 파울로에게 안겼는데…. 칫, 떠올리고 싶지도 않은 과거네요."

엘리나리제는 혼자서 떠들고 혼자서 얼굴을 찌푸렸다.

정말로 파울로가 싫은 모양이다. 남자라면 누구든 좋다고 호언하는 그녀가 이런 말까지 하다니… 대체 무슨 짓을 한 걸까….

그러고 보면 파울로와 엘리나리제가 헤어진 게 몇 년 전이더라?

내가 지금 열다섯 살이니까 15년도 더 전이겠지.

"이상한 질문을 좀 하겠는데요, 엘리나리제 씨는 몇 살입니까?"

"어머나, 여자한테 나이를 묻는 법이 아니랍니다."

"참고로 저는 이제 곧 오십 살입니다."

"거짓말이나 하고."

그런 소리를 하는 사이에 파란색 지붕의 건물에 도착했다.

접수처에 편지를 보여주자 응접실로 안내받았다.

소파와 테이블, 그리 비싸 보이지 않는 장식품이 있는 방이었다.

"잠시만 기다려 주세요."

접수 아줌마는 우리를 안내하더니 그런 말을 남기고 사라졌다.

"후우."

"한숨을 쉬면 행운이 도망간답니다."

내가 소파에 앉는 동시에 엘리나리제가 옆에 앉아서 몸을 기대왔다.

남자 옆에 앉으면 반드시 한다. 안 좋은 버릇이다.

나로서도 기분 나쁘지 않으니까 내버려 두었다. 그녀는 남자의 몸을 만지면서 좋아한다. 나는 미인 누나가 밀착해서 좋다. 아무도 불행해지지 않는다.

불행한 것은 이런 상황에도 반응을 보이지 않는 내 거기뿐이다.

그렇게 생각하면서 주위를 둘러보았다.

여기 응접실의 랭크는 C 정도일까. 소파는 딱딱하고 장식품도 적다. 물론 유랑 모험가를 맞아들이는 장소로 적당하겠지.

"오래 기다리셨습니다."

지너스 수석교사는 20분 정도 지나서 나타났다. 예약을 잡은 것도 아닌데 빠르네.

"수석교사인 지너스입니다."

그렇게 말한 남자는 앞머리가 상당히 후퇴한 장년으로, 신경질적인 느낌의 사람이었다.

진청색 로브를 입은 걸 보면 물 마술을 쓰는 걸까.

"처음 뵙겠습니다, 루데우스 그레이랫입니다."

나는 곧바로 일어서서 귀족식 인사로 꾸벅 고개를 숙였다.

힐끗 엘리나리제를 보니 그녀도 그럴 듯하게 고개를 숙였다.

"그쪽 분은?"

"저는 엘리나리제 드래곤로드. 루데우스의 파티 멤버랍니다."

"하아…."

누구? 뭐 하러 왔지? 라는 시선을 받았지만, 엘리나리제는 개의치 않았다.

지녀스도 됐다는 듯이 우리에게 의자를 권했다.

"설마 이렇게 빨리 오실 줄은 생각 못 했습니다."

"아는 사람의 권유가 있었습니다."

"아는 사람? 아, 록시로군요."

록시 씨라고 해라, 대머리 자식아…라고 마음속으로 소리쳤지만 말로는 하지 않았다.

"물론 선생님의 권유도 있었습니다만, 이번에는 다른 분의 추천도 있어서."

"호오…. 그럼 대학에 재적해 주시는 걸로?"

"예."

지녀스가 몸을 내미는 바람에 살짝 물러나면서 끄덕였다.

"어차, 이거 실례. 재야에서 활약하는 마술사 분들은 자존심 강한 분도 많고, 특히나 루데우스 씨처럼 젊은 분은 마법대학 그 자체를 얕보는 경향이 있어서…."

"그렇군요."

"루데우스 씨는 얼마 전에 외톨이 용을 쓰러뜨렸다고 들었습니다. 그런 분이라면 역시나 대학에 재적하지 않으실 거라고 생각했는데…."

나도 2년 동안 모험가의 경향을 이해하였다.

종족이나 나라에 따라서도 다르지만, 이 세계는 15세부터 성인인 경우가 많다. 모험가도 그 정도 나이에 데뷔하는 사람이 태반이다. 하지만 성인이 되기 전에 모험가가 된 사람도 적지 않게 존재한다. 그렇다고 해도 그런 사람 중에 높은 랭크까지 올라가는 사람은 적다.

그리고 그 소수의 '높은 랭크까지 올라간 젊은이'는 태반이 자존심 덩어리다.

내가 아는 건 두 사람이다.

한 명은 14세에 B랭크라는 소년. 이름이 뭐라고 했더라…. 정말이지 콧대 높은 녀석이라서, 왠지 나를 라이벌로 보았다. 당시에는 동갑이었으니까 A랭크에 있는 내가 마음에 안 들었겠지. 뭐, 최근 안 보인다~ 싶었는데 토벌 의뢰에 실패해서 죽었을지도.

또 한 명은 15세에 B랭크인 소녀. 이름은 사라. 그녀에 대해서는 별로 떠올리고 싶지 않지만, 역시나 자존심이 세서 처음 만났을 때에는 날 마구 쏘아붙였다.

지너스는 그런 사례로 내가 그렇게 자존심 강할 게 틀림없다고 생각했겠지.

아쉽게도 내 자존심은 요즘 별로 기운이 없다. 영력 부족일까.

"배우고 싶은 것, 조사하고 싶은 것, 하고 싶은 것이 많이 있습니다. 여기를 이용하는 게 가장 좋다고 생각해서. 아, 물론 졸업 후에는 마법대학의 선전도 하도록 하겠습니다."

콘라트의 이야기를 떠올리면서 그렇게 말하자 지너스는 쓴웃음을 지었다.

"그렇게 솔직하게 말씀해 주시니 이쪽으로서도 기쁠 따름이로군요."

"음, 아무튼 특별생이란 것이 어떤 것인지 저도 아직 잘 모르니까, 일단 그것부터 들었으면 싶습니다만."

지너스는 내 말에 고개를 끄덕였지만 문득 떠오른 것처럼 쓴웃음을 지었다.

"아, 그전에 조금 시험을 해 봐도 괜찮겠습니까?"

"시험입니까?"

장학생 시험 같은 걸까….

이런. 아무런 준비도 안 했다. 록시에게 마술에 대해 배운 것은 십 년 전이다. 얼마나 기억하고 있을까. 어어, 분명히 혼합 마술은….

제길, 이럴 줄 알았으면 예습했을 텐데….

"예, 루데우스 씨가 소문처럼 대단한 분인지 실기 테스트입니다."

아무래도 필기는 아닌 모양이라서 조금 안심했다.

★　　★　　★

외톨이 용을 한 번 더 해치우라고 하면 솔직히 하고 싶지 않다. 소인은 **겁쟁이**이기에.

솔직히 그렇게 말하자, 지너스는 쓴웃음을 지으면서 "설마 그건 아니지요."라고 대답했다.

이 사람은 쓴웃음이 많다. 고생이 많은 걸지도 모르겠다.

그렇게 생각하면서 지너스를 따라서 건물 밖으로 나갔다.

목적지는 학교 건물들 중에서 수련동의 훈련실이라는 듯했다. 마술 실험이나 시험에 사용되는 장소라는 모양이다.

"그렇긴 해도 건물이 꽤나 많군요. 학생이 그렇게 많습니까?"

그렇게 묻자, 지너스는 고개를 끄덕이면서 설명해 주었다.

"라노아 마법대학은 일반적인 마술학교와 달리 통상 학교로서의 수업도 있으니까 교실 숫자가 많아집니다. 귀족 분을 대상으로 한 과나 상인을 위한 산술과 같은 것도 있습니다. 물론 기본적으로 어느 과라도 마술을 가르친다는 것은 다름없습니다만."

입장이나 목적의 숫자만큼 과나 코스가 있다는 모양이다.

록시의 말처럼 어떤 상대라도 받아들인다는 거겠지.

맘모스 학교가 될 만하다.

"역시나 제왕학을 가르칠 만한 인재는 없습니다만, 마술에 관한 교사진은 아슬라의 왕립학교도 능가한다고 자부합니다."

"호오."

"일단 군사학을 가르치는 과도 있습니다. 물론 학생 수는 거의 없습니다만."

"그럼 예를 들어 그 중에서 정신적인 병에 대한 의학을 가르치는 과도 있습니까?"

"정신적인 병에 대한 의학? 아뇨, 아무래도 그건 없습니다. 치유, 해독 마술 쪽으로는 좋은 교사가 있다고 자부합니다만… 그건 마술과는 다소 분야가 다르지 않을까요?"

"그렇군요."

대학이지만 대학병원은 아니라는 소릴까. 이런데 내 병이 나을 수 있을까….

뭐, 인신의 조언도 있었으니 서두를 건 없다.

"지인 중에 누구 편찮으신 분이 있습니까?"

"병이라고 할 정도는 아닙니다만…. 뭐, 저주 같은 겁니다."

"으흠, 저주를 치료하는 연구를 위해 여기에 오셨던 거군요. 훌륭한 마음가짐입니다."

"그렇게 거창한 걸 할 생각은 없습니다."

그런 이야기를 하면서 한 건물에 들어갔다.

여기 또한 내마 벽돌로 지었다. 안은 체육관처럼 텅 빈 구조였지만, 바닥에는 반경 5미터 정도의 마법진이 일렬로 네 개 준비되어 있었다.

구석의 마법진 주위에는 스무 명 정도의 남녀가 있었다.

전원이 비슷한 로브를 입었고, 마법진 안에 들어가서 두 명이 서로 공격 마술을 쓰고 있었다.

다치진 않을까.

"저건 올해 4학년인 학생들입니다. 귀족이 많은 학급인 모양이군요. 우리 학교에서는 실전도 고려해서 저런 모의전도 하고 있습니다."

지너스의 설명을 흘려들으면서 바라보니, 한쪽 학생이 날린 불구슬이 다른쪽에게 직격했다.

학생은 불길에 휩싸였지만, 곧 발밑의 마법진이 빛나며 진화.

불길 속에서 화상 하나 없는 학생이 나왔다.

"이 마법진은?"

"성급 치유술의 마법진입니다. 공격을 받아도 즉시 회복합니다."

"오오, 대단하네요."

"또한 바깥쪽에는 상급 결계도 쳐져 있어서, 어느 정도의 마법으로는 꿈쩍도 하지 않습니다."

그렇군.

마법진이란 건 예전에 마술 교본을 보았을 때에는 대수롭지 않게 여겼는데, 마대륙에서 돌아오는 도중에 몇 번이나 고배를 마셨던 적이 있었다. 나도 쓸 수 있도록 익혀두는 편이 좋을지도 모르겠다.

물론 지금이라면 실론에서 걸렸던 마법진에 들어가도 어떻게든 될 것 같지만….

그런 생각을 하면서 학생들의 반대쪽에 있는 마법진에 들어갔다.

"그래서 저는 뭘 하면 되겠습니까?"

"루데우스 씨는 무영창 마술을 쓰신다고 들었습니다. 그걸 보여주시지요."

"쓰기만 하면 됩니까? 혹시 제가 가짜라면 그 정도 준비는 했을 텐데요?"

"예? 그도 그렇군요. 우리 학교에서도 무영창 마술의 교사는 한 명 있었습니다만, 작년에 노령으로 돌아가셨기에…."

지너스는 그렇게 고민했지만 짝 하고 손뼉을 쳤다.

"아, 마침 잘 되었군. 사실 저 학급에도 무영창을 쓰는 학생이 한 명 있지요. 루데우스 씨에게는 못 미칠지도 모릅니다만, 우리 학교에서 손꼽히는 천재입니다. 올해에도 학생회에 소속되어서…. 아니, 그런 이야기는 필요 없군요. 게타 선생님! 피츠 군을 잠시 빌릴 수 있겠습니까?!"

지너스가 저쪽 마법진으로 달려가서 교사에게 말을 걸었다.

잠시 뒤에 한 소년이 이쪽을 향해 걸어왔다.

짧은 백발에 선글라스를 꼈다. 귀가 길었다. 엘프족일까? 작은 체구. 아니, 단순히 어린 걸까. 열세 살 정도인가? 언뜻 보기론 수재 타입이군. 압도적으로 근육이 부족하다. 남자라면 더 단련해야지.

연하에 근육도 부족하다고 해도, 내년부터 선배가 될 사람이다.

인사 정도는 해두는 게 좋겠지.

"......!"

나는 그와 눈이 마주친 순간 큰 소리로 인사를 하면서 고개를 숙였다.

"처음 뵙겠습니다, 루데우스 그레이랫입니다. 별일 없으면 내년부터 당신의 후배가 됩니다. 부족한 점이 있거든 지도편달을 부탁드립니다."

"아…. 어? 아, 예."

피츠는 뭐라고 말하려고 했지만, 그때는 이미 내가 인사를 끝마친 상태였다.

자기소개는 선수필승. 그는 입을 뻐끔거렸지만 이윽고 입을 꾹 다물더니,

"피츠입니다. 잘 부탁해요."

딱딱하고 높은 목소리로 대답했다. 변성기가 아직 안 온 모양이다.

역시 연하인가. 하지만 선배는 선배다. 음습한 괴롭힘을 당하는 건 무서우니까 고개를 숙여두자.

"번거롭게 해드리게 되었습니다만, 시험을 잘 부탁드립니다."

"어… 응."

그가 마법진에 들어가자, 지너스가 뭐라고 중얼거려서 마법진을 발동시켰다.

바닥의 마법진이 희미하게 빛을 내기에 시험 삼아 가장자리를 똑똑 두들겨 보려고 했지만 쑥 통과했다.

"어라? 지너스 선생님, 제대로 작동하는 거 맞습니까?"

"루데우스 씨. 여기는 마술에 대한 저항만 있습니다."

"물리적인 것은 통과하는군요."

실론에서 본 것은 왕급이었던가.

그건 물리도 마법도 무력화했다. 그런 쪽도 짬이 있으면 연구해 둘까. 모처럼 학교에 왔으니까 누군가에게 배우는 것도 좋을지 모르겠다.

"그럼 루데우스 씨는 모험가니까 피츠와의 모의전이라는 형태면 되겠습니까? 기본적으로는 무영창 마술을 사용하시는 형태로."

"문제없습니다."

고개를 끄덕이고 피츠를 바라보았다.

어라? 이거 혹시 졌다간 평범하게 수업료를 내라는 말을 듣지 않을까?

그건 싫은데. 외톨이 용을 토벌해서 돈을 많이 벌었지만, 나도 오랫동안 수전노 생활을 계속해 온 탓인지 최대한 지출을 줄이고 싶다.

…제대로 해 볼까.

"……."

마법진 중심점을 사이에 두고 피츠가 섰다.

그가 손에 든 것은 작은 롯드 하나. 그립구나. 나도 옛날에 저런 걸 썼지.

나도 내 스태프를 들었다. 이쪽은 열 살 때부터 계속 사용해 온 '아쿠아 하티아'. 최근에는 이 녀석에게 샤린이라는 이름을 붙일까 생각할 정도다.

솔직히 말해서 쓰든 안 쓰든 그리 차이는 없지만.

"…그럼."

제대로 해 보기로 결심했지만, 무영창 마술사끼리 싸우는 건 처음이다.

일단 이런 일도 있을까 싶어서 몇 차례 시뮬레이션을 해 왔지만, 통할까….

"그럼 시작!"

호령과 동시에 내 마안에 피츠가 지팡이를 드는 게 보였다.

무영창 마술의 속도로 선수를 칠 생각이겠지. 그럼 대항 마술이다.

"'디스터브 매직'!"

나는 피츠를 향해 디스터브 매직을 사용했다.

"어? 어라? 왜?!"

나와야 할 마술이 나오지 않아서 놀란 얼굴로 지팡이 끝을 보는 피츠를 바라보면서 나는 왼손으로 항상 사용하는 스톤 캐논을 만들어냈다.

이러니 저러니 해도 스톤 캐논은 제일 쓰기 쉽다. 핀포인트를 노려서 높은 위력을 낼 수 있고, 위력 조절이나 연사도 간단하다. 토벌 의뢰에서 쓰는 것도 기본적으로 이것과 '매드풀'뿐이다.

아니, 함부로 불 마술 같은 걸 쓰면 내가 화상을 입잖아.

"글쎄요, 왜일까요?"

크기는 새끼손가락 끝마디 정도.

회전속도와 사출속도는 높게. 표적은 피츠의 이마 한가운데…라고 생각했지만 그만두었다.

사출.

스톤 캐논은 큐웅 하는 소리를 내면서 날아가서 피츠의 얼굴 끝을 스치더니 콰앙 하는 멋진 소리를 내면서 결계를 돌파. 그대로 내마 벽돌벽에 박혀 잔해를 흩뿌리면서 그 움직임을 멈추었다.

"……!"

굳어버린 피츠의 뺨에서 주르륵 피가 흐르다가 곧 상처가 아물었다.

피츠는 뺨에 흐르는 피를 손가락으로 훑고는 뒤를 돌아 스톤 캐논이 날아간 곳을 확인했다.

그리고 그 자리에 풀썩 주저앉았다.

비껴 쏘길 잘 했군.

치유 마술은 만능이 아니다. 간단한 상처라면 순식간에 아무는 성급 치유 마술이라고 했지만, 직격하면 즉사였을 가능성도 있었다. 성급으로는 즉사를 고칠 수 없다.

"……"

문득 피츠와 눈이 마주쳤다. 선글라스 때문에 어디를 보는지 알 수 없지만, 왠지 모르게 눈이 마주친 걸 알았다.

"……"

"……"

우리는 서로 아무 말도 하지 않았다.

피츠의 시선만이 점점 강해졌다.

왠지 모르게 저질렀다 싶은 느낌은 들었다.

다른 마법진에서도 사정없이 시선이 쏟아졌다.

지너스도 눈을 동그랗게 뜨고 바라보았다. 엘리나리제는 하품을 했다.

"지, 지금… 어떻게 한 거야…?"

피츠의 떨리는 목소리.

지너스도 무슨 일이 일어났는지 모르겠다는 얼굴을 하고 있었다.

"디스터브 매직이라는 마술입니다. 모릅니까?"

피츠는 고개를 내저었다.

디스터브 매직에 대해서 모르는 모양이다. 꽤나 마이너한 걸

까. 마술사와의 싸움에서 지극히 유효한 마술이라고 생각하는
데…. 그러고 보면 2년 정도 모험가 생활을 했지만 올스테드 말
고는 쓰는 사람을 못 봤군.

피츠가 나를 똑바로 바라보았다.

선글라스 안쪽의 시선이 아플 만큼 전해졌다.

"……."

지너스가 말하기로 피츠는 천재라고 했다. 그런데 사람들이
보는 앞에서 엉덩방아를 찧었으니 그의 체면이 박살났을 가능
성이 크다.

피츠의 시선이 아파서 나는 조용히 시선을 돌렸다.

찍혀 버린 걸까.

식사 때가 되면 다리를 걸려고 들까. 그렇게 넘어지면 위에서
우유와 조소를 퍼붓는 걸까. 그건 진짜로 참담한 기분이 되니
까 되도록 당하고 싶지 않다.

좋아.

"고맙습니다, 선배! 신입생인 제가 멋진 모습을 보여줄 수 있
도록 양보하신 거군요!"

나는 빙그레 웃으면서 다른 학생들에게도 들리도록 그렇게
말하며 그에게 다가갔다.

"어?"

그에게 손을 내밀었다. 피츠가 다소 당혹스러워하면서도 내
손을 잡았다.

피츠의 손은 부드러웠다. 검 같은 것을 들어본 적 없겠지.

"오늘 일은 나중에 꼭 사례하겠습니다."

"......!"

내가 일으켜 세우는 동시에 귓가에 그렇게 속삭이자, 피츠는 부르르 몸을 떨더니 고개를 끄덕였다.

입학하거든 과자라도 사들고 인사하러 가자. 꼭 그러자.

나는 조용히 결의했다.

참고로 시험은 합격했다.

지너스는 나를 열심히 칭찬했다. 피츠에게 압승했으면 문제없다는 모양이다.

★　　★　　★

그런고로 나는 한 달 뒤부터 마법대학의 기숙사에서 살게 되었다.

특별생에 대한 자세한 설명도 들었다.

기본적으로 특별생은 학비 면제. 경우에 따라서는 수업도 면제.

희망하면 일반학생과 함께 커리큘럼에 따른 수업도 받을 수 있다.

한 달에 한 번 있는 조회에 출석하면 기본적으로 교내에서 뭘 하든 자유.

연구동의 방을 빌려서 연구에 몰두해도 좋고, 수련동의 방을 빌려서 수행에 힘써도 좋다.

도서관에 가서 독서로 날을 지새워도 좋다.

식당에서 계속 밥을 축내도 좋다.

대학의 부지에서 나가서 모험가로 활동해도 좋다.

마술 길드에 가서 연구 성과를 발표하고 와도 좋다.

환락가에 드나들며 적당히 놀아도 좋다.

다만 부지 밖에서의 일에 대해서는 자기 책임이라고 했다.

학생이라고 하지만 연구원에 가까울지도 모르겠다.

물론 특별생에게는 여러 형태가 있는 모양이라, 다른 특별생은 기본적으로 수업 면제인 게 아니라는 듯했다.

나는 꽤나 자유를 인정받은 모양이었다.

물론 금지되는 건 있었다.

예를 들어서 라노아 왕국에서 범죄로 간주되는 행위 전반, 학교에 대한 파괴활동이나 마술 길드를 모욕하는 행위 등은 금지된다.

자세하게는 교칙을 읽어달라면서 책자 사이즈의 얇은 책을 한 권 받았다.

그 자리에서 대충 넘겨보았지만, 기본적으로 내가 아는 상식에 따른 행동을 하면 문제는 없을 듯했다. 그보다 모험가 길드의 규약과 대충 비슷했다.

모험가 길드 쪽의 규칙이 더 **빡빡할** 정도였다.

참고로 엘리나리제도 입학했다.

평범하게 돈을 지불한 입학이었다.

입학금과 졸업까지의 학비를 일시불로 하면 아슬라 금화로 세 닢 정도라고 했다.

세 닢이라고 하면 의외로 싸게 생각되지만, 아슬라 금화는 이 세계에서 가장 고가의 금화다. 이 근처면 그거 한 닢으로 한동안 놀고먹으며 살 수 있겠지.

참고로 제대로 시험을 치러서 우수한 성적을 거두면 어느 정도 학비나 입학금이 면제된다는 모양이었다. 혹시 돈이 없으면 졸업 후에 낼 수도 있다나. 우수한 인재를 획득하기 위해서 꽤나 융통성을 부려 주는 모양이었다.

뭐, 그건 나랑 관계없지.

"흠."

나는 다시 교칙을 낱낱이 읽었다.

성적인 면에 관한 벌칙 사항에 대하여.

그런 것도 자세히 적혀 있었다.

"엘리나리제 씨. 아무래도 강제가 아니면 어느 정도의 자유는 인정되는 모양이네요."

"멋진 학교로군요. 알고 있나요? 밀리시온의 학교에서는 전면적으로 금지랍니다."

주어가 빠진 대화였지만, 거의 정확한 대답이 돌아왔다.

역시나 뇌내 핑크빛인 인간은 다르다.

생전의 지식이라면, 재학 중에 자식이 생겼다간 풍기가 현저하게 문란해진다고 생각했겠지.

하지만 애초에 이 학교에는 열 살 전후의 어린애부터 백 살이 넘은 사람까지 재적한다.

일단 젊은이가 많아 보이지만, 나이도 다양, 종족도 다양.

그럼 상식도 다양하다.

엘리나리제처럼 저주를 가진 사람도 적지 않게 존재하고, 그런 상황에서 저것도 안 돼, 이것도 안 돼, 라고 정했다간 오히려 문제가 일어나기 쉽겠지.

특히나 생식은 본능이고.

뭐, 자유로운 교풍에도 이유는 있다는 소리다.

이유가 있다는 소리는 내가 남자로서 사는 보람을 되찾기 위해 노력해도 좋다는 소리다.

우와아, 힘내자. 내 거기를 키워 보자.

뭐, 인신의 조언도 있고, 치료하는 건 거의 확정적으로 명백하다.

서두르지 말고 느긋하게 하자.

제3화 입학 첫날

라노아 마법대학.

광대한 부지를 가졌고, 세 나라와 마술 길드를 스폰서로 가진 세계 최대급의 맘모스 학교.

현재 교장은 마술 길드 간부 '풍왕급 마술사 게오르그'.

학생 수는 1만을 넘고, 교사 숫자도 많다.

'마법'대학이라고 이름을 붙이고 있지만, 이 세계에 존재하는 모든 것을 배울 수 있다.

그것도 모든 종족, 인종, 신분을 가리지 않는다.

예를 들어 미리스교단이 기피하는, 아직 차별의식이 강하게 남은 마족.

예를 들어 다소 배타적인, 일반적으로 꺼려지곤 하는 수족.

예를 들어 권력 다툼으로 국외 추방당한 인간 나라의 왕족.

예를 들어 선천적으로 저주를 가지고 태어나서 종기 다루듯 대해진 귀족 자제까지.

아무리 그래도 천족이나 해족은 재적하지 않았지만, 마력이 강한 자나 마술에 조예가 깊은 자라면 어느 정도 문제가 있는 자라도 입학할 수 있다.

과거에는 그것 때문에 문제도 일어났다나 본데, 세계에서도 손꼽히는 힘을 가진 동맹과 마술 길드라는 둘을 겸비한 나라에 대항할 수 있는 건 아슬라 왕국 정도밖에 없다. 그 아슬라 왕국도 마술 길드에는 적지 않게 출자하였고 관계가 악화되기를 바라지 않는다.

참고로 미리스 신성국의 어느 일파…라고 할까, 신성기사단은 이 학교의 존재에 대놓고 반대한다. 하지만 세계의 정반대쪽에 있는 학교니까 일부러 전쟁을 일으키면서까지 어떻게 할 것도 아닌 모양이었다.

학생의 재적기간은 통상 7년. 유급은 두 번까지 가능해서 최대 9년.

마술 길드 소속의 연구자가 되면 그대로 대학 설비를 계속 사용할 수도 있다고 한다.

거대한 5층짜리 기숙사는 있지만, 이용은 자유.

시내에 집이 있는 사람은 거기서 등교할 수도 있지만, 기본적으로 기숙사를 사용한다.

나도 기숙사의 방을 하나 받기로 했다.

기숙사에서 내 방은 2층.

소박한 방으로 열여덟 평 정도의 방에 2층 침대가 하나. 의자와 테이블이 하나.

보통 둘이서 방 하나를 쓰지만 특별생은 혼자다.

희망하면 2인실로 사용할 수도 있지만 그만두었다. 친구를 만들러 온 것도 아니고.

돈을 내면 보안성이 뛰어나고 면적도 넓은 귀족용 방으로 이동할 수도 있나 본데, 필요 없겠지. 지금으로선 암살자에게 찍힐 만한 짓도 하지 않았다.

화장실은 복도에. 놀랍게도 수세식이었다.

물론 레버 하나만으로 쏴아 하고 물이 나오는 건 아니다. 화장실 구석에 항아리가 있어서 그걸로 물을 길어서 수동으로 하는 것이다. 그러면 파이프를 타고 오물이 하수도까지 흘러간다는 식인 듯했다. 물론 나 같은 녀석에겐 양동이를 쓰지 않고 물마술로 흘려 버리는 쪽을 추천한다.

참고로 항아리에 물을 채우는 당번은 정해진 모양인데, 나는 특별생이니까 면제다.

교복도 지급되었다.

남자 것은 학생복이고, 여자 것은 블레이저와 비슷했다.

소박하지만 꽤나 귀여운 디자인이었다. 아무래도 작년까지는 교복이 통일되지 않았던 모양인데, 올해부터 바뀌었다는 이야기였다.

그럼 아예 체육복은 블루머! 라고 생각했지만, 아쉽게도 이쪽은 로브다.

지급도 지정도 없었다. 없는 사람은 적당히 사라는 소리겠지.

일단 돈도 없는 녀석에게는 매점에서 파는 제일 싸구려가 지급되는 모양이었다.

나는 오랫동안 입은 옷이 있으니까 살 필요는 없겠지.

"어때요, 어울리나요?"

현재 새 옷을 입은 엘리나리제가 내 앞에서 패션쇼를 하고 있다.

머리 모양이 어깨 아래까지 오는 화려한 롤빵 머리라서, 로브 차림의 모습은 코스프레로밖에 보이지 않았지만, 교복 쪽은 그 럭저럭 어울렸다.

물론 엘리나리제의 본성을 알기 때문에 이쪽도 역시 코스프레로 보였다.

"스커트를 짧게 수선하면 남자를 낚기 쉬울지도 모르겠네요. 아슬아슬하게 속옷이 보이지 않을 정도로."

아무튼 그렇게 충고해 주자 엘리나리제는 '천재인가?'하는 얼굴로 날 보았다.

"하지만 그러면 춥지 않을까요?"

"종아리까지 오는 양말을 신으면 되지 않을까요?"

"아하, 역시나 루데우스. 천재로군요."

엘리나리제는 내가 말한 대로 스커트를 접어서 여고생 같은 차림을 했다.

그러고서 빙글 돌자, 그녀의 장식 많은 속옷이 힐끗 보였다.

으음, 역시 교복에 선정적인 속옷은 안 어울려.

입학식에 갔다.

이런 학교라도 입학식이란 것은 존재하는지, 올해 신입생이 추운 교정에 집합하였다.

재미없다는 눈치의 소녀도 있고, 교장의 이야기를 열심히 듣는 소년도 있었다. 아는 사람들끼리 적당히 모여서 잡담하는 이도 있었다.

물론 정렬 같은 건 하지 않았다. 혹시 이게 일본의 학교였다면 생활지도교사가 호통을 쳤겠지.

그런 잡다한 사람들을 앞두고 벽돌로 된 단상에 교장이 연설하고 있었다.

"제군, 마술사란 것이 검사에게 얕잡힌 지 이미 오랜 세월이 경과했다. 그래, 그 검신들이 만들어낸 검술은 지고하겠지! 하지만! 마술 또한 지고하다! 검술은 기껏해야 살인의 도구에 불과하다. 하지만 마술은 다르다. 마술에는 미래가 있다! 잃어버린 마술체계를 되찾고, 현재의 주문술식과 조합하여 새로운 진화를 이루는 것이 사람들의———."

나는 엘리나리제와 함께 조용히 서 있었다.

어느 세계든지 교장의 이야기는 길다. 하지만 여기 교장의 연설은 지루하지 않았다. 마술에 대한 의욕이 넘쳐나기 때문일까. 아니, 그게 아니다. 가발이 날아갈 것만 같은 것을 필사적으로 누르는 모습이 재미있기 때문이다.

엘리나리제는 주위를 둘러보면서 남자를 음미하는 듯했다.

눈이 그쪽으로 쏠리는 것처럼 보였다.

"이상. 제군들에게 마도의 길이 있기를!"

마지막으로 교장은 어디의 자유와 정의의 수호자 같은 말로 매듭지었다.

교가 제창 따윈 없다. 애초에 교가가 없다.

국가는 있지만. 난 못 부르지만.

"계속해서 학생회장의 신입생에 대한 인사말."

수석교사의 말에 단상에 세 명의 소년소녀가 올라갔다.

선두에 선 것은 아름다운 금발을 가진 소녀였다. 중간을 땋은 장발. 복장은 우리와 같은 새 교복이지만 걸음걸이에서 이미 기품이 흘러넘쳤다.

내 옆에 있는 날라리 아가씨와는 천지 차이다.

물론 엘리나리제의 자세에서는 기품이 없지만 빈틈도 없다.

"어머, 저건 저번에 루데우스가 울린 아이 아닌가요?"

그 말에 바라보니 뒤따르는 두 명의 소년.

그 중 한쪽은 백발에 선글라스를 낀 사람이었다.

피츠였다. 그는 빈틈없이 주위를 둘러보면서 단상에 올랐다.

참고로 딱히 울리지는 않았던 것 같은데.

다른 쪽은 모르는 소년이었다.

나보다 조금 연상일까. 경박한 갈색 머리를 올백으로 넘기고, 허리에는 검을 찼다. 마술사로는 안 보이고, 저 몸가짐을 보면 아마도 검사겠지.

그리고 무엇보다 특필해야 할 것은 미남이라는 것. 참고로 내 조사에 따르면 중앙대륙의 나라에서는 내가 상상하는 미남상보다 뚜렷한 얼굴이 인기있다.

　그보다, 저 녀석, 왠지 파울로를 닮았는데….

　참고로 나도 꽤 나쁘지 않은 모양이지만, 웃으면 아깝다는 말을 자주 들었다.

　엘리나리제만큼은 웃으면 남자답고 멋지다고 칭찬했지만, 미소를 칭찬받은 적이 적기 때문에 요즘에는 거짓 웃음밖에 짓지 않았다.

　그들이 단상에 오르자, 주위의 어린애들이 술렁대기 시작했다.

　"저기 아리엘 님 아냐…?"

　"그럼 저쪽이 '무언의 피츠'!"

　"꺄아, 루크 님이야!"

　왠지 그들은 유명한 모양인지, 여학생들이 새된 소리를 내었다.

　아마도 파울로랑 닮은 남자가 루크겠지. 여자가 꺄아꺄아 환성을 보내자 손을 흔들고 있다. 인기가 있군. 칫, 마네킹 AV 배우 같은 이름이면서….

　"어머나, 멋진 남자."

　엘리나리제의 눈에도 든 모양이다.

　"조용! 아리엘 님의 말씀이 있겠다!"

　루크(아마도)의 호령에 주변의 술렁거림이 순간 잦아들었다.

　확성기를 쓴 것도 아닌데 대단하군.

"자, 아리엘 님."

자리가 조용해지는 것을 계산해서 소녀가 앞으로 나섰다.

"저는 아리엘 아네모이 아슬라. 아슬라 왕국 제2왕녀이며 마법대학의 학생회를 대표하는 자입니다!"

그 목소리는 조용한 자리 구석구석에 퍼졌다.

목소리가 귓전을 때리자 뇌세포가 떨렸다.

카리스마라고 할까. 잘 울리는 목소리인 것만이 아니라 듣고 있으면 기분 좋다.

"여러분은 전 세계에서 모였습니다. 그 중에는 우리의 상식과 큰 차이를 가진 이도 있겠지요. 하지만 여기는 마법대학. 고향과 다른 질서를 지키는 장소입니다."

그녀가 말하는 내용은 기본적으로 교칙에 대한 것이었다.

자신의 상식과는 다른 점이 있더라도 규정은 지키자, 그저 그것뿐인 이야기.

하지만 그 말은 마치 마음 밑바닥에 가라앉듯이 정착했다.

그래, 룰은 지켜야 한다. 그렇게 생각한 것은 내가 원래 일본인이기 때문은 아니겠지. 그녀의 말이니까 따르자고 생각한 것이다.

"──그럼 좋은 학교생활을."

아리엘은 마지막으로 그렇게 매듭짓고 단상에서 내려갔다.

그때 문득 피츠의 시선이 나를 향했다. 선글라스라서 알 수 없을 텐데도 왜인지 눈이 마주쳤다고 확신을 가질 만큼 그의 시선은 강했다.

큰일이다. 얼른 과자를 사들고 가지 않으면….

입학식이 끝난 뒤에 엘리나리제와 헤어져서 지정된 교실로 향했다.

한 달에 한 번 있는 조회에 참가해야만 한다.

듣자하니 현재의 특별생은 나를 포함해서 여섯 명밖에 없다고 하는데, 하나 같이 괴짜에 문제아들이라는 듯했다.

지너스 수석교사에게서는 "부디 싸우지 않도록."이라고 부탁을 받았다.

그러지 않아도 나는 싸울 생각이 없다.

무슨 말을 듣든지 꾸벅거리며 흘려 넘겨 주지.

그렇게 생각하면서 세 개의 교사 중 끝, 3층짜리 건물의 1층 안쪽 교실로 향했다.

도중에 지면에 선이 그어져 있고, '여기서부터 특별생 교실'이라고 적혀 있었다.

완전히 격리된 꼴이다. 특별생은 교내를 자유롭게 드나들 수 있을 텐데….

아니, 반대인가. 자존심이 강하고 문제를 일으키니까 일반학생이 다가오지 않도록 하는 배려인가. 특별이라는 이름이 붙으면 특별하다고 생각하게 되고.

그런 생각을 하다 보니 교실에 도착했다. 문 위의 팻말에는

'특별학생실'이라고 적혀 있었다.

"…실례하겠습니다."

조용히 문을 열고 작은 목소리로 인사하면서 교실에 들어갔다.

교실은 왠지 낯익은 느낌이었다. 새 칠판에 교단과 교탁 같은 것. 나무 책상이 교실 안에 줄지어 있었다. 창문은 닫혀 있지만, 교실 안은 밝았다.

넓은 교실과 비교해서 자리에 앉은 것은 고작 네 명.

일단 제일 앞줄의 자리. 책을 펼쳐놓고 기록하는… 아마도 공부하는 소년.

다크브라운색 머리로 눈가를 가린 것이 인상적이었다. 그는 이쪽을 힐끔 보더니 곧 흥미를 잃은 듯이 시선을 되돌렸다.

교실 안쪽, 창가 제일 뒷자리에 앉은 것은 두 소녀.

양쪽 다 수족이었다. 한쪽은 딱딱해 보이는 고기를 뼈째로 들고 우물우물 먹으면서 의심어린 눈으로 날 보았다. 개 쪽의 수인.

다른 쪽은 책상 위에 다리를 올리고 두 손을 머리 뒤로 모은 채 몸을 젖히고서 이쪽을 노려보았다. 이쪽은 고양이.

이 두 사람을 보니 돌디어족 마을에서 만난 두 소녀가 떠올랐다. 이름이 뭐였더라. 두 사람 다 착한 아이였다. 그와 비교해서 이 녀석들은 다소 태도가 안 좋았다. 완전히 날라리다.

그리고 마지막 한 명.

어디서 본 적이 있는 듯한 남자였다. 길쭉한 얼굴에 둥근 안경을 꼈고, 학생시절에 '스포크'라는 별명이 붙지 않았을까 싶은 얼굴.

그는 잠시 동안 나를 멍하니 바라보았다. 입을 쩌억 벌린 채로 덜컹 소리를 내며 일어섰다.

나는 예견안을 개방했다.

"스… 스승니이이임!"

녀석은 귀찮다는 듯이 책상을 날려 버렸다.

불도저처럼 책상을 날려 버리면서 돌진해 온다.

줄이은 책상을 차례로 날리며 돌진해 온다. 그래, 돌진해 온다!

"스톤 캐논!"

그걸 따악!

"스승니이이임!"

내 스톤 캐논을 얼굴에 맞고 콰앙 하는 큰 소리를 내면서도 비틀거리지 않았다.

성인 남성이 제정신을 차리기에 충분한 위력이었지만, 전혀 효력이 없나.

말도 안 돼. 이게 신의 아이의 힘인가?!

녀석은 내 허리춤을 붙잡고 그대로 번쩍 위로 들어올리려고 했다.

"자, 잠깐, 진정, 진정해. 어깨 힘을 빼, 릴랙스해, 진정해, 그만!"

천장에 부딪치는 충격에 대비했지만, 들어올리는 것만으로 끝났다.

"스승님! 저를 잊으셨습니까! 자노바입니다!"

자노바는 빙긋빙긋 웃으면서 조심스럽게 나를 포옹했다.

어디 해안가 일가의 젊은 마님이던가?

"예, 기억하지요. 내 제자여, 무서우니까 놓으세요."

실론 왕국의 제3왕자 자노바 실론이 거기에 있었다.

자노바는 유학이라는 명목으로 이곳 라노아 마법대학으로 보내졌다는 모양이었다.

본디 힘을 제어할 수 없는 신의 아이는 저주의 아이나 마찬가지, 소란의 근원밖에 안 된다며 거부당하겠지만, 마술 길드에는 저주나 축복을 연구하는 기관이 있다. 신의 아이라면 귀중한 존재이며 샘플로서 충분.

그런고로 자노바는 특별생으로 마법대학에 들어올 수 있었다고 한다.

샘플이 되는 대신 수업을 받을 권리를 주겠다는 느낌이다.

자노바로서도 마술에 흥미가 있었던 모양이라 안성맞춤이었다나.

"저도 스승님을 목표로 삼아서 매일을 흙 마술 훈련으로 보냈습니다!"

기특한 제자는 그렇게 말했다.

"그런가요. 전하도 건강해 보여서 다행이군요. 좀 진정이 되거든 같이 인형을 만들죠."

"예!"

자노바가 빙긋거리는 얼굴로 끄덕였다.

좋구나. 중학생 때의 후배가 떠오른다. 컴퓨터를 혼자서 만들었다고 자랑했더니 이런 느낌으로 친하게 지내주었지.

"아, 이 학교에서는 전하가 선배가 되는군요. 지금 몇 학년입니까?"

"2학년입니다. 하하, 하지만 전하나 선배라고 부르지 말아주세요. 그냥 자노바라고 불러 주시길. 스승님은 제 스승님이니까요."

"자노바."

"예, 스승님."

자노바와 그런 느낌으로 담소하는데 쾅 하고 뭔가가 부딪치는 소리가 났다.

무심코 그쪽으로 얼굴을 돌렸다. 수족 소녀가 책상에 올렸던 다리 한쪽을 내린 참이었다.

한쪽 다리는 책상 위로 올린 채. 스커트 차림으로 그랬으니까 어딘가 보일 것 같다.

"마음에 안 든다냐."

냐!

냐냐 거리는 걸 보면 돌디어족.

그리고 에리스의… 아니, 떠올리지 마. 에리스를 떠올리면 좌절 상태에 빠질 것 같아.

"어이, 자노바, 너, 왜 그런 신입생이랑 친하게 딱 달라붙어?"

"리니아 님, 이분은 이전에 말했던 제 스승님으로…."

"그딴 걸 묻는 게 아니잖아."

고양이귀 소녀는 짜증내듯이 테이블을 발뒤꿈치로 쾅 하고 찍었다.

"자노바, 어이, 너 알고 있냐? 내 말 알아들어? 아앙?!"

자노바의 표정이 굳어졌다.

뭐지…. 혹시 이 녀석, 괴롭힘 당하나?

자노바는 꽤나 셌을 텐데…. 아니, 단순히 운동부 같은 상하관계일 수도 있다. 싸움이 센 녀석이 꼭 위에 선다고만 할 수 없는 게 세상이다.

"알고 있으면 그 녀석 데려와."

까딱까딱 손짓하면서 나를 불렀다.

"죄송합니다, 스승님…."

"아뇨, 문제없어요."

나는 시키는 대로 고양이귀 소녀에게 다가갔다.

고양이귀와 개귀. 두 사람은 날카롭게 나를 노려보았다. 과거의 나라면 다리가 떨렸을 만한 눈빛이다. 하지만 별로 무섭지 않았다.

뭐라고 할까, 조금 약하다.

그냥 노려보기만 하는 게 아니라 살기를 담는 편이 좋지 않을까?

내가 아는 진짜(루이젤드)는 그랬다.

"아, 인사하죠. 루데우스 그레이랫입니다. 오늘부터 신세지겠습니다. 너무 나대지 않게 조심하겠습니다. 잘 부탁드립니다."

나는 허리를 깊게 숙이고 일본식으로 인사했다.

뭐라고 할까, 이런 상대에게는 깍듯하게 나가는 게 좋다. 그리고 가급적 엮이지 않는 편이 좋다.

리니아는 흐음 소리 내며 웃었다.

"오, 고분고분한 녀석은 싫지 않다냐. 나는 리니아 데돌디어. 5학년이다냐. 이렇게 보여도 대삼림 돌디어 마을의 전사장 규에스의 딸이다냐. 조만간 족장이 될 거니까 지금부터 잘 모셔라냐."

역시 돌디어족이었던 모양이다.

게다가 규에스의 딸. 그러고 보면 장녀 쪽은 다른 나라로 유학을 보냈다고 그랬나.

그게 여기였구나. 그때 생각이 나네.

"아, 그랬습니까! 전에 돌디어 마을에 갔을 때에 규에스 씨에게 신세졌습니다! 으음, 감격이군요! 이런 곳에서 은인의 따님과 만나다니! 아, 그러면 규스타브 씨의 손녀 되시겠군요? 규스타브 씨에게도 많이 신세졌습니다. 우기 때에 머물 곳을 빌려주셔서!"

"어, 어어, 그러냐. 하, 할아버지랑 아는 사람이었구나…."

머신건처럼 떠들자 리니아는 얼떨떨한 얼굴로 나를 보았다.

아무래도 좋지만, 아까 책상을 걷어찬 충격으로 거기가 보인
다.

물색인가. 옆에서 고기를 먹던 아이가 흥하고 코를 벌름거리
더니 얼굴을 찌푸렸다.

"냄새나…."

갑자기 무슨 소릴. 내가 냄새난단 말인가.

하지만 그걸 얼굴로 드러내지 않고 나는 개귀 아이에게 우아
하게 인사했다.

"실례, 선배의 이름을 여쭈어도 되겠습니까?"

"…프루세나야. 리니아랑 대충 같아."

"프루세나 씨, 좋은 이름이군요! 잘 부탁드립니다!"

그녀는 코를 누르며 휙 고개를 돌렸다.

"…꺼져."

마지막 한마디는 악담일까.

그녀가 그렇게 말하니, 이 아저씨는 오히려 흥분되는데.

아무튼 선제공격은 성공했겠지. 다음에 부조리한 일에 얽힐
일은 없다고 생각하고 싶다.

"……."

자노바는 두 사람과의 접촉을 복잡한 얼굴로 듣고 있었다.

그리고 떨어진 뒤에 작은 목소리로,

"스승님, 왜 그렇게 꾸벅대십니까?"

라고 물었다.

"…제자여. 괜한 싸움을 회피하는 것도 중요합니다."

"그렇습니까…. 스승님이 그렇게 말씀하신다면 제가 할 말은 없습니다만."

자노바는 분한 듯이 끄덕였다.

이전에 무슨 짓을 당했는지 모르지만, 혹시 다음에 이 녀석이 괴롭힘 당할 것 같거든 확실히 방패가 되어 주자. 괴롭힘은 정말로 싫다.

"어이."

그런 식으로 생각하는데 뒤에서 누가 말을 걸어왔다.

"예, 뭔가요?"

돌아보니 제일 앞줄에 있던 소년이 서 있었다.

"너 방금 루데우스라고 그랬지?"

"예, 루데우스 그레이랫이라고 합니다. 앞으로 잘 봐 주세요, 선배."

꾸벅 고개를 숙이자 소년은 허둥거렸다.

"크리프 그리몰. 천재 마술사다."

천재 마술사인가.

대단하군. 자기 입으로 천재라고 하나. 창피하지 않나.

"2학년이지만 이미 공격 마술은 모든 속성을 상급까지 습득했다. 치유도 해독도 신격도 상급이다. 결계는 초급이지만 곧 중급이 된다. 이 학교에는 제대로 된 교사가 없군."

"그거 대단하군요."

나는 솔직히 칭찬했다.

천재라고 자칭하는 것도 이해가 된다.

2학년인데 일곱 종류나 상급을 습득하다니, 대체 얼마나 노력을 하면 그럴 수 있을까.

나 같은 건 치유 마술이 중급이고, 해독은 초급이다.

위에는 위가 있다고 생각했지만, 역시 대단한 녀석이 있군. 이것이 특별교실인가.

내 자존심이 다치지 않았던 것은 물 마술을 성급까지 취득했기 때문이겠지.

"나는 공격 마술 네 종류를 상급까지 취득하는 데에 2년 걸렸습니다. 선배는 대단하군요."

"…칫, 잘난 척 마라."

솔직하게 칭찬한다고 했는데, 크리프는 혀를 차고 퉁명스러운 모습을 보였다.

내 멱살을 잡을 듯한 기세로 노려보았다. 키는 내가 더 크니까 올려다보면서.

"너는 마술만이 아니라 검술도 한다지?"

"예, 뭐, 취미 정도지만요…."

일단 나는 검신류 중급의 실력이다.

수신류를 보자면 이미 거의 다 잊어버렸다.

근력 트레이닝의 일환으로 목검을 휘두르지만, 실전에서 검술을 쓴 적은 없다.

분명히 말하는데, 에리스나 루이젤드, 다른 검사들이 숨 쉬듯이 사용하는 신체강화를 아무리 애써도 할 수가 없기에 검의 길은 반쯤 포기하고 있었다.

모험가로서 생활했던 무렵에도 일절 쓰지 않았다.

그렇긴 해도….

"누구한테 들었습니까? 제가 검술을 쓴다는 소리?"

"…에리스 양한테."

덜컹했다.

그는 2년 동안에 에리스와 만났던 걸까. 설마 그 에리스가? 마법대학?

"그녀도 이 학교에?"

"어? 있을 리 없잖아?"

바로 그런 대답이 돌아왔다.

그도 그런가. 에리스가 이제 와서 학교 같은 거에 갈 리가 없지.

"어어…. 그녀와 어디서 만났습니까?"

"……."

대답 없이 눈총만 돌아왔다.

뭐 이상한 거라도 물었나…. 헛, 혹시 이 녀석 예전에 에리스에게 얻어맞았나.

　죄송합니다, 죄송합니다, 우리 에리스가 그런 짓해서 정말 죄송합니다.

　"어어…. 저에 관해 달리 뭐라고 했습니까?"

　크리프는 찌릿 하는 소리가 날 만한 눈초리로 날 노려보았다.

　머리끝부터 발끝까지를 꼼꼼히 살핀 뒤에,

　"흥…. (키가) 작다고 말했는데."

　"…그, 그런가요. (거기가) 작다고 말했습니까."

　울 것 같다.

　역시 그녀는 그것 때문에 내 앞에서 사라졌나. 더 컸으면….

　그리고 보면 사라랑 할 때도 "어머, 생각보다 작네."하는 얼굴로 보았던 것 같다.

　아냐, 그건 커지지 않았으니까 그렇게 보였을 뿐이지, 기운이 나면 라이온처럼 사나운 모습을 보일 수도 있어.

　"뭐, 그녀와 헤어진 지 2년, 나름 성장했으니까요."

　"어? 에리스 양과 헤어졌어?"

　"음?"

　뭔가 이야기가 미묘하게 어긋나는 감각.

　위화감.

　그 위화감을 확인하기 전에,

　"흥, 아무래도 좋아. 어찌 되었든 너 같은 건 에리스 양과 어울리지 않으니까!"

그런 말이 내 가슴을 후볐다.

크리프는 코웃음을 치더니 자기 자리로 돌아갔다. 녀석은 주의해야겠다.

그 뒤에 교사가 와서 내 소개와 간단한 연락을 하는 것으로 조회는 끝났다.

한 명 부족하다.

"어? 특별생은 한 명 더 있다고 들었는데요?"

자노바에게 물어보니 그는 고개를 내저었다.

"사일런트 님은 한 달에 한 번인 조회도 면제받았습니다."

"이유는?"

"글쎄요. 저로선 모르겠습니다."

마지막 한 명의 이름은 사일런트라고 하나.

"역시 대단한 사람인가."

왠지 어디서 들은 적 있는 것 같은데.

"인맥이 넓어서 일이 있을 때마다 학교에 이것저것 간섭하는 모양입니다. 학생식당 메뉴를 늘리고 마도구를 만들고…. 이 교복도 사일런트 님의 발안이라나요. 소문으로 듣기론 칠대열강 중 한 명이 추천했기에 특별한 대접을 받는다고 합니다."

내 뇌리에 떠오른 것은 매드 사이언티스트 같은 느낌의 남자였다.

백의를 입고 둥근 안경을 끼고 녹색 액체가 든 플라스크를 들고 있다.

머리는 좋고 성과도 내지만, 인간으로서는 틀려먹은 느낌.

실제로는 어떤지 모르지만…. 하지만 인맥이 넓다면 내가 모험가로 활동하던 때에 어디서 이름을 들었어도 이상하지 않군.

"평소에는 자기 연구실에 틀어박혀 있는 모양입니다만, 일이 있으면 나오니까 언젠가 스승님도 얼굴을 볼 때가 오겠지요."

자노바는 그렇게 말하였다.

참고로 사일런트는 3학년이라고 했다. 선배로군. 만나거든 잘 보여야지.

이렇게 나는 특별생 사이에 녹아드는 것에 성공했다.

조회가 끝난 뒤 다른 이들은 수업에 갔다.

그들은 수업 면제가 없다.

크리프는 성실한 모양이니까 당연하지만, 리니아, 프루세나는 수업 따위 보이콧할 것 같은 느낌인데 성실하게 출석한다는 모양이다.

자노바는 두 시간 정도 있으면 점심시간이니까 같이 식사를 하자고 했다. 기쁜 일이다.

나도 조만간 수업을 받아 보자.

하지만 목적을 잊어버려선 안 된다. 나는 결코 이 학교에 공부하러 온 게 아니다.

그렇다고 두 시간이나 멍하니 있을 수도 없다. 놀러온 것도 아니니까.

그래서 일단 학교 안의 시설을 보고 다니기로 했다.

일단 각 교실의 장소는 들었고 지도도 보았지만, 실제로 내 다리로 보고 다니는 편이 좋겠지.

나는 그렇게 생각하며 걸었다.

일단은 보건실.

이 학교의 보건실은 넓다. 침대가 여덟 개 정도 있고, 치유 술사 두 명이 상주하고 있었다. 그만큼 마술 사고로 다치는 사람이 많다는 소리겠지. 지금도 내 덩치의 두 배 정도 되는 남자가 들것에 실려왔다.

한쪽 팔을 누르고 있고 다리가 이상한 방향으로 꺾였다. 치유 술사 한쪽이 환부를 누르고 빠른 목소리로 중급 치유 마술 주문을 외우자, 괴로워하던 남자의 표정이 곧 누그러졌다.

방해가 되면 안 될 테니 그 자리를 떠났다.

입구의 팻말을 보니 '제1의무실'이라고 적혀 있었다. 보건실이 아니었네.

다음으로 간 곳은 체육 창고였다.

이 곳은 저번에 시험을 쳤던 수련장과 인접한 장소에 있었다. 물론 입구는 잠겨 있었다. 교직원동에서 열쇠를 가져오든가, 체육교사에게 빌리든가, 아니면 무영창 마술로 풀지 않으면 열 수 없다.

나는 무영창의 흙 마술로 자물쇠를 열고 안에 들어갔다.

안은 다소 곰팡내가 나고 먼지가 많았다.

스윽 보기론 체육 창고라기보다도 보통 창고란 느낌이었다. 선반에는 검도의 호면 같은 가죽투구나 가슴바대들이 있고, 옆에는 마술지팡이가 우산꽂이에 꽂힌 우산처럼 몇 개나 놓여 있었다. 쇠로 만들어진 허수아비나 뭔지 모를 하얀 가루가 든 항아리가 놓여 있었다.

하지만 내가 찾는 것은 없었다.

이 학교에서는 높이뛰기나 마루운동은 하지 않는 모양인지 매트는 없었다.

아니, 이름도 체육 창고가 아니라 '수련용구실'이었다.

다음에는 옥상으로 갈까 했는데, 이 학교에는 옥상이 없는 건물이 많다.

눈이 많이 내리는 지역인 탓도 있어서, 기본적으로 경사가 심한 지붕이 설치되었다. 지붕 밑 다락방도 있다는 모양인데, 아무튼 이번에는 그만두었다.

옥상이 안 된다면 도서관을 가 보기로 했다.

이 학교의 도서관은 독립된 건물이기 때문에 교사에서 나갔다.

십여 분 정도 걸어간 곳에 있는 2층짜리 건물이 도서관이었다.

안에 들어가려는데 현관 같은 장소에서 수위가 제지했다.

"멈춰라!"

"어?"

"못 본 얼굴이군. 신입생인가? 수업은 어쨌지?"

"어어, 예, 신입생입니다. 특별생이라서 수업은 면제입니다."

"학생증을 제시해라."

나는 조금 놀라면서도 저번에 받은 학생증을 품에서 꺼내서 건넸다.

수위는 내 얼굴을 뚫어지게 보더니 '좋아.'라며 확인.

꼼꼼하게 신체검사도 하였다.

그 뒤에 도서관 사용에 대한 주의사항을 대략적으로 들었다.

· 도서관 안에서 마술은 금지.

· 책의 반출은 기본적으로 엄금이지만, 일부는 대여 가능.

· 그 경우 내부에 있는 사서에게 허가를 받고 명부에 기입할 필요가 있다.

· 당연하지만 책을 찢거나 더럽히면 벌칙이 있다.

도서관이라면 어디든지 같은 룰이지만, 책을 크게 파손했을 경우 벌금이나 퇴학도 가능하다고 했다.

참고로 기본적으로 도서관에 있는 책은 사본이라고 했다. 사본이라도 파손하면 퇴학.

이 세계에서 책은 고급이니까 당연한가.

"꽤나 엄중하군요."

"이전에 책을 바꿔치기한 못돼먹은 놈이 있었으니까. 게다가 그걸 시장에다가 팔았지."

"그렇군요."

수위와 인사하면서 도서관에 들어가자 화악 책 냄새가 풍겼다.

곰팡내 같기도 하고 잉크 냄새 같기도 하고 종이 냄새 같기도 한, 그런 독특한 냄새가. 슬쩍 보니 입구 바로 옆에 화장실이 있었다. 아오키 마리코 현상* 대책일까.

나는 사서에게 가볍게 인사하고 안쪽으로 들어갔다.

입구 부근에는 책상이나 테이블이 줄을 잇고, 그 안쪽에는 키가 큰 책장들이 주르륵 서 있었다.

"오오."

나는 무심코 감탄사를 내뱉었다. 이 세계에 온 뒤로 책은 몇 권 읽었지만, 이렇게나 대량의 책이 꽂혀 있는 것을 보는 건 처음이었다.

가운데가 뻥 뚫린 구조이며 2층도 역시나 책장이 점령하고 있었다.

※아오키 마리코 현상 : 서점에 가면 갑자기 화장실에 가고 싶어지는 현상에 대한 호칭. 1985년 이 현상을 언급한 여성의 이름에서 유래한다.

곳곳에 책상과 의자가 있는 것은 역시나 여기서 공부하는 사람이 적지 않게 있기 때문일까. 조사하기에는 딱 좋을지도.

"아."

그때 나는 인신의 조언을 떠올렸다.

—루데우스여, 라노아 마법대학에 입학하거라. 거기서 피트아령의 전이사건에 대해 조사해라. 그러면 너는 남자로서의 능력과 자신감을 되찾을 수 있을 것이다.

여태까지 마지막 한마디만 신경 썼다.

하지만 '전이사건에 대해 조사해라'라고도 말했다.

위험했다. 까맣게 잊어버리고 있었다.

하지만 마침 잘되었군. 책이 이만큼 있으면 전이에 대해 자세히 조사할 수도 있겠지.

하지만 책이 이렇게나 많으니 어디서부터 손을 대면 좋을까.

"사서한테 물어볼까…?"

아니, 나는 고개를 내저었다.

아무튼 지금 당장 시작할 필요는 없겠지.

그 전이사건의 진상에 대해서는 아슬라 왕국도 아직 판명하지 못했다는 모양이고, 내가 조금 조사한다고 바로 알 수 있는 것도 아니겠지. 혹시 금방 알 수 있다면 인신도 입학하라는 말을 하지 않았을 거다. 숨어 들어가서 조사하라고 했겠지.

더 말하자면 전이사건을 조사하라고 했지만, 해명하라고는 하지 않았다.

조사하는 동안에 무슨 일이 있을지도 모른다.

아무튼 지금으로선 어느 장르의 책이 어디에 있는지 파악해 두는 것만으로 되겠지.

그렇게 생각하면서 나는 책장 사이를 누비고 다녔다.

실로 여러 가지 책이 있었다. 인간어의 책이 태반이었지만, 그 중에는 마신어나 수신어로 된 것도 있었다. 투신어의 책도 있었다. 처음 보는 글자는 천신어일까, 아니면 해신어일까. 내가 읽을 수 있는 글로 해석했으면 싶었다.

"아!"

그때 뒤에서 작은 외침이 들렸다.

돌아보니 백발에 선글라스를 낀 소년이 있었다. 그는 책 몇 권과 두루마리를 껴안고서 내 쪽을 보고 있었다.

피츠였다.

나는 다급히 직립부동 자세로 고개를 숙였다.

"지난번에는 죄송했습니다. 제 생각 없는 행동으로 선배의 체면을 박살내게 되었습니다. 언젠가 과자라도 들고 찾아가서 인사드릴까 했습니다만, 신입생이다 보니 이래저래 바빠서…."

"우어엇?! …돼, 됐어, 고개 들어."

생전에 내가 존경했던 사람 중에 마사라는 사람이 있었다.

그는 세상의 풍파를 무릎 꿇고 빌기 하나만으로 헤쳐 온 사회인이었다. 그의 테크닉 중 하나로 '무슨 일을 망쳤을 때 화장실 등에서 먼저 엎드려 빌어두면 중요한 자리에서 갑자기 호통을 듣지 않을 수 있다'라는 게 있다.

그 테크닉은 사실이었던 모양이다. 나를 향해 좋지 않은 감정을 품었던 피츠는 내 갑작스러운 사죄에 허둥거리며 용서하는 방향으로 감정이 흘러간 모양이었다.

성공이다.

"루디…. 아니, 루데우스였지? 너는 여기서 뭘?"

"조금 조사를."

"뭐에 대해서?"

"전이사건입니다."

그렇게 말하자 피츠는 눈썹을 찌푸렸다.

뭐 이상한 소리라도 했나?

"전이사건을? 왜?"

"저도 아슬라 왕국의 피트아령에 살았거든요. 그 전이사건으로 마대륙까지 날아갔습니다."

"마대륙?!"

피츠는 다소 과장되게 놀랐다.

"예, 돌아오는 데에 3년이나 걸렸습니다. 그 동안에 가족은 발견된 모양이지만, 아직 지인을 한 명도 못 찾았지요. 좋은 기회다 싶어서 자세히 조사해 볼까 생각했습니다."

"…혹시 그걸 조사하러 이 학교에?"

"그렇습니다."

설마 에렉틸 디스팩션을 치료하기 위해서라곤 말할 수 없다.

물론 전이사건에 대해 조사하고 싶다는 것도 거짓은 아니다. 그 사건이 왜 일어났는지 알고 싶은 마음도 있다. 그쪽에 관해서는 마음 정도지만.

"그래, 역시… 대단하네."

피츠는 그렇게 말하고 귀 뒤쪽을 벅벅 긁었다.

아직 아무것도 발견하지 않았는데 역시 대단하다는 게 무슨 소릴까. 지난번 모의전으로 일단 힘을 인정했다는 소릴까.

뭐, 좋아.

"선배는 여기서 뭐 하고 있었습니까?"

"아, 그렇지. 자료를 옮기는 도중이었어. 나는 이만 갈게. 루데우스, 다음에 또 봐."

"아, 예."

피츠는 다급히 그렇게 말하더니 발길을 돌려 사서 쪽으로 가려고 했다.

그리고 몇 걸음 옮기다가 돌아보았다.

"아, 그래. 전이에 대해서라면 아니마스의 『전이의 미궁 탐색기』를 읽어 보면 좋아. 이야기 형식이지만, 알기 쉬운 책이니까."

피츠는 마지막에 그런 말을 남기고 가 버렸다.

그렇게 말이 많은 느낌이 아니었는데, 나쁜 느낌은 들지 않았다.

시험 때의 일을 마음에 담아두는 것 같지도 않았다. 선글라스 너머의 시선이 강하니까 오해했지만, 의외로 좋은 사람일지도 모르겠다.

그 뒤에 나는 사서에서 『전이의 미궁 탐색기』의 위치를 물어봐서 점심때까지 그걸 읽으면서 보냈다.

두껍진 않은 책이었다. 수첩 정도 사이즈로 페이지는 100페이지도 안 되었다.

아니마스 마케도니아스라는 북방대지 출신의 모험가가 미궁에 도전하는 이야기였다.

그가 도전한 미궁은 '전이의 미궁'.

미궁 안의 모든 덫이 전이덫이라는 신기한 미궁이었다.

거기에 사는 마물은 다섯 종류.

모두 지능이 높은 마물로, 미궁의 구조나 전이덫으로 날아가는 장소를 파악하고 있다. 운 나쁘게 전이덫으로 일정 지점에 발을 디디면 대량의 마물이 기다리고 있다가 죽여 버린다.

전투 중에 전이덫을 밟지 않도록 하는 건 힘들어서, 조금이라도 난전이 되면 금방 파티가 뿔뿔이 흩어지기 때문에 지극히 난이도가 높은 미궁으로 분류된다.

아니마스는 동료와 함께 그 미궁에 도전하면서, 거기에 있는 전이덫에 대해 조사하였다.

전이덫은 주로 세 종류가 존재한다.

하나, 일방통행의 전이. 반드시 같은 장소로 나가지만 돌아올 방법이 없다.

둘, 상호통행의 전이. 전이한 장소로 돌아가기 위한 마법진이 있다.

셋, 랜덤 전이. 어디로 나갈지 모른다.

전이의 미궁에서는 기본적으로 마법진으로 전이를 반복하면서 안쪽을 목표로 삼지만, 그 마법진 중에는 랜덤 전이가 섞여 있다. 실수로 그걸 밟으면 파티는 뿔뿔이 흩어지고, 혼자 마물의 대군과 싸우는 꼴이 된다.

랜덤 전이 마법진을 구분하는 방법에 대한 고찰도 실려 있었다.

아니마스는 이야기 중반에 발견한 그 방법을 사용하여 미궁 안쪽으로 쑥쑥 들어갔다.

아니마스 일행은 차례로 기세를 탔다. 이미 이 미궁을 공략한 거나 마찬가지라고.

하지만 구분방법은 확실한 것이 아니었다. 이야기 종반에서 구분에 실패하고 랜덤 전이에 걸렸다. 아니마스는 대량의 적에게 포위되어서 한쪽 팔을 잃으면서도 간신히 생환.

하지만 단번에 동료 셋을 잃어버렸다.

아니마스 자신도 이미 싸울 수 없는 몸이 되어서 모험을 단념.

이야기는 거기서 끝나고, 이걸 읽은 자에게 그 미궁의 공략을 맡긴다고 적혀 있었다.

픽션인지 논픽션인지 알 수 없는 이야기였다.

그렇긴 해도 파티를 분단시키고 몬스터 하우스라니, 꽤나 사악하다.

생전에 했던 RPG에서도 비슷한 던전은 있었지만, 클리어할 수 있는 것을 전제로 만든 게임과 달리 이 세계의 미궁은 골인 지점에 도달할 수 없을 가능성도 있다.

다른 모험가에게 들은 이야기로는, 미궁은 반드시 가장 안쪽의 마력결정까지 도달할 수 있도록 되어 있다지만, 골인 지점이 없는 사기 던전이 하나쯤 있더라도 난 놀라지 않겠다.

책 마지막에는 랜덤 전이에 대한 고찰이 실려 있었다.

랜덤 전이는 랜덤이라고 하지만, 마법진에 따라 전이하는 범위가 어느 정도 정해져 있다는 모양이다.

또한 동굴 안이라도 땅 속 같은 곳으로 전이하는 일은 좀처럼 없다는 모양이다.

아니마스의 추측으로는, 이건 전이하는 곳의 마력과 전이물의 마력이 반발하기 때문으로 타인의 체내에 직접 공격 마술을 생성할 수 없는 것과 같은 원리일 거라고 적혀 있었다.

타인의 체내에 직접 공격 마술을 생성할 수 없다는 사실에 대해서는 나도 대충 알고 있었다.

하지만 치유 마술은 상대의 체내에서 작동한다. 이 점은 내가 치유 마술을 무영창으로 쓸 수 없는 이유 중 하나라고 생각하는데… 일단은 접어두자.

전이에 관해서는 그런 예외 이론 같은 게 작용하겠지.

공격 마술은 땅 속에 발생시킬 수 있지만, 전이는 무리.

의외로 이론적으로는 단순하게 인간의 몸을 어떤 공간으로 전이시키려면 상당한 마력이 필요하다는 것일지도 모르겠다.

그런 생각을 하는데 정오를 알리는 종이 울렸다.

시간은 참 빨리 흐른다.

★　　★　　★

자노바와 약속한 장소로 이동하여 식당으로 향했다.

식당도 독립된 건물이었다.

3층짜리 건물로, 층에 따라 학생들이 나뉘는 듯했다.

3층은 인간족의 왕족이나 귀족, 2층은 인간족의 평민이나 수족, 1층은 모험가나 마족.

이건 차별이라기보다도 구별이겠지. 인간 귀족이 모험가나 마족 같은 이와 함께 식사를 하면 괜한 다툼이 일어난다. 테이블 매너 하나만 봐도 커다란 차이가 있고.

나는 모험가니까 1층이면 될 거라고 생각했는데.

"자, 이쪽으로."

카운터에서 자노바의 추천 메뉴라는 정식을 받은 나는 그에게 이끌리듯이 3층으로 갔다.

"윽…."

내가 계단에서 모습을 보이자 거기 있던 사람들의 시선이 일제히 집중되는 게 느껴졌다.

흘러넘치는 평민의 기운이란 것도 있겠지만, 지금 내 옷차림도 안 좋았다.

밖에 나가면 춥다는 이유로 교복 위에 로브를 껴입은 것이다.

5년 전에 구입한 회색 로브는 소맷자락이 이미 닳아빠졌고, 가슴에는 커다랗게 기운 자국이 남아 있었다. 최근 키가 자란 탓도 있어서 미묘하게 옷이 작고 팔다리가 드러났다.

분명히 말해서 초라하다.

추위에 대비해 로브를 입은 녀석은 1~2층에 몇 명 있었지만, 3층에는 한 명도 없었다.

따뜻해 보이는 망토나 카디건을 입은 사람뿐이었다.

알기 쉽게 예를 들자면 다들 양복을 입은 곳에 나 혼자 운동복 차림인 것이다. 복장에 집착하지 않는 나라고 해도 이 분위기는 싫었다.

"자노바, 여기 분위기는 나랑 안 맞는 것 같으니까 하다못해 2층에서 먹지 않겠습니까?"

"2층은 안 됩니다. 리니아랑 프루세나가 있으니까."

"그럼 1층은?"

"1층은 테이블매너도 모르는 천한 녀석들이 많아서, 일단 왕족인 제가 섞여선 안 되기에."

"그럼 그냥 따로 먹죠."

"무슨 말씀을. 제가 여태까지 스승님과 못 만나면서 얼마나 인내했다고 생각하십니까. 하다못해 식사 정도는…."

"스승을 가지고 인내하지 말아 주세요."

계단 구석에서 이야기.

넓찍하게 만들어진 계단이지만, 오가는 학생은 역시 불편해하는 눈치였다.

"꺄아, 루크 님이야!"

그때 복도에서 왠지 시끄러운 목소리가 들렸다.

그 새된 목소리는 점점 가까워졌다.

"루크 님, 다음은 저랑."

"아앙, 루크 님 너무해."

"저기, 루크 님, 다음 데이트, 저도 가도 될까요?"

여자에 둘러싸여서 올라오는 것은 한 미남이었다.

"아, 미안. 데이트는 한 번에 두 명까지로 정해놨어. 팔은 두 개밖에 없으니, 세 명 이상 데리고 걸으면 못 챙겨줄 수 있겠지?"

"아아~ 아쉬워요."

"후훗, 미안. 나도 인기가 많으니까. 다음 기회에 또 데이트하자. 분명히 다음 달이면 왼쪽이 비어 있으니까."

아래쪽에서 엄청난 말을 하면서 나타난 것은 파울로와 닮은 소년이었다.

양쪽에는 교복 가슴 부분이 답답해 보이는 여자아이. 그녀들의 허리에 손을 두르며 낄낄 웃으면서 계단을 올라왔다.

분명히 입학식에서 본 녀석이다. 루크라고 했나.

성은 뭐지? 스○이워커라도 되나?

그런 생각을 하는데 눈이 마주쳤다.

"너…."

루크의 눈이 가늘어졌다.

낄낄대던 얼굴이 점점 험악해졌다.

"분명히 피츠의…."

그 말에 나는 즉각 고개를 숙였다.

이 사람도 피츠와 내 시합에 대해 아는 모양이다. 피츠는 더이상 화내지 않는 모양이지만, 그는 동료가 당해서 화난 걸지도 모른다. 이런 녀석들은 그룹 전체의 체면을 신경 쓰니까.

"처음 뵙겠습니다, 루데우스 그레이랫입니다. 오늘부터 이 학교에서 신세지게 되었습니다. 잘 부탁드립니다, 선배."

"음, 알고 있어. 피츠에게 들었어. 건망증이 심한 모양이라더군."

루크는 퉁명스럽게 나를 보았다.

건망증이 심한…가? 잘 모르겠다. 내가 뭔가를 잊어버렸을까.

"그런데 넌 내 이름을 알고 있나?"

"아뇨…."

세기말 패자의 동생 같은 소리를 갑자기 들어서 나는 고개를 내저었다.

루크라는 이름은 들었지만, 본명은 모른다. 어중간한 지식으로 대답하는 것보다는 솔직히 모른다고 말하는 편이 낫겠지.

"그래, 안중에 없나. 그렇군."

"죄, 죄송합니다. 괜찮다면 성함을 들을 수 있겠습니까?"

루크는 잠시 내 얼굴을 통명스럽게 바라본 뒤에 흥 하고 콧소리 한 번.

"루크 노토스 그레이랫이다."

내뱉듯이 말하더니 내 앞을 지나쳤다.

"어, 뭐야, 쟤? 이상하지 않아?"

"그보다 저 로브, 더러워~ 끝부분이 다 닳았고~"

"찢어졌으면 새 걸 사면 될 텐데."

동행하던 여자들의 비난하는 목소리가 쏟아졌지만, 내 귀에는 그런 말이 들어오지 않았다.

루크 노토스 그레이랫.

내 아버지인 파울로의 예전 이름은 파울로 노토스 그레이랫.

숨겨둔 자식인가?

아니, 설마. 파울로는 이미 노토스의 이름을 버렸다. 그걸 당당히 밝히는 걸 보면 사촌이나 그런 거겠지.

"스승님, 귀찮은 놈들에게 찍혔습니다."

"역시 지금 그건 찍힌 건가요."

"녀석은 루크. 아슬라 왕국의 상급 귀족으로, 일단 학생입니다만 아리엘 왕녀의 호위입니다."

"…어찌 되었든 여기서 먹는 건 그만두죠."

"어쩔 수 없겠군요."

그 뒤에 우리는 타협책으로 밖에서 식사를 하기로 했다.

날씨도 좋았고, 흙 마술로 적당히 의자와 테이블을 만들어서 즉석 카페테라스를 완성했다.

자노바는 그런 마술 하나하나에 우오옷 소리를 내면서 감동하였다.

눈앞에서 이렇게 감동해 주니 나로서도 기쁘다.

식사 중에 그에게서 아리엘 왕녀와 그 일행에 대한 이야기를 들었다.

아리엘 아네모이 아슬라. 17세.

흠잡을 데 없는 아슬라 왕족으로 제2왕녀.

자식 복이 없던 아슬라 정비의 외동딸로, 어린 나이에도 왕위계승권은 3위.

정비는 그녀를 낳은 뒤에 산후조리가 안 좋아서 더 이상 자식을 낳을 수 없는 몸이 되었다. 즉 아슬라 정비가 낳은 유일한 정통 후계자란 소리다.

아슬라에서는 아리엘 외에 차기 국왕을 목표로 하는 왕자가 두 명 존재한다.

제1왕자 그라벨과 제2왕자 하르파우스.

그들의 산하에는 아슬라 왕국에서도 손꼽히는 유력자가 모여 있다.

옹립하는 왕자가 국왕이 되면 그 밑에서 단 꿀을 빨아먹을 수 있으니까 유력자들은 자기들이 미는 왕자를 왕으로 만들려고 애쓰고 있다.

하지만 유력 후보의 산하는 사람도 많고, 꼭 꿀을 빨아먹을 수 있는 것도 아닌 모양이다. 대신 그룹에서도 서열이 있으니까 당연하다.

서열이 낮은 이는 업신여김의 대상이 된다…니까, 단 꿀이 돌아오지 않는 이들이 새롭게 탄생한 제2왕녀에게 모여들어서 제2왕녀파라고 불리는 파벌이 만들어졌다.

하지만 파벌로서는 최약이라서, 전이사건의 소동 속으로 그룹의 권력자가 실각. 제2왕녀는 죽을 뻔한 위기에까지 몰렸다.

살해되면 죽도 밥도 없다.

그런고로 아리엘은 유학이라는 명목으로 이 학교로 도망쳐왔다고 한다.

그런 왕녀에게는 호위가 두 명 붙어 있었다.

한쪽이 피츠. '무언의 피츠'. 무영창 마술을 행사하는 마술사로, 왕녀가 암살당할 뻔했을 때 엄청난 전투력으로 암살자를 격퇴했다는 실력자.

엘프족인 건 알겠지만, 어디서 태어나고 어떻게 자랐는지는 전혀 불명.

무영창을 쓸 수 있는 사람은 한정되어 있는데, 스승이 누구인지도 알 수 없다.

아리엘 일행도 그의 존재를 숨기려는 경향이 있다나 보다.

그런 이유로 피츠는 아슬라 왕궁이 비밀리에 육성한, 피도 눈물도 없는 전투 기계 집단의 일원이라는 그럴싸한 소문까지 나돈다는 모양이다. 뭐, 나와 이야기했을 때의 느낌으로는 그렇게 보이지 않았지만.

호위 중 다른 한쪽은 루크.

루크 노토스 그레이랫.

노토스 가문의 현재 당주인 필레몬 노토스 그레이랫의 차남.

그는 원래 아리엘 왕녀의 수호기사로서, 태어났을 때부터 영재교육을 받았다는 모양이다.

아리엘이 유학이라는 이름의 도피에 나서도 계속 수호기사로 있는 것은 만에 하나 왕녀가 지위를 회복하고 다시금 왕위 다툼에 돌아왔을 때의 보험이기 때문이라고 했다.

그들은 입학 초부터 각광을 받았으며 선망의 대상인 동시에 경외를 받았다는 모양이다.

"물론 이 이야기에는 제 추측도 포함되어 있으니 주의를."

자노바는 그렇게 마무리 지었다.

"그래, 고마워…. 아니, 자노바, 잘 아네요."

"조사를 명받았기에."

"누가?"

"멍청한 두 수족에게 말입니다."

"리니아와 프루세나인가."

"예."

그렇게 말하는 자노바의 표정은 고뇌의 그것이었다. 심부름꾼으로 부림을 당하는 걸까.

"자노바…. 그 두 사람에게 괴롭힘 당하나요?"

"괴롭힘? 아뇨, 그저 저는 싸움에 져서 군문에 들어갔다, 그저 그뿐이기에."

"군문이라."

자노바는 다소 복잡한 얼굴을 하였지만 목소리는 평탄했다.

그가 납득했다면 좋지만… 괴롭힘은 밖으로 드러나지 않게 하니까. 혹시 이 녀석이 힘들어하거든 도와주고 싶다.

그렇긴 해도 상대의 힘은 미지수다. 자노바와 짝을 이룬다면 혹시나 싶지만, 돌디어족은 수족 중에서 특별한 종족인 모양이니까 다른 수족도 적이 될 것 같아서 무섭다.

그 녀석들은 금방 편견을 가지고 상식이 너무 다르고….

아니, 물론 좋은 녀석도 있지만. 길레느라든가.

어찌되었든 나는 괴롭힘당하는 이의 편이다.

"뭐 안 좋은 일이 생길 것 같거든 말해 주세요. 미력하나마 힘이 되어 주겠습니다."

"하하하, 스승님의 손을 귀찮게 하진 않을 테니까 안심하시길. 그런 것보다 인형 이야기를 하죠!"

자노바는 그렇게 말하며 웃었다.

흐음…. 뭐, 조금 더 지켜볼까.

★　　★　　★

　점심식사 후에 나는 산책을 나갔다.

　하지만 달리 봐둘 만한 장소도 떠오르지 않았기에, 건물 안을 스윽 훑고 다닌 뒤에 도서관으로 돌아갔다.

　전이에 대한 문헌을 뒤졌지만, 애초에 나는 도서관이란 것을 여태까지 이용한 적이 없다.

　문헌을 뒤지는 것만 해도 상당한 시간이 걸렸다.

　사서에게 장서 리스트를 보여달라고 해서, 거기서 '전이'라는 단어를 타이틀에 포함한 것을 픽업. 그리고 그것을 책의 바다 사이에서 찾아냈다.

　그것만으로도 몇 시간이 걸렸다.

　게다가 가져온 책은 전이에 대한 자세한 문헌이 아니거나 전문용어나 어려운 말로 적힌 것이거나 내가 모르는 언어로 적혔거나 지식을 모르면 읽을 수 없는 책이 태반이었다.

　"일단 본격적으로 조사할 거면 하다못해 노트 정도는 필요하겠군."

　읽고 기억하는 것도 한계가 있다.

　그렇게 생각한 나는 책을 내일까지 맡아달라고 하고 밖으로 나갔다.

밖은 해 질 녘이라서, 수업을 마친 학생들이 드문드문 기숙사로 돌아가기 시작했다.

도서관으로 향하는 사람도 있는 듯했다.

나는 그 흐름에 거스르듯이 매점으로 향했다.

매점은 본관 입구 부근에 있었다. 잡화점 같은 느낌이 드는 구역이었다.

안에 들어가니 몇몇 학생들이 화기애애하게 물건을 사고 있었다.

스윽 둘러보니 마술교본이나 마석, 로브, 목검, 초심자용 지팡이부터 가방이나 신발, 비누 같은 일용품까지 있었다. 또 육포나 훈제 고기 같은 식량이나 음료수, 술 같은 마실 것이 든 병도 있었다.

말하자면 뭐든지 갖춰두는 느낌이었다.

나는 적당히 종이다발과 펜, 잉크, 그리고 종이다발을 묶기 위한 끈을 구입하고 그 자리를 뒤로 했다.

애초에 나는 학교에 가는 데도 그런 것을 사지 않았다.

진짜 뭘 하러 온 거냐고 할지도 모르지만, 물론 병을 치료하러 온 것이다. 지금으로선 실마리가 없지만.

매점을 나서자 주위가 어두워져 있었다.

가로등 같은 것은 없었지만, 길이 희미하게 빛나기에 그대로 걸었다.

이미 겨울이 끝났다고 해도 아직 길에는 눈이 남아 있었다. 미끄러지지 않도록 발밑을 조심하면서 기숙사로 서둘러 돌아갔다.

주위에는 아무도 없었다.

멀리서 소리가 들렸지만, 아무도 없는 공간에 휘말려든 듯한 느낌을 받았다.

본관에서 걷다보면 순서대로 여자기숙사, 남자기숙사가 나온다. 여자기숙사 앞을 가로지르듯이 길이 이어졌다.

나는 딱히 깊은 생각을 하지 않고 그 길을 따라 똑바로 발을 옮겼다.

그때였다.

"음?"

위에서 뭔가가 떨어졌다.

하얗다. 하지만 눈은 아니다.

반사적으로 붙잡았다.

"오오."

펼쳐보니 그것은 순백의 천이었다.

장식이 달린, 그러나 화려하지는 않고 청초한 인상을 주는 천이었다.

구체적인 이름을 붙이자면 '팬티'다. 그것도 꽤나 고급스러워 보이는 것이다.

적어도 엘리나리제가 평소에 착용하는 것보다 고급이겠지.

누가 빨래를 말리려고 했던 걸지도 모르겠다. 그렇게 생각하면서 올려다보았다. 그러자 베란다 한 곳에서 누가 얼굴을 내밀

고 있었다. 이것의 주인일까.

그 사람과 눈이 마주친 듯했지만, 어두워서 얼굴을 판별할
수 없었다.

하지만 어디서 본 듯한….

"…저기, 이거 떨어졌…."

"꺄아아아아! 속옷 도둑!"

뭐?

여학생의 비명은 위에서가 아니라 뒤에서 들렸다.

다급히 돌아보니 내 쪽을 가리키며 소리치는 사람.

오해다! 라고 생각했을 때에는 이미 늦었다.

잠시 시간차를 두고 베란다 창문이 벌컥벌컥 열렸다.

그리고 1층에서 그대로 뛰쳐나오는 그림자, 그림자. 그림자.

어느 틈에 나는 팬티를 쳐든 자세 그대로 포위되어 있었다.

뭐가 뭔지 모르겠다.

"어, 어어, 저기…."

"흥!"

선두에 선 것은 왠지 거만한 느낌의 여자였다.

여자라고 할까, 여자 사람이라고 할까, 산적이라고 할까, 고릴
라라고 할까, 고릴라 그 자체라고 할까, 그런 느낌의 분이었다.

어깨 폭이 내 두 배는 되었다.

수족인가…. 아니, 마족일지도 모르겠다.

"변태 자식이."

혼란스러워하는 내게 그 여자는 탁 하고 침을 뱉었다.

갑작스러운 욕설. 숲의 현자라고 불리는 고릴라의 짓이라고는 생각되지 않았다.

뭐야? 어떻게 된 거야?

왜 갑자기 속옷 도둑 취급을 받는 거지? 분명히 나는 속옷에 흥미진진한 15세 소년이지만, 이번에는 훔치려고 한 것도, 냄새를 맡으려고 한 것도 아니다. 위에서 떨어지는 것을 떨어지기 전에 집어서 주인에게 돌려주려고 했을 뿐이다.

"잠깐 기다려 보세요. 나는 아무것도 안 했습니다."

"아무것도 안 했다?"

고릴라 여자에게 팔을 붙잡혔다.

커다란 손이다.

"그럼 그 손에 들고 있는 건 뭐지?"

내 손에는 분명히 물건이 있다.

그것이 증거품이라고 말하는 듯한 얼굴이다.

주위의 시선이 아프다. 이건 틀림없이 적의의 시선이다. 다리가 떨렸다.

"그거 아리엘 님의 속옷이잖아. 아무리 공주님을 동경한다고 해도 이 시간에 당당히 이런 짓을. 부끄러운 줄 알아!"

고릴라의 고함에 주위 여자들도 "그래!" "변태!" "죽어!" 같은 욕설을 내게 퍼부었다. 뭐야, 당장이라도 울 것 같은데.

"자, 이리 와. 두 번 다시 이런 짓을 못 하게 해 주지."

팔과 어깨를 붙잡혀서 끌려갔다.

조금만 저항해도 내 신발 자국이 지면에 질질 남을 뿐이었다.

힘이 장난 아니다. 나도 단련한다고 했는데, 근육량이 너무 다른가.

애초에 팔이 엄청 굵다. 내 팔뚝의 두 배나 세 배는 될 듯했다.

나는 이대로 건물 안으로 끌려가서 보기에도 무참한 폭행을 당하는 꼴이 되는 걸까.

누명으로?

그럼 도망칠까?

잘못을 한 것도 아닌데?

도망치면 내가 잘못했다고 선전하는 꼴 아닌가?

어쩐다. 전철에서 치한 누명을 썼을 때는 이런 느낌일까.

말로 하면 이해해 줄까? 이미 내가 잘못한 거라고 결정이 내려진 듯한 분위기인데….

아니, 이럴 때일수록 세게 나가야 한다.

나는 아무런 잘못도 안 했으니까.

그렇게 생각하며 흙 마술을 써서 발밑을 고정했다.

끌려가던 움직임이 멈추고 고릴라가 의외라는 얼굴을 했다. 그리고 다 꿰뚫어본 것처럼 조소를 지었다.

"흥, 뭐야, 정색하고 저항하려고? 속옷 도둑 주제에 뻔뻔하잖아. 이 숫자를 상대로 이길 수 있다고 생각하나?"

어쩐다. 얼추 둘러보기론 못 이길 것도 아니다.

모험가로 활약했을 무렵에는 다수의 적을 상대한 적도 많았으니까, 이 정도 숫자라면 어떻게든 된다.

하지만 속옷 도둑. 여기서 날뛰면 내가 속옷 도둑이라는 딱지가 붙는 것에 변함이 없다.

그것은 누명이지만, 날뛰면 부녀자 폭행의 죄가 덧붙는다. 이건 누명이 아니다.

서명운동 같은 게 일어나서 퇴학까지 몰릴 가능성도 있을 수 있다.

큰일이군. 어쩌면 좋지.

"잠깐! 그 연행, 잠깐 기다려!"

그때 다소 높은 소년의 목소리가 울렸다.

"피츠 님!"

"어! 피츠 님?!"

"피츠 님이 말했어?!"

"예쁜 목소리⋯."

"어떻게 여기에?!"

인파를 헤치며 나타난 것은 백발에 선글라스를 한 작은 소년 —피츠였다.

피츠는 숨을 헐떡이면서 나와 고릴라 사이에 끼어들어 변명해 주었다.

고릴라는 흥 하고 콧방귀를 뀌었다.

"피츠…님, 네가 아리엘 님의 속옷 세탁까지 맡는 건 알고 있어."

그리고 고릴라가 말을 이었다.

"하지만 그거랑 이건 다른 이야기지. 이 녀석은 이 시간에 이런 장소를 걷고 있었어. 일몰 후 이 길은 여자밖에 다닐 수 없다고 되어 있는데."

그래? 통행금지 간판은 없었는데?

당혹스러워 하는 나를 무시하고 피츠는 고개를 내저었다.

"그는 아직 신입생이다. 특별생이고 1인실이니까 룸메이트도 없다. 기숙사의 사소한 룰을 아직 모르겠지. 눈감아줬으면 한다."

피츠는 필사적이었다. 듣고 있는 내게도 그 필사적인 분위기가 전해져 오는 목소리였다.

왠지는 모르지만 고맙다.

고릴라의 얼굴이 이쪽을 보았다. 진짜냐? 라고 묻는 표정으로.

나는 고개를 위아래로 끄덕거렸다.

고릴라는 잠시 동안 내 손을 붙들고 피츠의 얼굴을 보았지만.

"흥, 그 말없는 피츠 님이 이렇게까지 변호하다니. 사실이겠지. 하지만 이 녀석이 기숙사의 규정을 깨뜨린 것도 사실이야. 본보기로 벌을 내려… 윽?!"

그렇게 말하며 그녀는 나를 끌고 가려다가 움직임을 멈추었다.

어느 틈에 피츠가 지팡이를 뽑아서 그 끝을 고릴라의 얼굴에 들이대었다.

"그는 잘못 없다고 말했잖아. 됐으니까 그 손 놔…!"

"어이, 피츠…님?"

분노 섞인 목소리에 주위가 술렁거렸다.

어둠 속에 고릴라의 얼굴이 창백해지는 게 보였다.

"아니면 여기에 있는 전원, 의무실에 가고 싶나?"

그의 목소리는 높았지만, 이 말은 무시무시하고 분명한 살기가 있었다. 주위 여자애들이 숨을 삼키는 소리가 들렸다.

멋지다. 나도 이렇게 거침없이 말해 보고 싶다.

"칫…. 알았어."

내 손을 다소 난폭하게 놓았고, 뒤에서 붙잡고 있던 아이도 떨어졌다.

손목이 찌릿찌릿했지만, 치유 마술은 필요 없을 듯했다.

"피츠 님, 오늘은 당신 얼굴을 봐서 넘어가 주지. 하지만 거기 너! 두 번 다시 지금 시간대에 여자기숙사 근처를 얼씬거리지 마! 다음에 보면 그때야말로 봐주지 않을 테니까!"

고릴라는 그런 말을 남기고 자기가 뛰어나온 창문으로 돌아갔다.

다른 여자들도 내게 강한 시선을 남기고 사라졌다.

순식간에 그 자리에서 여자들이 사라졌다.

"휴우…. 정말이지 골리앗 씨는 사람의 말을 안 들으니까…."

피츠는 한숨을 내쉬고 그녀들을 지켜보았다.

아까의 고릴라는 골리앗이라고 하는 모양이다. 힘이 셀 것 같은 이름이다. 그야말로 네임 이즈 바디.

피츠는 내 쪽을 돌아보더니 바로 고개를 숙였다.

"미안. 내가 속옷을 떨어뜨리는 바람에 일이 이렇게 되어서."

왜 남자인 이 녀석이 여자기숙사에서 속옷을 빨고 있는 걸까.

그렇게 생각했지만, 그는 아리엘 왕녀의 신뢰가 두터운 호위라고 했으니 특별히 허가된 거겠지.

성실해 보이는 사람이고. 온몸에서 무해할 것 같은 느낌이 나오고. 의지할 만하고. 젊고. 선글라스 같은 걸 껴서 미남이고. 아니, 미남이라기보단 귀여운 남자란 느낌이지만.

이런. 조금 가슴이 두근거린다. 상대는 남자인데….

좋게 말하면 사랑하는 것 같다. 안 좋게 말하면 발을 핥아도 좋다.

"아니, 피츠 선배는 잘못 없습니다…. 고맙습니다."

"고맙다니…. 네가 마음만 먹으면 그녀들이 다쳤겠고."

거기서 나는 그가 다급히 도우러 와 준 이유를 알았다.

내가 날뛰면 여자가 다친다고 생각했겠지. 오히려 그녀들의 안전을 생각한 행동인 것이다.

물론 그렇다고 해도 가깝게 대해 주는 느낌이었다.

이게 순정만화였으면 갑작스럽게 러브스토리가 시작되겠지.

"하지만 갑작스러워서 놀랐습니다. 지금 그건 대체 뭡니까?"

"음, 골리앗 씨도 말했지만, 해가 진 뒤에 남학생은 여자기숙사에 접근하면 안 돼."

"그런가요? 하지만 그런 교칙은…."

"기숙사에 사는 학생들 사이에 그런 약속이 있어. 해가 지면 이 길을 쓰지 않고 빙 돌아서 남자기숙사로 간다는 거지."

로컬 룰이라는 걸까.

몰랐다고 해도 누가 가르쳐 주면 좋았을 텐데…. 자노바라든가.

"몰랐습니다."

"어쩔 수 없지. 다음부터 조심해."

"예."

그렇게 말하지 않아도 그럴 거다.

설령 낮이라고 해도 나는 이 길을 두 번 다시 지나가지 않겠지. 아직 적의 어린 시선을 대량으로 받는 건 무섭다. 포위한 게 마물이든가, 한손으로 꼽을 만한 숫자였으면 괜찮지만.

수많은 여자들의 시선. 적의. 떠올리니 몸이 떨렸다.

"아무튼 살았습니다. 피츠 선배가 구해주지 않았으면 어떻게 되었을지…."

"됐어. 당연한 일을 했을 뿐이니까."

당연한 일…인가.

생각해 보면 나는 최근 몇 년 동안 오해와 누명을 쓴 기억밖에 없다. 수족으로 시작해서 파울로, 올스테드. 그만큼 의심을 사기 쉬운 얼굴이겠지.

하지만 피츠 선배는 내가 잘못했다고 몰아붙이지 않았다.

오히려 내 옆에 서서 편을 들어주었다. 공평한 입장으로. 그 근간에는 자기 미스도 있었을 테고, 시험 때 그런 일도 있었는데….

기쁜 일이다.

피츠 선배. 담백한 성격인지 시험 때의 일도 마음에 담아두지 않는다. 도서관에서도 충고를 해 주었다. 학교 안에서도 인맥이 넓고, 그걸 내세워 잘난 척하지 않는다. 아까도 상황을 잘 보고 도와주었다. 외모는 어려보이지만 인격자다.

선배.

그래, 선배라고 부르도록 하자. 피츠 선배라고 경의를 담아서 부르도록 하자.

"애초에 루데우스라면 자력으로 상대를 다치게 하지 않고 처리할 수 있었잖아?"

"그렇지 않습니다. 선배, 정말로 고마웠습니다."

고개를 숙이자 피츠 선배는 부끄러운 것이 뺨을 벅벅 긁적였다.

"아하하…. 루데우스에게 고맙다는 말을 들으니 이상한 기분이네."

"어? 왜 그렇게 생각합니까?"

그렇게 묻자 피츠 선배는 부끄러운 듯이 미소를 지었다.

"…비밀."

갑자기 나는 그 미소에 마음이 두근거렸다.

이렇게 나의 학교 첫 날이 끝났다.

막간　실피에트 1

아침, 새소리에 눈이 떠졌다.

창밖을 보니 아직 어둑어둑하다. 아침 해가 뜨기까지 아직 시간이 있겠지.

"으음…. 우우~…."

아직 졸리다고 호소하는 머리에 기합을 넣듯이 상체를 일으키고 화려하다고도 조악하다고도 할 수 없는 침대에서 빠져나와서 기지개를 켰다.

침대 밑에서 통을 끄집어내고 마술로 물을 채워서 얼굴을 씻었다.

곧바로 준비운동을 하고 몸 상태를 살폈다.

몸을 굽혔다 펴고 다리를 굽혔다 펴고, 팔꿈치와 어깨를 빙글빙글 돌리고, 마지막에 심호흡.

오늘도 몸은 나쁘지 않은 듯하다.

역시 꿈자리가 좋았던 걸지도 모르겠다.

오늘 꿈에는 루디가 나왔다. 루디가 나를 안아 주는 꿈이었다. 왜 안아 주었는지는 기억나지 않지만, 행복한 기분이 든 것은 기억난다. 깨어났을 때에 꿈이란 걸 알고 실망했지만.

준비운동 후에 옷장으로 가서 잠옷에서 움직이기 편한 옷으로 갈아입었다. 부드러운 소재로 만들어진 연갈색의 상하의였다. 별로 멋은 없었다.

나는 그대로 밖으로 나가려다가,

"아차, 잊어버리면 안 되지."

마지막에 머리칼과 귀가 완전히 숨겨질 정도로 커다란 모자를 쓰고 방 밖으로 나갔다.

옆방은 화려한 침실이었다.

지붕과 커튼이 있는 침대가 있고, 그 안에서 아름다운 금발의 '공주님'이 잠들어 있다.

천사 같은 얼굴은 아직 눈을 뜰 기색이 없었다. 이른 아침인 이 시간은 아직 그녀가 눈뜨기에 이르다.

나는 그녀를 깨우지 않도록 조심조심 방을 횡단하여 또 그 옆방으로 이동했다.

거기에는 다소 졸린 얼굴로 의자에 앉은 한 소년이 있었다.

위에는 평범한 셔츠지만, 가죽 바지를 입고 허리에는 검을 차고 있었다.

백발에, 얼굴은 커다란 선글라스로 숨기고 있었다.

마른 체격이라서 소녀로 보이지 않는 것도 아니지만, 전신의 분위기는 틀림없이 소년이다.

그의 바로 옆에 있는 테이블에 놓인 것은 무슨 일이 있을 때 울리기 위한 벨이었다. 그걸 울리면 옆방에 있는 같은 모양의 벨이 요란스럽게 울린다. 그러면 옆방에 대기하던 '공주님의 기사'와 '공주님의 종자'가 일어나서 이쪽으로 오도록 되어 있다.

밤중에 '공주님'에 대한 습격이 있을 때에 저걸 울리면서 위험을 알리기 위한 것이다.

"안녕, 피츠 군."

"음…. 안녕, 실피."

내가 그에게 인사를 하자 '피츠'는 부드럽게 미소 지으며 답례해 주었다.

이 '피츠'는 '공주님의 종자' 중 한 명으로, 내 친구다.

종자라는 입장이라서 바쁠 테지만, 틈만 있으면 내게서 무영창 마술을 배우거나 조사를 하는 등 열심히 배우려는 사람이다. 말하자면 나는 스승이라고도 할 수 있다. 아무래도 그렇게 말하진 않지만, '피츠'는 때때로 나를 스승이라고 부르는 모양이다.

'피츠'는 '공주님'이 눈뜰 때까지 이 방의 저 의자에서 움직이지 않겠지.

'피츠'는 일에 열심이니까.

"오늘도 뛰고 오려고?"

"응. 이런 건 꾸준하게 하는 게 중요하니까."

"그래. 다녀와."

나는 '피츠'에게 방해되지 않도록 방에서 나왔다.

고요한 복도.

아침 특유의 고요함이 복도를 지배하였다.

나는 이 고요함을 좋아한다.

평소에는 시끌시끌한 곳이 이 시간만큼은 조용해진다.

그렇다고 해도 심야와는 다르다. 심야도 조용하지만, 어디에 뭔가가 숨어 있는 듯한 다소 으스스한 느낌이 든다.

다른 방의 사람들도 일어나지 않은 모양인지, 조용히 복도를 걸어서 건물의 중앙 부근에 설치된 계단을 내려갔다.

그대로 1층으로 내려가서 현관을 통해 밖으로 나갔다.

어둑어둑한 아침 공간을 몇 걸음 걷다가 문득 돌아보았다.

붉은색 지붕의 거대한 건물이 시야에 가득 들어왔다.

라노아 마법대학의 학생기숙사.

나는 지금 여기서 살고 있다.

내 아침 일과는 조깅이다.

이건 루디와 헤어졌을 무렵부터 계속해 왔다.

달리는 건 중요하다. 루디와 헤어진 직후에는 그걸 잘 몰랐지만, 지금은 알겠다. 여차할 때, 지쳐서 이제 틀렸다 싶을 때, 더 달릴 수 있느냐는 생사를 가르게 된다.

아무리 마술을 잘해도, 아무리 검술을 잘해도, 마지막에는 체력으로 판가름난다.

지쳤을 때야말로 최고의 퍼포먼스를 발휘해야만 한다.

뭐, 그건 그렇더라도 달리는 건 좋아한다.

내 발소리와 내 숨소리. 새벽의 조깅에서 들을 수 있는 것은 그 둘뿐이다.

그리고 그 두 가지가 머릿속을 점점 깨끗하게 만들어서 머리가 맑아진다. 달리는 동안은 하루 중 제일 똑똑한 나다.

"후우…. 후우…."

나의 하루 일과의 시작은 마법도시 샤리아의 시내를 '더는 못 뛴다'라고 생각되는 순간까지 계속 달리는 것이다.

그렇게 함으로써 시내의 지리에 밝아지고, 항상 자신의 한계를 알 수도 있다.

이 방식은 누가 가르쳐 준 것이 아니다.

하지만 루디가 내 입장이었으면 분명 이러지 않았을까 싶다.

"……."

공방거리를 달렸다.

상업이 왕성한 구역은 새벽부터 짐을 내리느라 시끄럽지만, 이 주변은 조용하다.

다만 사람이 움직이는 기척이 있는 것을 보면 이미 장인들이 움직이기 시작한 모양이다.

장인들 중에는 낮에는 자고 밤새워 제작하는 사람도 많다고 들은 적이 있다.

어쩌면 이제부터 자려는 걸지도 모르겠다.

그런 생각을 하면서 특징적인 가게의 이름을 머릿속에 넣거나 여태까지 뛰어본 적 없는 좁은 뒷골목을 달렸다.

마법도시 샤리아의 거리는 딱히 복잡하지 않다.

하지만 도시가 발전하면서 가느다란 뒷길은 늘어나고, 잘 모르는 길이 잘 모르는 길로 이어지는 일도 많이 있다.

나는 그걸 죄다 외울 생각이다.

루디라면 분명히 그럴 테니까.

"아, 여기로 이어지나."

골목길을 빠져나오자 낯익은 길에 도달했다.

공방거리 중에서도 특히나 장인들의 공방이나 집이 많은 구역에서 그들이 만든 것을 파는 가게가 많이 있는 상업거리로.

본디 더 큰 길을 주욱 돌지 않으면 도달할 수 없는 장소다. 설마 이런 곳으로 통하는 길이 있다니….

아마도 장인들이 평소에 사용하겠지.

이 길을 기억해두면 학교에서 상업구역으로 물건을 사러나갈 때에 다소 지름길이 된다.

"후후, 돌아가거든 모두에게 가르쳐 줘야지."

오늘은 성과가 하나 있었던 것을 기쁘게 생각하면서 나는 계속 달렸다.

"아, 벌써 이런 시간인가."

한동안 뛰어다녔더니 태양이 하늘로 솟아오르는 게 보였다.

아침 해다.

새벽 조깅의 가장 큰 보상은 이 아침 해가 뜨는 것을 볼 수 있다는 것이겠지.

아침 해는 좋다. 어느 나라에 가도 볼 수 있고, 기분이 좋아진다. 몇 번 봐도 질리지 않는다.

그렇긴 해도 최근에는 체력이 붙었는지 '더는 못 뛴다'고 생각하기 전에 일출을 맞이하게 된 듯하다.

내일부터는 조금 더 일찍 일어나는 편이 좋을지도 모르겠다.

그렇게 생각하면서 나는 학교로 돌아갔다.

기숙사로 돌아가자 마침 '공주님'이 눈을 뜨신 때였다.

멍한 얼굴로 상반신을 일으키고 느릿느릿 침대에서 빠져나왔다.

"실피…. 안녕."

"예, 좋은 아침입니다."

인사를 하자 '공주님'은 양 팔을 T자로 펼치며 섰다.

나와 옆방에서 불침번을 서던 친구는 그 모습을 보고 즉각 '공주님'의 옷을 손에 들었다.

그녀의 옷을 갈아입히는 것은 아침에 우리가 제일 먼저 하는 일이다.

　처음에는 전혀 익숙해지지 않았다. '공주님'이 입는 옷은 내가 아는 옷과 근본적으로 입는 방식이 달랐기 때문에. 단추나 끈 같은 게 너무 많았고.

　그렇긴 해도 여기 마법대학에는 1년 전부터 교복이 도입되었다. 교복은 디자인성이 뛰어나고 간단해서 입기 쉬우니까 갈아입히는 것도 쉬워졌다.

　단추를 끌러서 잠옷을 벗긴 뒤 속옷을 입히고….

　"실피…. 오늘은 그 브래지어가 내키지 않는군요."

　'공주님'은 때때로 그렇게 고집도 부리지만, 나는 불평하는 일 없이 거기에 따랐다.

　지금의 나는 그녀의 노예 같은 입장이다.

　그녀의 말을 듣고, 그녀가 원하는 대로 행동한다.

　그 자체는 싫지 않다.

　전이사건 때 나는 그녀 덕분에 살았다.

　어디가 어딘지도 모르고, 무슨 일이 일어났는지도 모르는 나를 그녀는 도와주었다.

　물론 그녀가 나를 도와준 것은 이기적인 이유도 있겠지. 계속 보아 왔지만, 그녀는 이용할 수 있는 것은 이용하는 인간이다.

　하지만, 그래도 그 덕분에 내가 여태까지 살아남을 수 있었던 것도 사실이다.

그러니까 나는 고향을 벗어나서 많이 고생하는 그녀를 최대한 도와주고 싶은 마음이었다.

그녀가 나를 어떻게 생각하는지 사실은 모른다.

처음 만났을 때에는 그녀의 다정한 태도에 심취했지만, 최근에는 '공주님'의 본성에 대해서도 알았다.

그녀는 보는 이를 매료시키는 미소를 보이지만, 태반은 거짓 미소다.

상대를 안심시키고 자신에게 유리하게 움직이게 하기 위한 미소다.

그 미소는 상당히 잦다. 어쩌면 내가 보아온 미소는 모두 거짓 미소일지도 모른다고 생각될 정도다.

하지만 그래도 좋다. 그녀가 어떤 인간인지는 별로 관계없다.

그녀가 나를 구해 주었다. 힘들고 외로워하는 내게 눈높이를 맞춰 주고 안심시켜 주었다.

그럼 내게 그녀는 친구다. 태어난 이래 두 번째로 생긴 친구다.

정말로 좋은 친구라고 해도 좋다.

루디와는 조금 다른 느낌이지만, 그런 친구가 있어도 좋다고 생각한다. 나는 딱히 '공주님'의 본성을 알게 되어도 '공주님'이 싫어진 게 아니다.

그런 그녀가 지금은 먼 이국땅에서 힘들고 외로워한다.

그럼 도와주지 않을 수 없다. 이번에는 내가.

"…실피, 왜 그러나요?"

"'공주님'은 웃지 않는 편이 자연스러워요."

"어머…. 그런 말을 하는 건 당신 정도지요."

'공주님'은 그렇게 말하며 웃었다. 이것도 거짓 웃음일까. 하지만 딱히 거짓 웃음을 한다고 해서 속으로 불쾌해하는 것도 아니다. 평소의 '공주님'이다.

"……."

그렇긴 해도 '공주님'의 피부는 곱고 예쁘네.

나도 이런 피부가 되기 위해 무슨 노력을 하는 편이 좋을까.

특히나 지금은 막 달리고 온 참이라서 흙먼지도 묻었고 땀 냄새도 나고….

"예, 끝났습니다, '공주님'."

"고마워요. 식사 전에 가볍게 씻으세요."

그 말에 나는 내 방으로 돌아갔다.

침대 밑에서 물통을 꺼내 마술로 뜨거운 물을 만들었다.

이 지역은 지금 시기라도 아직 추우니까 이럴 때에 무영창 마술은 편리하다.

"후우…."

하지만 브래지어라.

'공주님'의 브래지어는 여러 종류가 있어서 아주 예쁘다. 대부분은 '공주님'이 본가에서 가져온 것이지만, 마법도시 샤리아에서는 리메이드 상회라는 곳이 아슬라 왕국에서 그런 의류를 저

렴하게 가져오는 모양이라서 속옷류의 품목이 다양하다. 물론 속옷만이 아니지만.

그건 그렇고, 내 가슴은 작다. 엘프족의 피가 흐른다고 해도 슬플 정도로 작다.

정말이지 브래지어가 필요 없을 정도로.

"조금 더 커도 좋을 텐데…."

나는 엘프족의 피가 진하게 드러났다.

선조의 재림이란 개념을 가르쳐 준 것은 루디인데, 그럴 거면 가슴이 큰 선조도 있었을 터이다. 머리가 녹색인 걸 생각하면 먼 옛날에는 마족의 피도 흘렀을 거고, 애초에 어머니는 수족과의 혼혈이라서 제법 컸고….

솔직히 말해서 조금이라도 좋으니까 컸으면 좋겠다. 나한테는 여자다움이 부족하다. 여태까지는 필요 없었지만, 앞으로 필요할지도 모르고.

좋아하는 사람이 날 남자로 착각하는 건 너무 슬프고….

"후우."

한숨을 내쉬면서 몸을 닦고 옷을 챙겨 입었다.

물론 브래지어도 한다. 필요 없다고 생각하지만, '공주님'이 착용을 의무시하였다.

다 쓴 물은 방구석의 양동이에 넣었다. 나중에 빨래에 쓸 것이다.

"자, 오늘 하루도 힘내 볼까."

뺨을 짝짝 두들기고 방을 나섰다.

좌학 수업은 지루하다.

마법대학의 수업은 태반이 루디에게 배웠던 것의 복습이었다.

이렇게 수업을 듣고 있으면, 루디가 얼마나 마술에 대해 잘 알았는지 알 수 있다.

마술교본에 실리지 않은 것을 물어도 술술 가르쳐 줄 정도였으니까.

최근에는 난이도가 높은 혼합 마술 수업이 많지만, 혼합 마술이란 것은 이론이 확실히 알려지지 않은 것이 많은 모양이라서 '이 마술과 이 마술을 합치면 이런 현상이 일어난다. 하지만 그 이유에 대해서는 알려지지 않았다.'라는 설명이 있을 때가 많았다.

루디는 그런 이론에 해박했다.

어쩌면 루디의 독자적인 이론이었을지도 모르지만, 적어도 내가 이해할 수 있는 형태로 가르쳐 주었고, 선생님이 가끔씩 말하는 '독자적인 견해'보다도 납득할 수 있는 게 많았다.

'저기, 실피, 저 마술은 어떤 원리인가요?'

'저건… 모닥불로 새빨갛게 달군 돌을 냄비에 넣으면 바로 물이 끓지 않습니까? 그것과 같은 겁니다―.'

나는 지루한 수업을 듣고 루디의 가르침을 떠올리면서, 때때로 '공주님'이 하는 질문에 대답하고 가르쳐 주었다.

　공주님은 공부에 여념이 없다. 고향에 돌아가면 별로 쓰지 않을 만한 것도 확실히 배우려고 하신다. 그저 점수를 따는 것만이 아니라 마술이란 것을 이해하려고 한다.

　혼합 마술은 어려워서 동급생 중에서도 탈락자가 나오는데도 '공주님'은 열심히 했다.

　그런 긍정적인 자세는 호감이 간다.

　그렇다기보다도 나는 역시 긍정적이고 열심히 공부하는 사람을 좋아하는 건가 싶다.

　하지만 그건 루디 탓일까.

　루디가 그랬으니까 그와 비슷한 행동을 하는 사람을 좋아하는 것이다.

　나도 그들을 따라서 슬슬 새로운 것을 배우고 싶은데…. 하지만 지금 상황에서는 좀처럼 그럴 수도 없다. 짬도 없다.

　그렇긴 해도 나는 그런 상황을 별로 힘들게 생각하지 않았다.

　'공주님'이 친구인 것도 있지만, 애초에 나는 누구를 모신다는 게 싫지 않은 듯하다. 응, 분명히 말해서 스스로를 위해 뭔가 하는 것보다도 누군가를 위해 움직이는 쪽이 좋다.

　'공주님'이나 '친구'는 그런 나를 답답하게 여길 때도 있는 모양이라, 더 스스로의 의사를 가지라고, 가끔은 좋아하는 거라도 찾아보면 어떠냐고 말한다.

하지만 나 자신은 지금으로선 꼭 하고 싶은 게 있는 것도 아니다.

얼마 전까지는 전이사건으로 행방불명된 양친을 찾아야만 한다고 생각했지만, 그것도 찾았다고 할까…. 돌아가셨다는 걸 알았으니까.

그럼 지금은 '공주님'처럼 커다란 목적을 가진 사람을 위해 일하고 싶다.

혹시 내가 하고 싶은 일이 생기면 그쪽을 목표로 하는 것도 좋겠지만.

지금은 어떨까.

조금은 하고 싶은 일이 있다고 말할 수도 있긴 하다.

다만 그건 하고 싶은 일과는 조금 다른 것 같다.

뭐라고 할까, 이 감각은… 어렵다.

"실피, 실피…!"

"뭔가요, 공주님?"

"다음 수업은 실기예요. 왜 그리 멍하니 있나요?"

"…아, 예. 알겠습니다."

어찌 되었든 지금은 나쁜 느낌이 아니다.

이 학교에는 여러 학생이 있다.

기본적으로 라노아 왕국이나 바쉐란트 공국, 네리스 공국에서 온 사람이 많다.

하지만 공주님처럼 중앙대륙에 있는 먼 나라에서 유학 온 인간족.

멀리 대삼림에서 온 수족이나 엘프족.

마대륙에서 온 마족.

그렇게 전 세계에서 학생이 모였다.

인간족 이외는 혼혈인 경우가 많은 모양이라, 나도 주위와 붕 뜨는 일 없이 생활할 수 있다.

기숙사 완비라서 입학금만 지불하면 생활이 보장되고, 게다가 공부를 할 수 있고, 졸업하면 마술 길드에도 들어갈 수 있다. 마법대학의 졸업증을 가진 마술 길드원이라면 타국의 학교에서 마술 교사가 되는 것도 간단하다. 재학기간이 길어지면 마술과 관계없는 수업도 들을 수 있게 된다. 기술을 익히는 건 간단하다.

그러니까 계속 모험가 생활을 했지만, 은퇴하는 동시에 여태까지 번 돈으로 마법대학에 입학하는 사람도 있다.

실기 수업은 배운 마술을 실제로 사용해 보는 수업인데, 학년이 올라가면 학생들끼리의 모의전이 중심이 된다.

그리고 모험가 출신이라는 사람들과 하는 실기 수업은 아주 재미있다.

실전 경험이 풍부한 그들은 좌학 성적이 별로 높지 않지만, 실기 수업에서는 갑자기 그 진가를 발휘한다.

순수하게 강하다.

연령면에서 중년에 접어들려는 사람들은 우리처럼 어린 학생들보다 민첩하게 움직이고 교활하게 행동한다.

어린 학생들 중에서 기발한 움직임이나 재미있는 마술을 쓰는 사람은 있다.

하지만 그건 어디까지나 기발하고 재미있는 것뿐이다.

승리로 이어지지 않는다.

모험가 출신인 사람들과 다르다. 언뜻 봐선 의미가 없어 보이는, 군더더기일 뿐인 행동이 승리로 이어진다.

"여전히 프리크트 님은 강하군요. 괜찮다면 조언을 해 주실 수 있겠습니까?"

"반 걸음 정도 얕게 파고들었다고 생각해. 타격이 닿지 않는 범위면 압력이 되지 않지. 중압을 주고 싶거든 더 근거리에서 해야지."

"그렇군요. 맞을지도 모른다는 마음이 상대의 회피행동을 순간적으로 느리게 만든다는 겁니까?"

이번에도 한층 더 똑똑해졌다.

프리크트라는 사람은 우리 학급 중에서 최장년이다. 나이는 분명히 46세. 좌학에서는 중하급이지만, 모의전에서는 최상급이다.

강철로 보강된 긴 지팡이를 사용하며, 모의전에서는 주문을 외우면서 쑥쑥 앞으로 돌진하다가 이따금 주문을 멈추고 지팡이로 때리거나 발로 찬다.

마술 훈련인데 때리기도 하는 탓에 다른 학생들에게서는 평판이 나빠서, 그와의 모의전을 피하는 학생은 많다.

하지만 나는 좋다.

그가 가장 '실전'을 상정하고 있으니까.

실기 수업에서의 모의전은 크다고 해도 한정된 크기를 가진 마법진 안에서 한다.

무한하게 도망칠 곳도 없는 상황에서 발을 멈추고 마술을 서로 날리는 게 아니라 적극적으로 전진해서 때린다는 것은 이치에 맞는다.

돌이켜보면 루디도 실전을 상정하면서 이것저것 훈련을 하였다.

당시에는 기이하게 보였지만, 의미가 있는 행동이었다.

실제로는 루디와 비슷한 사고방식인 사람이 강하다. 그러니까 역시 이 방식은 틀리지 않았다.

나도 닮고 싶다.

그러니까 적극적으로 그와 대전하였다.

참고로 프리크트 씨는 마법대학의 교사가 되고 싶다는 모양이다.

역시 목표가 있는 사람의 생각이나 행동은 좋다.

수업이 끝나면 또 '공주님'의 시중을 드는 시간이다.

'공주님' 일행은 매일 야망을 위해 이리저리 바쁘게 움직인다.

나도 거들지만, 그 전모를 파악하는 건 아니다. 오히려 모르는 것투성이다.

물어보면 가르쳐 주시겠지만, 일일이 내게 다 말할 필요는 없다고 생각하겠지.

"오늘은 물건을 사러 가겠어요."

"예, 알겠습니다."

오늘은 딱히 무슨 못된 꾀를 꾸밀 예정은 없는 모양이다.

다 함께 협의한 결과, 이렇게 쉬는 날을 만들기도 한다.

그런 날은 좀처럼 없어서, 정말로 갑자기 '공주님'이 기분으로 정한다.

기분이라고 해도 물론 우리 전원의 정신 상태를 보고서 결정하는 것이다.

먼 이국땅에 왔으니 '공주님' 일행은 여러모로 마음고생도 늘었다. '공주님의 종자'는 노이로제 같은 상태가 되어서 밤에 우는 일도 있다.

나도 양친이 돌아가셨다는 소식을 들었을 때에는 꽤나 슬펐다.

슬픔에 잠겨서 아무런 힘도 못 쓰게 되지 않도록 기분전환을 하자.

"그 옷으로 그대로?"

"옷을 사러 가는데 옷을 차려입고 갈 필요는 없으니까요."

'공주님'도 '종자'도 평소에는 차려입지만, 왜인지 장 보러 나갈 때만큼은 대충이다.

나 같은 건 '공주님'이 단골로 삼은 가게에 들어가기만 해도 주위에서 어떻게 보일지 신경이 쓰여서 불안해진다.

"자, 서두르세요."

아무튼 우리는 여럿이서 함께 옷가게에 가게 되었다.

학교를 나서서 대로를 걸었다.

'공주님'과 '기사'와 '종자'가 나란히 걸으면 시선이 집중된다.

'공주님'은 아름답고, '기사'는 멋지고, '종자'도 눈에 띈다.

나는 뒤에서 따라가는 느낌이지만, 뒤에서 보면 모두의 시선이 '공주님'에게 보이는 걸 알겠다.

'공주님'은 이 도시에서 유명해졌다. '공주님'의 계산대로다.

나 자신도 그 중 일부를 담당하고 있다고 생각하면 조금 기쁘다.

"아, 그렇지."

그때 문득 오늘 아침의 조깅에서 발견한 사실이 떠올랐다.

"옷가게로 갈 거면 좋은 길을 찾았습니다. 지름길이 될지도 몰라요."

"그런가요? 그럼 안내해 주세요."

'공주님'의 부드러운 미소.

그걸 보면서 나는 그녀를 오늘 아침에 발견한 길로 안내하기로 했다.

"헤에, 이런 길이 있었군요…. 복잡하게 뒤얽힌 좁은 길, 편의성은 나쁘겠지만 풍취가 있네요."

"건물이 낡은 것을 보면 초기에 만들어진 도시의 흔적이겠지요."

'기사'가 주위를 보면서 말했다.

여기 마법도시 샤리아는 오래된 도시다.

지금은 마법대학을 중심으로 시내가 정비되고 가게 위치도 알기 쉽다. 하지만 처음 거리가 생겼을 당시에는 지금처럼 깔끔하게 구역 정리가 된 것도 아니라고 했다.

과거에 마술 길드의 본거지가 있었다는 이 거리는 복잡하게 뒤얽혔다.

그럴 것이 이 도시는 라노아, 바쉐란트, 네리스의 딱 중간 부근— 즉 국경 부근에 있다. 하지만 입지는 라노아 왕국의 국내다.

도시가 갓 생겼을 무렵에는 타국의 침공 가능성을 고려해야만 했다는 배경도 있었다.

침공해 온 적국 병사가 길을 잃기 쉽도록, 아군을 지키기 쉽도록, 시내를 복잡하게 만든 것이다.

"어머, 루크는 수업을 그렇게 성실하게 듣지 않았다고 생각하는데, 제대로 듣고 있었군요."

"아뇨, 저번에 데이트한 아이에게서 들은 이야기입니다. 그런 쪽으로 잘 아는 아이가 있습니다."

'기사'는 나와 다른 방법으로 시내의 정보를 모았다.

그 방법이란 여러 여자와 연줄을 만들어서 데이트를 한다는 것이었다.

솔직히 별로 칭찬할 만한 방법이 아니라고 생각하지만, 여자와 데이트한다는 행위는 그 자신의 멘탈 케어도 포함한 거겠지.

"너무 심하게 놀다가 뒤에서 칼을 맞지 않도록."

"저도 노토스 가문의 사람이니, 문제 있을 아이와는 거리를 두도록 하고 있습니다."

노토스 가문의 사람이라.

그리고 보면 루디도 노토스의 피를 이었던가.

역시 여자를 좋아하겠지. 돌이켜보면 내가 여자라는 걸 안 순간 태도가 변했고.

루디도 누군가와 결혼해도 다른 여자에게 손을 댈까.

그러겠지. 루디네 아버지도 그랬고.

파울로 아저씨는 두 명을 뒀지만, 그건 아내인 제니스 아주머니가 미리스교도였기 때문이다. 미리스교의 가르침으로는 부부는 일부일처다.

혹시 제니스 아주머니가 미리스교도가 아니었으면 파울로 아저씨는 아내를 얼마나 두었을까.

셋… 아니, 다섯 명 정도일까….

마찬가지로 노토스인 '기사'도 구속되는 걸 싫어하는 모양이고, 노토스 가문은 그런 타입이겠지.

　루디도 결혼하면 분명 다른 여자를 데려오겠지.

　나는 미리스교도가 아니다. 하지만 결혼하면 나만 봐 주었으면 한다.

　하지만 분명 그런 상대는 루디도 싫어하겠지.

　그러니까 결혼하거든 루디가 다른 여자를 데려오는 것에 관대해지자.

　루디에게 귀찮은 사람이라고 여겨지는 건 싫고. 루디는 그런 짓 않으리라고 생각하지만, 버릴지도 모르고.

　아내인 내가 해야 할 일은 분명 루디가 다른 여자를 데려오거든 그 여자를 인정해 주고 친하게 지내는 것이다.

　혹시 셋 이상이 되거든 아내들끼리 싸우지 않도록 중재를 하고….

　…아니, 아내라니, 왜 내가 루디와 결혼하는 전제로 이야기하는 거람.

　"실피, 왜 그러나요?"

　"아뇨, 아무것도 아닙니다. 아, 이쪽입니다."

　'공주님'의 말에 망상에서 탈출할 수 있었다.

　말도 안 되는 장래를 망상하다니 바보 같아…. 한숨이 나올 것 같다.

　"아, 여기로 나가는군요. 이거 분명히 가깝겠습니다."

　뒷골목을 나서자 '종자'가 놀란 듯이 말했다.

우리의 바로 눈앞에는 목적지인 옷가게가 자리 잡고 있었다.

"그렇군요, 실피. 잘했어요."

"에헤헤."

'공주님'의 칭찬에 뺨을 벅벅 긁으면서 우리는 옷가게로 들어갔다.

저녁식사를 하고 내 방으로 돌아갔다.

자, 이만 자자, 하는 단계에서 나는 침대 위의 어떤 것을 보고 있었다.

속옷이다.

상하의 세트.

"…으음."

그 뒤 옷가게에 들어간 '공주님'은 속옷 매장으로 직행했다.

그리고 '종자'와 함께 저것도 아니다, 이것도 아니다 하고 협의를 거듭한 결과, 내 속옷을 구입했다.

내 것 말이다.

"실피에게는 더 매력적인 속옷이 필요해요. 승부할 때가 오거든 자신을 가지고 밀어붙이기 위해서."

그런 말을 하면서 내게 떠안겼다.

어쩌면 오늘 아침의 혼잣말을 들었을지도 모르겠다.

하지만 승부할 때란 뭘까….

그렇게 생각하면서도 옷가게에서 입어 보았을 때의 일을 떠올렸다.

엷은 녹색에 꽃무늬 레이스가 들어간 속옷은 스스로 말하기도 그렇지만, 꽤나 어울리는 것 같았다.

애초에 내 몸은 남자와 착각할 만큼 궁상맞으니까 선정적이라고는 할 수 없지만….

루디가 보면 하다못해 귀엽다고 말해 줄까.

"…루디라."

거기서 나는 낮에 수업 중에 했던 생각을 떠올렸다.

내가 하고 싶은 일…이라.

어쩌면 나는 루디와 좋은 관계가 되고 싶은 걸지도 모른다.

루디 덕분에 지금이 있다.

그런 루디와 친해져서 은혜를 갚고 싶다…. 아니, 그게 아냐.

은혜 갚기가 아니다.

분명 이건 그런 생각에서 오는 게 아니다.

아마도 나는.

나는 역시나.

"……."

어느 결론에 도달하여 나는 내 얼굴이 뜨거워지는 걸 느꼈다.

뭔가를 뿌리치듯이 침대에 들어가서 담요를 끌어안았다.

데굴데굴 구르고 싶은 충동을 누르면서 몸을 웅크렸다.

나는 지금 하고 싶은 것을 알았다.

알아버렸다.

하지만 그때 문득 어떤 사실을 깨달았다.

그걸 깨닫고 나는 어금니를 꾹 깨물었다.

"…어쩌지."

그렇게 중얼거린 뒤 나는 눈을 감았다.

그 날은 좀처럼 잠을 이룰 수 없었다.

제4화　학교생활의 시작

입학하고 한 달 정도 경과했다.

학교생활은 단조롭다.

일단 아침에 일어나면 일과로 삼은 트레이닝을 시작한다.

생전에 읽었던 만화에 따르면, 어느 남자는 팔굽혀펴기, 윗몸
일으키기, 스쿼트 100번에 10킬로미터의 런닝, 그리고 머리카락
을 대가로 세계 최강의 힘을 손에 넣었다는 모양이다.

나는 머리카락을 잃고 싶지 않기에 조금 더 힘냈다.

구체적으로는 목도 휘두르기 등을 했다.

이런 것은 매일 하니까 의미가 있다.

이 학교에도 그런 것에 열심인 녀석은 있는 모양인지, 오늘도 아침에 조깅하는 아이를 보았다. 깊이 모자를 눌러써서 얼굴은 못 봤지만, 몸에 제법 밸런스가 잡혀 있었다. 말라보이지만 잘 단련했겠지.

또한 내 방으로 돌아온 뒤에는 마술 훈련을 약간.

오래간만에 피겨 제작을 시작했다. 자노바가 가르쳐달라고 조르니까 연습도 겸한 것이다. 이쪽은 그리 진척이 없었다.

조금 있으면 자노바가 부르러 오니까 같이 아침을 먹으러 간다. 기숙사 식당은 학년이나 신분별로 먹는 순서가 정해져 있는 모양인데, 다소 어긋나도 된다고 한다. 아침에는 바쁘니까.

식사가 끝나면 자노바와 헤어져 도서관으로 향한다. 전이에 대해 조사하는 것이 조금 재미있어졌다.

정오를 알리는 종이 울릴 무렵에 자노바와 만나서 점심을 먹는다. 그때 그는 수업 중 이해되지 않은 부분을 내게 물으니까 일단 아는 범위에서 대답해둔다. 자노바는 흙 마술 수업밖에 듣지 않는 모양이지만, 그도 나름대로 노력하는 거겠지.

식사는 밖에서 먹는다.

기이한 시선을 받을 때도 있지만, 문제없다. 이따금 엘리나리제가 얼굴을 비추지만, 그녀의 눈에 자노바는 좋은 남자로 비치지 않는지 금방 어딘가로 가 버렸다. 그녀는 식당 1층과 2층을 알짱대는 모양이다. 여자기숙사에 남자를 끌어들일 수 없는데 그거 쪽으로는 어떻게 하고 있냐고 물었더니, 밤에 시내에서 잘

하고 있다는 모양이다.

낮에도 밤에도 활동하다니 터프하기도 하다.

참고로 이 식당, 꽤 내 입맛에 맞는 요리가 많다. 닭튀김 비슷한 요리인 칠성구이라든가, 카레랑 비슷하면서 다른 것인 케리수프라든가. 내 취향에는 살짝 못 미치지만, 그래도 비슷한 것이 나오기에 개인적으로 만족이다. 분명 여러 종족이 과하거나 부족함 없이 식사할 수 있도록 라인업이 짜여 있겠지.

오후에는 학교의 교실로 향한다.

치유 마술과 신격 마술, 결계 마술의 기초에 대한 수업을 받아보았다. 신격 마술이란 유령 계열이나 실체가 없는 가스 형태의 마물에 대해 특히나 효과가 있는 마술이다.

이론적으로는 '디스터브 매직'에 가까울까.

마력을 그대로 내던지는 이미지다. 물론 마력을 그냥 내던지기만 해선 아무런 대미지도 줄 수 없으니 뭔가 특수한 작용이 있는데, 그 점을 알 수 없었다.

혹시 내가 생전에 퇴마사였다면 어쩌면 그런 점도 이해할 수 있었을지 모르겠다.

지금으로선 그저 이론을 배우면서 주문을 하나씩 암기할 뿐이다.

적에 따라 주문의 종류를 바꿀 필요가 있다는 모양이다. 뛰어난 신격 술사가 되고 싶으면 상대를 분간하는 게 중요하다는데, 그건 꼭 신격 술사만의 이야기가 아니겠지.

참고로 일류 검사는 유령도 베어 버린다고 했다. 분간이 필요 없군.

모험가로 행동하는 동안 유령 계열의 마물은 몇 마리 보았지만, 유령도 베어 버리는 검사는 없었다.

결계마술이란 말 그대로 결계를 만드는 마술이다.

기본적으로는 마법진을 이용하는데, 초급이라면 주문으로도 가능하다.

초급에서는 눈앞에 마력적인 공격에 대한 벽을 만드는 '매직 실드'를 배웠다.

'매직 실드'는 불이나 냉기를 차단, 경감하는 힘이 있다. 내마 벽돌이나 숙소의 난방에 사용되는 것도 이것의 발전형이겠지.

하지만 마력에 대한 장벽이 있다면 물리에 대한 장벽도 있을 법하다.

그렇게 생각하고 교사에게 물어 보자, 신격이든 결계든 미리스교단이 그 권리를 가지고 있는 모양이라서 마법대학에서는 초급까지밖에 가르치지 않는다고 했다. 물리 장벽은 중급이라서 습득할 수 없다고 했다.

교사는 쓸 수 있고 가르칠 수도 있는 모양인데, 위반이라는 모양이다. 위반하였다가 들키면 미리스교단에게 쫓기고 이단 심문에 걸릴 수도 있다나.

참고로 이전에는 초급도 가르칠 수 없었던 모양인데, 2년 정도 전에 어느 조건을 받아들이는 걸로 교육이 허가되었다고 했다.

그런 사정도 있어서 수업에서는 오히려 결계를 어떻게 깨뜨리는가 하는 부분에 초점을 두고 가르치는 눈치였다. 결계에는 물리 결계와 마법 결계가 있어서 성급 이상이 되면 양쪽의 특성을 겸한 결계를 칠 수 있다는 모양이다.

또한 몸을 지키기 위한 결계나 뭔가를 가두기 위한 결계 등, 용도는 다양했다.

록시도 결계에 대해 다소 말해 주었는데, 나도 당시에는 결계라는 말만 듣고 다 안다는 느낌으로 흘려들은 부분도 있다.

그래서 복습도 겸하여 처음부터 들었던 것은 역시나 도움이 되었다.

수업이 끝나면 도서관으로 돌아간다. 어두워질 때까지 전이에 대해 조사했다.

일단 문헌을 뒤져 보았지만, 전이술이란 것 자체가 금기로 지정된 탓인지 별로 자세하게는 실리지 않았다. 피츠 선배가 가르쳐 준 '전이의 미궁 탐색기'가 제일 자세하게 실린 걸지도 모르겠다.

그리고 기숙사로 돌아와서 저녁식사를 한 뒤에 조금 피겨를 만들고 취침.

생활 사이클이 만들어지고 여유도 생기기 시작했지만, 밤의 망나니는 여전히 꿰다놓은 보릿자루 신세로 있을 뿐이었다. 물론 치유 마술 수업에서는 그런 쪽을 언급하지 않고, 도서관에서도 그런 병의 치료법에 관한 책이 전혀 없었다.

회복의 조짐은 없다.

그런 어느 날의 일이었다.

저녁에 도서관에서 전이에 대해 조사하는데 피츠 선배가 나타났다.

백발에 선글라스. 지정 교복에 살짝 멋스러운 망토와 튼튼해 보이는 부츠, 딱 맞는 하얀 장갑. 피츠 선배와는 몇 번 만났지만, 항상 이런 차림인 듯했다.

"루데우스, 옆자리 괜찮을까?"

"옆자리라니 섭섭한 말씀을. 자, 데워뒀습니다. 식기 전에 앉으시지요."

"아하하, 미안하군."

내가 그렇게 말하며 자리를 양보하자, 피츠 선배는 미소 지으면서 앉았다.

제법 장단을 맞춰 주는 사람인 모양이다.

내가 옆으로 이동하고 계속 조사하자, 그는 내가 손에 든 책을 들여다보았다.

"조사는 진전 있어?"

그로부터 1주일. 나는 매일 전이에 대한 문헌을 뒤졌다.

"과거에도 몇 차례 피트아령과 비슷한 사건이 있었다는 모양이란 사실은 알았습니다."

나는 내가 조사한 사실을 피츠 선배에게 들려주었다.

그에게는 힌트를 얻었으니 그 답례라고 할까, 대가라고 할까…. 뭘 하는지 확실히 해두는 게 좋겠다는 판단이었다. 숨길 일도 아니고.

"피트아령 정도 대규모는 아니지만, 어느 날 갑자기 사람이 사라졌다가 돌아온다는 일은 있었던 모양입니다."

이른바 귀신이 잡아간다는 이야기다.

사람이 한 명 사라졌다가 다른 곳에서 출현하거나, 같은 장소에 재출현한다.

그런 일이 이 세계에서는 의외로 빈번…까지는 아니지만, 이따금 일어나는 모양이다.

"그건 피트아령의 전이와 같은 것일까?"

"글쎄요…. 음?"

문득 피츠 선배의 주변을 보니, 그의 손에 있는 것도 전이에 관한 책이었다.

"혹시 도와주시는 건가요?"

그렇게 묻자 그는 고개를 내저었다.

"아냐. 나도 그 전이사건에 대해 조사하고 있어."

"그런가요. 왜 또 일부러? 아리엘 왕녀에게 명령받았습니까?"

"아니…."

피츠 선배는 잠시 생각하듯이 턱에 손을 대다가 살짝 입가를 일그러뜨리고 웃었다.

자조 어린 웃음이었다.

"실은 내 지인도 그 전이로 행방불명되어서."

"그건, 저기, 뭐라고 할까…"

나는 난민 캠프의 사망자 리스트를 떠올렸다. 그 엄청난 숫자의 사망자….

그로부터 5년. 이미 행방불명자의 생존은 절망적으로 보였다. 분명 피츠 선배의 지인도 살아 있지 않겠지. 가족 전원이 살아 있던 나는 운이 좋았다.

"아니, 최근에 와서 살아 있다는 걸 알았어."

"어? 아, 그런가요?"

"응, 하지만 그때까지는 전이에 대해 조사하면… 예를 들어 전이의 출현지 경향 같은 걸 알면 찾아내는 것도 간단하지 않을까 생각하며 조사했어."

전이의 출현지 경향인가.

그래, 그런 생각은 해 본 적 없었군.

"역시 선배로군요. 혜안입니다."

"아니, 그렇지 않아…. 게다가 결국 나는 찾으러 갈 수 없었고."

피츠 선배는 그렇게 말하며 살짝 고개를 떨구듯이 시선을 내렸다. 듣자하니 제2왕녀가 실각된 것은 전이사건으로부터 약 1

년 뒤였다. 당연히 그 전부터 실각의 조짐은 보였겠고, 호위인 피츠 선배는 참 다망했겠지.

"그건 어쩔 수 없겠죠."

사람에게는 입장이란 것이 있다. 그것을 내던지고 수색에 참가할 수도 없다.

오히려 호위라는 입장을 이용해서 이 학교의 도서관에서 다른 각도로 사건에 대해 조사하였다.

찾았다는 소리는 적어도 정보 수집도 했다는 뜻이다. 피츠 선배에게도 생활이나 일이 있겠고, 그런 가운데 할 수 있는 일은 하였다. 그것만으로도 충분하다고 할 수 있다.

"과거보다도 미래를 생각하죠. 일단 선배가 조사한 것에 대해 들을 수 있겠습니까?"

"그래, 좋아. 내일이라도 정리한 걸 가져오지…. 하지만 별로 기대는 하지 말아줘. 나는 조사에 별 재주가 없으니까, 루데우스처럼 금방 뭔가를 찾을 수 없어."

피츠 선배는 자신 없는 눈치였다.

그는 지금 4학년이라고 했던가. 수업과 호위, 저번에 들은 이야기로는 아리엘 왕녀의 잡무 같은 것도 하는 모양이다. 또 학생회에도 소속되었다고 했던가.

그런 가운데 조금씩 조사한 것이다. 바쁘다는 핑계로 도망치지 않고.

대단한 사람이다.

"저는 선배보다 시간을 낼 수 있을 뿐입니다."

오전 중에는 죄다 조사에 할애할 수 있다.

실제로 전이사건의 현장을 보았고, 생전의 지식으로 다소 예측할 수 있는 점도 있다.

"어어, 저기, 루데우스. 의논하고 싶은 게 있는데."

갑자기 귀 뒤를 긁적이면서 고개 숙인 채로 우물쭈물 말하는 피츠 선배.

나는 고개를 갸웃거렸다.

"뭡니까?"

저번에 도움을 받은 은혜도 있다. 무슨 말이든 들어주고 싶다.

"전이사건의 조사를 나도 거들어주고 싶은데."

그런 말에 나는 미안해졌다.

"아뇨, 오히려 이쪽이 거들어야죠. 저는 이제 막 조사를 시작해서 정보량도 적으니까요."

"하지만 나는 그런 시간을 낼 수 없어. 분명 대부분의 경우 루데우스가 혼자 조사하게 될 거야…. 너는 가끔씩 올 뿐인 상대가 트집을 잡으면 싫겠지?"

기본적으로 혼자서 조사하고, 이따금 오는 녀석이 조사에 대해 트집을 잡는다. 그렇게 들으니 분명히 싫을지도 모르겠다. 하지만 피츠 선배가 그럴 타입으로는 보이지 않았다.

게다가 나 혼자보다도 다른 시점에서 봐 주는 사람이 있는 편이 좋겠지.

나는 머리가 별로 안 좋고, 천재라고 불리는 피츠 선배라면 내가 조사한 것에서도 뭔가를 찾아내 줄지도 모른다.

"싫지 않습니다. 잘 부탁드립니다."

"응, 잘 부탁해."

그렇게 말하며 악수하자, 피츠는 수줍은 듯이 웃었다.

그 얼굴과 작고 부드러운 손. 두근거렸다.

남자를 상대로… 아니, 설마.

잠깐 헷갈린 거겠지.

그 뒤로 그 날 조사한 내용을 정리해서 돌아가기로 했다.

도서관에서 나오자 주위는 이미 어두워져 있었다.

피츠 선배와 적당히 잡담하면서 귀로에 올랐다.

그는 매일 왕녀의 호위나 잡무로 바쁜 모양이지만, 열흘에 한 번은 이렇게 저녁에 한가한 시간이 생긴다고 했다.

"그러고 보니 루데우스. 낮에 봤어. 대단하던데?"

낮이라는 말에 나는 고개를 갸웃거렸다.

무슨 소리지?

"그 자노바 실론이 강아지처럼 따르기에 깜짝 놀랐어."

"…흐음."

낮이란 건 즉석 카페테라스에서 시선을 모으며 밥을 먹었을 때 말인가.

"너는 모를지도 모르지만, 그는 입학 당시부터 싸움만 하는 난폭한 문제아야."

싸움만 하는 문제아라는 말에 나는 쓴웃음을 지었다.

역시나 라고 할까. 괴롭힘 당하던 건 아닌 모양이다.

그렇지, 사람의 목을 맨손으로 뽑아 버리는 녀석이 그렇게 쉽게 괴롭힘 당할 리가 없어.

"결국 리니아와 프루세나라는… 품행이 안 좋은 학생의 두목 같은 놈들에게 당한 뒤로 얌전해졌지만."

그리고 리니아와 프루세나는 주먹대장인 모양이다.

실컷 날뛰는 신입생 자노바에게 싸움을 걸어서 의외로 간단히 쓰러뜨렸다나.

2대1로. 비겁하다고 할 수는 없겠지.

그 뒤로 자노바는 부하 대접을 받는 모양이었다. 별로 그런 장면은 못 봤는데.

"어쩌면 리니아와 프루세나가 시비 걸지도 모르니까 조심해."

"괜찮을 거라고 생각하지만…."

이미 이쪽은 공손한 자세를 보였다. 지금으로선 어디서 얼굴을 마주치지도 않았다.

불량배가 어디에 모이는지는 모르지만, 식당에서도 좀처럼 안 보였다.

"어어, 저기, 나와 만나면 그녀들이 안 좋아할 거라고 생각해."

"그건 또 왜?"

"저기, 우리가 1학년일 때 그녀들이 아리엘 님에게 시비를 걸었는데, 그때 내가 결투로 쓰러뜨렸어."

"2대1로?"

"응. 그러니까 저기, 원한을 품었을지도 모르고…."

아하. 하지만 그렇다면 피츠 선배는 상당히 강하단 소리가 된다.

자노바에게 (2대1이라고 해도) 압승을 거둔 리니아, 프루세나를 쓰러뜨린 피츠 선배.

어라? 그렇다면 피츠 선배에게 이긴 나는 최강이라는 소리가 되네.

아니, 설마.

상성 문제도 있겠지. 나는 디스터브 매직을 쓸 수 있으니까 무영창 마술을 쓰는 상대에게는 상성이 좋다. 기습을 틀어막을 수도 있었으니까. 디스터브 매직을 쓴다는 걸 알고 싸우면 이길 수 있다고만 할 순 없다.

"루데우스는 괜찮을 거라고 생각하지만."

"글쎄요."

"이 학교에서는 나한테 1대1로 이길 수 있는 상대가 없어. 난 이래 보여도 여태까지 진 적이 없으니까."

그렇게 말하며 나를 칭찬해 주지만, 그래도 나는 오히려 피츠 선배의 마음을 칭찬했다.

여태까지 진 적 없는 사람이 처음으로 졌다고 한다.

그런데도 마음에 두지 않는다. 분하다는 생각이 없는 걸까.

"그 마술, 디스터브 매직이랬나? 대단하던데. 다음에 가르쳐줘."

"예, 좋아요."

나는 쾌히 승낙했다. 디스터브 매직을 가르치면 나는 피츠 선배에게 이길 수 없어질지도 모른다.

그렇게 생각하면서도 거절할 생각은 없었다.

"아, 하지만 그렇게 되었으니까 조심해. 특별생 중에는 괴짜가 많으니까…. 크리프라는 애도 성격이 급하고, 사일런트도 입학 당시에는 곧잘 문제를 일으켰다는 모양이고. 또 올해 1학년 중에도 모험가 출신의 괴짜 엘프족이 있다고 들었어. 남자를 덮친다나."

"아하, 마지막의 그 사람은 지인이니까 괜찮습니다."

"아, 그래."

처음에 나온 두 사람은 잘 모르지만, 마지막 한 명은 덮치는 건 덮치는 거라도 의미가 다르겠지.

"아무튼 저로서는 싸움이 되지 않도록 잘 대처할 뿐이지요."

그런 이야기를 하다가 갈림길에 왔다.

똑바로 가면 여자기숙사다. 아직 밝지만, 두 번 다시 이 길은 안 갈 거다.

"아, 나는 아리엘 님을 만나러 가야 하니까."

"예, 수고하셨습니다. 다음에도 잘 부탁드립니다."

"내일은 시간이 없지만, 도서관에는 들를 거니까."

피츠 선배는 그렇게 말하고 여자기숙사 쪽으로 걸어갔다.

여자만인 공간에 자유출입…. 별로 부럽다고 생각하지 않는 건 지난 번 머슬보머가 기억에 남아 있기 때문이겠지.

…아니면.

어쩌면 피츠 선배를 이유로 여자기숙사에 침입하는 게 이 학교에서 나의 최종 목적 달성을 위한 열쇠가 되는 걸까.

아직 인신의 조언의 의미를 알 수 없다.

★　　★　　★

그런고로 나는 피츠 선배와 협력하여 조사를 진행하게 되었다.

그와는 친해졌다고 생각한다.

저쪽이 생각하는 이상으로 친근했던 것도 있지만, 양호한 관계를 쌓았다.

물론 그는 수수께끼가 많았다.

"그러고 보면 선배는 왜 선글라스를 끼고 있습니까?"

"선글라스…. 아, 안경 말이야?"

피츠 선배는 선글라스를 벗지 않았다.

결코, 한 번도, 어떤 때라도.

"으음, 이유가 좀 있어서 말할 수 없어. 미안해."

"아뇨."

그의 맨얼굴을 보고 싶기는 했다.

하지만 본인이 숨기는 것을 억지로 보려는 마음은 들지 않았다.

"그러고 보면 선배는 기숙사 몇 층에 살고 있습니까? 식사 때에 본 적이 없는데요."

"어어, 일단, 저기 여자기숙사에서 살고 있어. 아리엘 님의 호위라서."

"그거… 문제가 일어나지 않습니까?"

"괜찮아, 허가는 받았고. 나도 아리엘 님께 폐가 되는 일은 하지 않아."

일단 기숙사에서 허가를 받으면 '노예의 소지'가 가능하다.

노예가 아니더라도 힘이 있는 왕족, 귀족이라면 어느 정도의 융통이 통한다. 남자기숙사에도 메이드를 데려온 귀족이 있고. 하지만 그 메이드나 하인들이 문제를 일으키면 당연히 주인의 책임이 된다.

피츠 선배는 하인이 아니라 학생 취급인데, 아리엘 왕녀의 카리스마와 아슬라 왕족의 권력, 거기에 피츠 선배 개인이 신뢰받는 점도 있겠지.

그 골리앗인가 빅벤 베이더*인가 하는 이름의 여자도 피츠 선배나 아리엘에게 '님'을 붙여서 부르면서 한수 높게 쳐 줬다.

또 엘리나리제의 말을 들어보면, 여자들 사이에서 피츠 선배의 인기는 꽤나 높은 모양이다.

루크에게 꺅꺅거리는 건 초심자고, 똑똑해지면 피츠 선배의 어두운 옆얼굴에 쿵 하고 와 닿는다는 게 있다나. 실제로 말해보면 별로 어두운 느낌이 아니지만, 그래도 무슨 말을 하는 건지는 이해된다.

"그러고 보면 선배는 저랑은 평범하게 말하는군요."

"…음? 무슨 소리?"

"말이 없는 분이라고 들었습니다만."

"저기, 난… 낯가림이 좀 심해."

그런 것치고 내게는 먼저 말을 걸어왔던 것 같은데.

파장이 맞고 안 맞고 하는 게 있다고 그러니까 그런 걸까.

아무튼 이 학교의 상식으로는 피츠 선배는 놀랄 만큼 말을 하지 않는 모양이다.

무영창 마술사란 것도 있어서 붙은 별명이 '무언'의 피츠.

혹은 '침묵의 마술사'라고 했다.

"사실 피츠 선배는 라이백 가문이라든가 그런 거 아닙니까?"

"어? 라이백…이라면 북신 2세가 그런 이름이었나? 설마. 아니야. 애초에 나는 이름 있는 집안도 아냐. 귀족도 아니고."

"또 그러신다. 사실은 요리 같은 걸 잘한다든가?"

※빅벤 베이더 : 미국의 프로레슬러 레온 화이트의 링네임. 190센티미터, 170킬로그램의 거구를 자랑했다.

"어어, 요리는 하지만…. 그거랑 무슨 관계가 있지?"

내 농담은 통하지 않았다. 하지만 뭐가 웃겼는지 피츠 선배는 킬킬 웃었다.

그렇게 수수께끼가 많은 남자, 피츠 선배.

그가 내게 협력적인 것도 역시 이유를 알 수 없었다.

하지만 나는 그 의문을 딱히 밝히려고 하지 않았다.

본인도 의도해서 숨기는 모양이고, 의도해서 그런다면 어떤 사정이 있겠지.

도와준 상대가 숨기는 사실을 억지로 밝히는, 그런 은혜도 모르는 짓을 할 생각은 없다.

물론 궁금하지 않은 건 아니다. 하지만 인신의 조언도 있다.

인신의 조언에 따라서 움직이고 만난 게 피츠 선배다.

여태까지의 경험상 인신의 조언은 내가 무슨 짓을 해도 어느 정도 하나의 결론으로 이어졌다.

즉, 그와 접하는 것으로 언젠가 병의 치료와 관련된 어떤 실마리가 손에 들어온다.

서두를 것 없다.

제5화   미치지 않는 힘 전편

자노바 실론.

실론 왕국 제3왕자. 선천적으로 괴력을 가지고 태어난 신의 아이.

그는 변태다. 의심할 바 없는 변태다.

도를 넘은 피겨 오타쿠라고 할 수 있을까. 정신을 차리면 매일 인형을 바라보고 있고, 어느 틈에 그 인형을 부드러운 손길로 쓰다듬고 있다.

흥분하면 괴력을 제어할 수 없게되지만, 결코 인형을 함부로 다루지 않는다. 인형에 대해서는 절대적으로 힘의 가감을 그르치지 않는다.

인형에 대한 그의 사랑이 그렇게 만든 걸지도 모른다.

사랑.

그래, 그는 인형을 사랑한다. 편애한다.

예를 들어서 그의 방에는 알몸 여자의 동상이 하나 있다. 이전에 시장에서 발견하여 충동 구매했다고 하는, 날씬하면서 다소 매력적인 인상을 주는 소녀의 나신상이었다.

내가 자노바의 방을 처음 방문했을 때, 그는 그 나신상을 알몸으로 껴안고 있었다.

놀라게 할 생각으로 노크도 하지 않고 들어갔던 나한테 잘못이 있다. 그건 틀림없는 사실이다.

자노바는 내 얼굴을 보자 황급히 옷을 입고 '보기 흉한 짓을 했다'며 고개를 숙였다.

알몸으로 껴안고 뭘 했는지는 구태여 설명하지 않아도 되겠지.

그의 사랑은 이상하다. 북방대지에는 아직 때때로 눈도 쌓인다. 밖에 나가면 춥고, 금속상이 얼마나 차가운지는 생각할 것도 없다. 그런 가운데 동상이 걸릴지 모르는데도 자신의 욕망을 우선한다.

너무나도 도가 지나쳐서 흉내낼 수도 없다.

하지만 이해할 수 없을 정도는 아니다. 나도 생전에 피겨를 '사용'한 적이 있으니까. 물론 신상(록시 피겨)으로 그런 짓을 하는 건 용서하지 않겠지만.

…그러고 보면 자노바의 방에 록시 인형이 보이지 않았다.

본가에 두고 왔을까.

그런 생각을 하던 어느 날의 일이었다.

자노바가 갑자기 내 앞에 엎드렸다.

"스승님, 제게 인형 제작법을 가르쳐 주십시오!"

밤이라서 내 손에는 만들던 피겨가 있었다.

최근 한 달 동안 나는 계속해서 자노바에게 조금 기다리라고 말했다.

그는 순종하는 개처럼 '기다려'를 하였지만, 드디어 인내의 한계가 온 모양이다.

"약속하시지 않았습니까! 왜 아직 수업을 시작해 주시지 않습니까!"

자노바는 살짝 화가 났다.

물론 나도 거절할 이유는 없었다.

처음부터 그럴 약속이었고, 그러기 위해서 스스로도 재활을 겸한 복습을 하였다. 가르쳐 주지 않았던 것은 생활이 진정되지 않은 것도 있고, 본래의 목적과 너무 동떨어진 탓도 있고, 계기를 붙잡지 못했던 것도 있었다.

"…자노바, 나의 수행은 힘들도다."

일부러 연극조의 말을 하자, 자노바는 퍼뜩 깨달은 얼굴로 무겁게 고개를 끄덕였다.

"물론입니다. 스승님, 저를 너무 얕보지 말아 주십시오. 설령 피를 토하더라도 저는 스승님의 인형 제작의 비법을 배우겠습니다."

"음, 좋은 마음이로다."

그런고로 나는 자노바에게 인형 제작을 가르치게 되었다.

취침 전 시간을 사용하여 하루에 약 1~2시간.

내게도 흑심이 있었다. 그의 인형을 향한 사랑은 진짜고, 더 말하자면 왕족이라서 부자다.

어쩌면 내가 단념한 인형 착색이나 인형의 양산 같은 사업에 착수할 수 있을지도 모른다.

혹시 그의 협력을 얻을 수 있으면, 그래…, 우선 록시 인형의 양산이다.

전에 만들었을 때에는 하나뿐이었지만, 이 세계에는 동상을 만드는 기술이나 서양식의 인형을 만드는 기술이 존재한다. 그것을 유용하면 완성도는 떨어지더라도 양산은 가능할 터이다.

그리고 루이젤드 인형도 있다.

사실을 토대로 스펠드족을 열심히 미화하는 책을 집필하는 것이다. 이 세계의 독자가 받아들이기 쉽도록 배틀 묘사를 많이 넣고, 인정받지 못한 남자와 이 세계에게 인정받은 영웅을 대비시켜서 인정받지 못하는 대로 노력하는 남자의 고뇌와 갈등을 그린다. 그 부록으로 피겨를 주는 것이다.

책과 세트로 피겨를 선물.

역시 주인공이 눈에 보이는 형태로 있냐 없냐는 크게 다르니까. 그것이 성공하면 다음에는 록시의 위업을 칭송하는 책을 내는 것도 좋을지 모르겠다.

좋아, 괜찮겠어.

나 혼자서는 무리일지도 모르지만, 자노바는 이러니저러니 해도 왕족이다. 돈이 있다. 정열도 있다. 사업 동료로는 최적이다.

김칫국부터 마신다는 말이 있다. 그때의 나는 바로 그런 느낌이었다.

"그럼 비법을 전수하지요!"

"예! 스승님!"

우리의 인형 제작은 이제 막 시작되었다.

결론부터 말하지.

불가능했다.

자노바는 무영창을 통한 흙 마술로 피겨를 만들 수 없었다.

이유는 두 가지.

무영창으로 마술을 제어하는 것 자체가 불가능했다는 것, 그리고 압도적으로 마력 총량이 부족한 것.

생각해 보면 이 세계에는 무영창으로 마술을 쓸 수 있는 사람이 거의 없다. 내가 만난 이들 중에는 올스테드와 피츠, 그외에 실피 정도일까. 학교에는 무영창으로 바람 마술을 다루는 교사가 한 명 더 있었나 본데 작년에 죽었다고 했다.

어렸을 적부터 가능했던 나는 별로 실감이 없지만, 무영창이란 고도의 기술이다. 돌이켜보면 에리스나 길레느도 결국 무영창으로 마술을 쓸 수 없었다.

그럼 이제 마술을 배우기 시작한 자노바가 될 리가 없다.

또한 마력 총량의 문제도 심각했다.

내가 피겨 제작을 했던 것도 한없이 늘어나는 마력을 효과적으로 다 쓰기 위해서였다. 말하자면 피겨를 만들려면 상당한 양의 마력이 필요하다.

나도 이제야 비로소 이해했다.

아무래도 내 마력 총량은 보통사람보다 상당히 많은 모양이었다.

아니, 담담히 깨닫고는 있었다. 어느 정도 많다고는 생각했지만, 그 정도로 차이가 있다고는 생각 안 했다. 모험가 중에도 금방 마력이 바닥나는 다른 마술사를 보며 '괜한 데에 마력을 써 버린 거군'이라고 생각했을 정도다.

수치로 말하자면 보통 마술사가 100 정도라면 기껏해야 500 정도라고 생각하였다. 실제로 내 마력 총량은 더 많은 모양이다.

뭐, 내 이야기는 접어두자.

설마 자노바가 파츠 하나도 못 만들 줄은 생각도 못 했다.

자노바는 노력했다. 아침에 일어나서 마력을 쓰고 기절하고, 눈을 뜨면 또 마력을 써서 기절하고. 그런 짓을 하루 종일 반복했다.

한계까지 마력을 계속 쓴 탓인지 얼굴은 핼쑥하니 야위고, 해골 같은 얼굴은 눈물과 콧물로 엉망이었다. 제일 하고 싶은 일에 대한 재능이 없다. 그런 것이 절절이 느껴졌다.

나는 왜 이리 못된 짓을 한 걸까.

나는 반성했다. 반성하고 그에게 사과했다.

"미안."

자노바는 고개를 내젓고 힘없이 대답했다.

"아뇨, 제가 더 우수했으면…."

고개 숙인 남자의 뒷모습. 우수가 떠도는 패배자의 뒷모습. 여기서 포기해선 안 된다.

나는 생각했다. 자노바가 피겨 제작의 첫걸음도 내디딜 수 없는 건 너무 가엾다.

그렇다고 해도 무영창은 무리. 마력 총량도 부족하다면 나와 같은 방법으로 피겨를 만들어내는 건 무리겠지.

"좋아, 방법을 바꾸자."

나는 자연스럽게 그런 결론을 도출해냈다.

"다른 방법이 있습니까?!"

고개 숙였던 자노바는 곧바로 회복되어 말을 받았다.

"그래, 가급적 마력을 쓰지 않는 방법으로 가지요."

나는 그렇게 말하고 흙덩어리를 만들었다. 찰흙이다.

"지금은 마술로 만들었지만, 아마 자연계를 뒤져보면 찾을 수 있을 겁니다."

찰흙은 어디서 얻을 수 있던가. 유명한 도예가가 산에 틀어박혔다는 이야기는 들었지만, 이 세계의 산이나 숲은 위험이 많다. 그렇다고 해도 마물 중에는 찰흙으로 만들어진 듯한 놈도 있으니 일부러 지면을 파지 않아도 유용한 것은 많겠지.

"그걸 어떻게 하는 겁니까?"

"깎아냅니다."

조각. 그것은 가장 원초적이고 가장 확실하지만 어려운 방법이다.

찰흙덩어리를 파츠별로 깎아낸다. 그거라면 마력이 없는 자라도 가능할 것이다.

문제는 깎기 위한 도구가 없다는 건데, 그건 또 시장에서 마력부여품이라도 찾으면 되겠지. 바위를 버터처럼 자르는 나이프 같은 것을 이전에 어딘가에서 본 적이 있다.

"과연. 스승님, 이거라면 저도 할 수 있겠습니다!"

자노바는 밝은 목소리로 말했다. 그 표정은 희망으로 가득했다.

하지만 희망은 약 한 시간 뒤에 너무나도 간단히 박살났다.

자노바는 손재주가 좋지 못했다.

이건 타고난 능력에 기인했다.

괴력. 그래, 그의 괴력이 문제였다. 물건을 망가뜨리지 않으려는 제어는 되지만, 그가 할 수 있는 것은 거기까지였다. 파츠를 정밀하게 깎아낸다는 치밀한 작업을 하기란 어려웠다.

자노바는 시뻘건 눈을 하면서 매일 애썼다.

그의 정열은 진짜였다. 그는 한숨도 눈을 붙이지 않고, 과로사 직전이 될 정도로 인형 제작에 몰두했다. 마음대로 되지 않아서 몇 번이고 다시 만들었다. 그때마다 그는 울고 소리치고 기성을 질렀다.

그리고 완성하였다.

그가 무에서부터 만들어낸 인형이.

그것은 결코 아름답지 않았다. 만듦새도 조악해서, 전생이었으면 코웃음을 치던가, 놀림감이나 콜라주 소재로 대량으로 나돌았겠지.

하지만 나는 알고 있다. 이건 그의 정열이다. 결코 웃을 수 없다.

하지만 내가 웃지 않더라도, 그 부족함은 자노바 자신이 잘 알고 있었다.

"스승님, 틀렸습니다…. 저는… 저는 스승님처럼 할 수 없습니다!"

자노바는 울고 있었다.

자기가 바라는 대로 만들지 못하여 울고 있었다. 완전히 절망하여 더 이상 일어날 기력도 없다고 말하듯이.

가르치기 시작해서 완성까지 두 달 동안 완전히 비쩍 마른 자노바의 얼굴.

그걸 봐도 나는 어떻게 할 수 없었다.

"그런 일이 있었습니다."

나는 피츠 선배에게 의논해 보기로 했다. 제자의 부족함을 남에게 의논하는 건 스승으로서 실로 창피한 이야기지만, 누군가의 지혜를 빌리고 싶었다.

자노바가 너무 가엾고.

"인형을 만들어? 마술로?"

피츠 선배는 이해할 수 없다는 눈치였다.

도서관 의자에 나란히 앉아서 내 이야기를 들으며 고개를 갸웃거렸다.

"예, 이런 느낌입니다."

나는 흙 마술을 사용하여 간단한 형태의 인형을 얼른 만들어 보였다. 도서관은 마술 금지니까 몰래.

순식간에 옷을 입지 않은 사○보보*같은 느낌의 간단한 인형이 나왔다.

"어? 이거 뭐야…? 대단해…."

피츠 선배는 내 손을 뚫어져라 바라보고, 완성된 인형을 찬찬히 살폈다.

그리고 자기도 할 수 없나 싶어서 손가락 끝에 마력을 집중시키더니, 부정형의 슬라임처럼 굼실거리는 흙덩어리를 만들어냈다. 바로 흉내내 보려고 하다니 이 사람도 꽤 대단하다.

하지만 그가 바라는 형태는 되지 않았던 모양이다.

최종적으로 피츠 선배는 후욱 하고 한숨을 내쉬며 포기했다.

"안 되네."

뭐, 피겨를 만든다는 건 내가 예전부터 조금씩 연구를 거듭해 온 기술이다.

한 번 보기만 해서 간단히 따라한다면 울어 버릴 거다. 그렇

※사루보보 : 일본 기후 지방에서 옛날부터 만들던 간단한 인형.

긴 해도 연습하면 피츠 선배도 할 수 있을 것 같다. 애초에 무영창 마술을 쓸 수 있는 사람이고.

"이건 보통 사람은 따라할 수 없어."

"그렇죠. 다른 방법으로 흙덩어리를 조각하는 방법을 취하는 것도 좋을까 생각했는데…"

"손재주가 없어서 못 한단 말이지."

피츠 선배는 으음 소리 내어 신음하고 턱에 손을 대어 생각했다.

생각할 때에 턱에 손을 대는 게 그의 버릇인 모양이다. 선글라스 때문인지 그 포즈는 꽤나 멋지게 보였다. 참고로 멋쩍을 때나 난처할 때는 뺨이나 귀 뒤를 긁적인다.

그 동작은 나이에 어울려서 제법 친밀감이 일었다.

물론 엘프족은 장수하는 모양이니까, 그 나이가 외모의 그것이라고만 할 순 없지만.

"으음, 그래. 참고가 될지는 모르겠지만, 아슬라 왕도에는 비슷한 사람이 있었어."

"비슷한 사람인가요?"

"그래, 자기가 하고 싶지만 능력도 기술도 없는 사람이."

"그 사람은 어떻게 했습니까?"

그 질문에 피츠 선배는 다소 대답하기 거북한 듯이 귀 뒤를 벅벅 긁적였다.

"어어, 저기, 노예한테 시켰어."

"호오."

피츠 선배의 이야기에 따르면, 왕도의 그 사람은 지식은 있지만 기술은 없었기에 노예를 구입하고 그를 가르쳐서 자기가 바라는 것을 만들게 했다는 모양이다.

"들어 보기론 그 자노바는 루데우스가 만든 인형을 좋아해서, 더 갖고 싶으니까 자기도 만들고 싶다고 말한 거지?"

"…어라? 그런 이야기였나요?"

"어어, 나한테는 그렇게 들렸는데?"

그런 걸까? 하지만 보통 피겨 애호가는 채색이나 개조 정도는 해도 자기가 일일이 만들 생각은 안 하는데.

나도 생전에는 기껏해야 마개조를 즐긴 정도다.

"자노바는 분명 루데우스가 전용 인형 제작사가 되어 주길 바라지만, 무리라는 걸 아니까 그런 식으로 말한 거 아냐?"

"딱히 무리는 아니라고 생각하는데요."

실론 왕궁에서 자노바에게 고용되어 매일 피겨를 만들며 지낸다.

최종적으로는 그런 생활도 나쁘지 않겠지. 왕궁에서 일하는 거면 봉급도 안정되겠고. 그러고 보면 피츠 선배는 아리엘 왕녀에게 매달 얼마나 받는 걸까…. 묻는 건 실례일 것 같다.

"뭐, 일단 그런 제안을 자노바에게도 해 보겠습니다. 감사합니다."

"별 말을."

내가 머리를 숙이자 피츠 선배는 수줍게 웃었다.

…왜 이 미소를 보면 나는 두근거리는 걸까.

이상하다. 정체 모를 남자 피츠, 알 수 없다.

노예를 구입하여 기술을 전수하고 만들게 한다.

그런 이야기를 자노바에게 해 보았더니 그는 곧바로 반응했다. 바로 그거라는 듯이 기뻐하며 노예 구입 계획을 세우기 시작했다.

사실은 자기가 만들고 싶었던 모양이지만, 무리라면 그런 방향으로 가는 게 어쩔 수 없다고 생각한 모양이다. 의외로 피츠 선배가 말한 '노예에게 시킨다'는 방법은 이 세계에서 일반적인 것인 모양이다.

그렇긴 해도 스승과 제자라는 관계인 이상 자기가 아니라 노예에게 가르쳐달라는 부탁은 실례가 되겠지. 자노바는 처음에는 피를 토하더라도 배우겠다고 말했고.

고로 말을 꺼내지 못했지만, 내가 먼저 제안하였기에 마음을 놓았다든가.

"그렇게 되었으니 다음 달 휴일에 노예시장에 가게 되었습니다."

나는 피츠 선배에게 거듭 감사 인사를 하였다.

곤란할 때에 충고를 해 주는 존재는 정말로 고마운 법이다.

"그렇구나. 좋은 사람을 찾으면 좋겠네."

그걸로 그 화제는 끝났다. 끝났지만, 피츠 선배는 그 뒤로 한동안 안절부절못했다.

"그러고 보면 다음 달 휴일, 나도 한가해."

"그런가요."

"응, 그래서 말이지. 어어, 할 일도 없으니까 시내에라도 갈까 생각하는데, 딱히 가고 싶은 곳이 있는 것도 아니라서…. 친구도 없으니까 혼자고…."

뭐라고 할까, 말 구석구석마다 힐끗힐끗 훔쳐보는 느낌이 전해져 오는 듯한데.

호위는 괜찮은 걸까. 무슨 일이 있을 때에 왕녀의 곁에 없으면 안 되는 거 아니었나.

…뭐, 그건 내가 생각할 일이 아닌가. 분명 루크 쪽이 어떻게든 하겠지.

"어어, 다음 달 휴일에 선배도 같이 가실래요?"

"괜찮아? 방해 안 될까?"

"예, 충고해 주신 사례로 식사라도 대접하지요."

"그래? 그럼 잘 먹을게."

피츠 선배는 그렇게 말하고 조용히 웃었다.

이렇게 남자 셋이서 노예시장에 가게 되었다.

다음 회 '양손에 꽃?! 괴력 왕자와 부끄럼 왕자와 두근두근

쇼핑!'

…은 아니지만.

제6화　미치지 않는 힘 후편

"처음 뵙겠습니다. 피츠…입니다."

자노바와 얼굴을 맞댔을 때, 피츠 선배는 조금 긴장한 모습이었다.

선배는 선배답게 더 당당하게 있어도 좋겠다고 생각하지만, 낯가림을 한다는 건 정말일지도 모르겠다.

자노바가 스윽 앞으로 나섰다.

"실론 왕국 제3왕자, 자노바 실론이다아아아!"

가슴을 떡 펴는 자노바의 모습에 무릎이 휘청 하고 흔들렸다. 상하 관계를 이러니저러니 할 생각은 없지만, 첫대면인 선배 상대로는 조금 고개를 숙이는 편이 좋겠지.

"자노바, 이번 일을 제안해 주신 건 피츠 선배야. 상응하는 경의를 표해야지."

그렇게 말하자 자노바는 허리를 굽히며 인사했다.

"알겠습니다, 스승님…. 처음 뵙겠습니다. 실론 왕국 제3왕자, 자노바 실론이라고 합니다. 앞으로 잘 봐주시길."

"아, 아니, 됐, 됐습니다. 왕족 분이 그럴 것까지야. 그만두세요."

피츠 선배는 두 손을 흔들면서 내 뒤로 숨었다.

자노바는 그걸 보고 눈을 둥그렇게 떴다.

피츠 선배는 외모, 소문, 행동과 언동의 갭이 아주 심하니까.

무언의 피츠라고 불리며 무영창 마술사로 두려움을 사고, 선글라스를 껴서 외모도 조금 그렇지만, 이야기를 해 보면 그 나이에 어울리는 모습이다. 후배를 잘 돌봐 주는 좋은 선배다.

"그럼 인사도 마쳤으니까 갈까요."

내 호령에 셋이서 걷기 시작했다.

노예시장은 상업거리에 존재했다.

노예 매매는 중앙대륙 남부나 미리스 남부에서는 소소하게 행해지지만, 여기 북방대지에서는 다르다.

여기서는 대부분의 나라에서 노예 매매가 완전히 합법이며, 곳에 따라서는 추천하기도 한다.

노예업은 중앙대륙 북부에서 중요한 상업 중 하나다. 그게 없으면 나라가 성립되지 않을 정도로.

사람이 노예가 되는 이유는 여러 가지다.

전쟁으로 고아가 된 사람. 흉년이 들어 궁핍해지는 바람에 아이를 파는 사람. 자기 몸을 팔아서 가족을 구하려는 사람….

도적 길드의 뒤로는 노예목장 같은 게 존재한다는 소문도 있다.

라노아 왕국을 포함한 '마법삼대국'은 노예가 없어도 성립되는 나라이지만, 더 동쪽으로 가면 정기적으로 노예상인에게 마을의 아이를 파는 한촌이 몇 개 존재한다.

그런 노예는 북방대지의 전사단이나 용병단, 혹은 나라가 구입하고, 전쟁용 노예로 소비하는 경우도 있다.

물론 노예상인 중에는 아슬라 왕국와 연줄이 있는 사람도 있다.

외모가 아름답거나 뛰어난 능력을 가진 일부 노예는 아슬라 왕국에 팔려가는 경우도 있다.

아슬라 왕국은 가난과는 거리가 먼 곳이다. 아슬라 왕국에서 밑바닥 계층이라도 굶주림에 괴로워할 일은 없다.

아슬라 왕국에 갈 수 있는 노예는 승리자다. 물론 노예가 된 시점에서 진 거라고 생각하지만.

또 북방 노예는 몸이 튼튼하고 우수해서 일부러 다른 나라에서 사러 오는 사람도 있다.

어찌 되었든 사람을 판다면 그걸 사는 자는 많다.

"여기인가."

사실은 사전에 모험가 길드에서 정보를 수집해 두었다.

커다란 도시라면 노예시장은 몇 군데 존재해서, 이 도시에도 다섯 개 있다.

그 다섯 개가 다 가지가지였다. '여기는 절대 관두는 편이 낫다'라는 말을 듣는 곳이 하나. 신뢰성이 낮은 노예시장으로, 병으로 죽어가는 노예를 태연히 팔아대기도 한다.

뭐, 그런 곳도 때로는 괜찮은 게 있는 모양이지만, 우리 같은 초심자가 알 수 있을 리가 없겠지.

초심자용, 그리고 부자용인 노예시장으로 가기로 했다.

"흠, 제 조국의 것과는 많이 다른 모양이군요."

자노바는 관심 가는 눈치로 끄덕였다.

노예시장은 언뜻 보면 보통 건물이었다. 여기에서는 흔히 볼 수 있는 스타일인 흙과 돌을 조합한 건축물로, 이 세계 건축물의 기본이라고 봐도 큰 편이었다. 그런 건축물이 세 개나 나란히 있었다. 입구인 문 위에는 '리움 상회 노예판매소'라고 적혀 있었다.

입구 부근에는 화톳불을 피우고 방한구 위에 가죽 갑옷을 입은 남자가 서 있었다. 수염투성이지만, 별로 질 나쁜 느낌은 아니다…라고 느끼는 건 내가 2년 정도 모험가 생활을 하며 저런 차림에 익숙해졌기 때문일까.

예전이었으면 조금 다른 감상을 품었겠지.

"밖이 아니네…."

피츠 선배의 의외인 듯한 말.

북방대지에서는 노예시장이 건물 안에서 열리는 경우가 많다. 그 이유는 단순하다.

"안으로 들어가죠."

안으로 들어가니 후끈하는 열기가 몸을 감쌌다. 건물 안에는 곳곳에 불을 피워놓았다.

그리고 여덟 군데 정도의 받침대 위에 알몸의 노예가 늘어서 있었다.

밖에서 하지 않는 것은 춥기 때문이다. 노예가 감기에 걸린다.

물론 가지 않는 게 낫다고 하는 시장에서는 밖에서 하는 모양이지만.

"흠, 여러 군데서 하는군요. 스승님, 어쩌겠습니까?"

"나도 사는 건 처음이니까 일단 적당히 보고 다니죠."

적당히 걷기 시작했다.

여덟 군데의 매장은 죄다 리움 상회 산하에 있는 노예상인의 것이다. 각지에서 모아들인, 혹은 구입해 온 노예를 늘어놓고 팔고 있었다.

상품이 다 팔리든가, 혹은 지정 시간이 지나면 다른 사람과 교대하겠지.

제법 성황이라서 어느 매장 부근에도 인파가 있었다.

복장은 가지가지라서, 나처럼 모험가 풍인 옷을 입은 사람부터 자노바나 피츠 선배처럼 귀족풍의 복장인 사람, 상인, 마을 사람, 평민, 학생 차림의 사람도 있었다. 개중에는 차익을 목적으로 사들이려는 상인도 있겠지.

매장에서 떨어진 장소에는 구입한 노예를 데려가서 서로 담소하는 이도 있었다.

초라한 차림을 한 건 소매치기일까.

아니, 경비가 있는 이 시장에 그런 자가 들어올 수 있을 것 같지 않다. 주인의 명령으로 새로운 노예를 사러 온, 또 다른 노예일지도 모른다.

나는 로브 밑으로 금화 주머니의 끈을 꾹 움켜쥐었다.

이번에 노예를 구입하기 위한 자금은 자노바가 내지만, 지갑은 내가 맡았다.

도둑맞으면 큰일이다.

"우, 우와, 우와…. 정말로 다들 알몸이야…."

피츠 선배는 매장 쪽을 보더니 눈을 동그랗게 뜨고 놀랐다.

얼굴이 새빨갛다. 망토 때문에 잘 몰랐는데, 안짱걸음으로 비칠거리는 듯했다.

"크, 크네…. 저렇게 되는구나…."

시선을 따라가 보니 전사풍의 노예가 주목 상품으로 소개되고 있었다.

남자도 여자도 다들 근육과 골격이 우람했다.

특히나 가운데에 있는 여전사는 좋다.

크다. 키도 그렇지만, 그 가슴이 탐났다.

저렇게 큰 건 싸울 때 방해될 것 같은데, 딱히 크더라도 문제없다는 건 길레느를 보고 이해했다.

"선배, 노예시장은 처음인가요?"

"어? 으, 응…."

피츠 선배는 귀 뒤를 벅벅 긁으면서 다른쪽 손으로 부끄러운 듯이 망토를 여미고 있었다. 포지션을 신경 쓰는 거겠지.

실로 동정다운 반응이다. 나도 저런 때가 있었지.

지금? 지금이야 다른 이유로.

"루, 루데우스는 익숙해?"

피츠 선배는 선배지만 아직 경험이 없는 모양이었다.

그렇게 생각하니 다소 의기양양한 기분이 들지만, 그래 봤자 나도 한 번뿐이다.

하지만 처음에는 상대가 도망쳤고, 두 번째는 하지도 못했다. 자랑할 만한 이야기가 아니다.

하지만 그걸 경험하면서 조금 차분해진 것도 사실이다.

너무 차분해져서 곤란하지만!

"선배도 경험을 쌓으면 다소 익숙해질 겁니다."

"그, 그래? 그보다 루데우스는 경험이 있구나…."

피츠 선배의 귀가 추욱 쳐졌다.

젊구나, 실로 젊어.

"스승님, 전사에게는 볼일 없겠죠. 우리가 찾는 건 마술을 쓸 수 있는, 손재주 있는 종족입니다."

자노바를 보자면 그런 것에 흥미 없다는 듯이 턱짓을 했다.

이 녀석은 기본적으로 여자에게 흥미가 없는 모양이다.

일단 결혼한 적이 있었던 모양이니까 전혀 성욕이 없는 것도 아닌 모양이지만.

"손재주가 좋은 종족이라면 역시 드워프일까요?"

"그렇군요. 흙 마술을 쓸 수 있는 드워프가 제일이겠죠. 물론 종족에 집착할 필요는 없겠지만요."

그렇게 말하면서 우리는 매장을 보고 다녔다.

이만큼 대규모의 노예시장이라도 드워프 노예는 얼마 없었다.

기본적으로 전투능력을 가진 노예가 태반이라서, 손재주 쪽으로는 거의 없는 모양이다.

"어어, 루데우스가 마술을 가르칠 거면 마술을 못 쓰는 어린 아이 쪽이 좋겠어."

피츠 선배가 충고해 주었다.

"어째서인가요?"

"무영창 마술은 어렸을 때가 배우기 쉽거든."

"아, 그런가요?"

"응, 열 살 정도가 되면 거의 배울 수 없는 것 같아."

그런가.

하지만 돌이켜 보면 실피는 할 수 있었는데 에리스는 할 수 없었다. 나이와 관계있는 걸까.

"나이랑 관계가 있는 겁니까?"

"응. 내 실제 체험과 스승, 학교 선생님의 말을 종합해서 판단한 거니까 틀림없을지도 모르지만…. 아, 또 다섯 살 정도부터 마술을 쓰기 시작하면 마력 총량이 폭발적으로 늘어나. 루데우스의 방법으로 인형을 만들 거면 마력 총량이 많은 편이 좋지."

다섯 살 정도부터 마술을 쓰면 마력 총량이 폭발적으로 늘어난다.

예전에 비슷한 가설을 세운 적이 있는데, 남의 입으로는 처음 듣는군.

"이 세계에서는 마력 총량이 선천적으로 정해져 있다고 들었습니다만."

"그건 틀린 말이야. 분명히 교본에는 그렇게 적혀 있지만, 열 살을 넘으면 거의 늘지 않으니까 착각한 거라고 생각해."

그렇군. 그렇게 듣고 보면 2~3살 때부터 마술을 썼던 내 마력 총량이 많은 것도 납득이 가는 이야기다.

그리고 그걸 실제 체험이라고 말하는 피츠 선배도 아마 상당한 마력 총량을 숨기고 있겠지.

"피츠 선배도 어렸을 적부터 마술을 썼군요."

"응. 저기… 옛날에 스승님에게 도움을 받은 적이 있는데 그때 부탁해서 배웠어."

"헤에."

도움을 받았다면, 숲에서 마물이나 뭔가의 습격을 받았을까.

아니, 어렸을 적이라면 유괴범일 가능성이 클까.

이 세계에는 유괴가 붐이고, 선배는 선글라스를 벗으면 미소년일 테니까 유괴범이 노리는 것도 이해가 간다.

"그 스승도 무영창 마술을?"

"응, 대단한 사람이야. 지금도 존경해."

"그런가요. 저도 만나 보고 싶네요."

무영창 마술을 가르칠 수 있는 사람과 만날 수 있다면 나도 조금 더 마술 실력이 늘어날지도 모른다.

어찌 되었든 뭔가 얻을 수 있을 거라고 생각했는데, 피츠 선배는 쓴웃음을 지었다.

"어어, 그건 무리 아닐까…."

"그런가요. 역시 높은 사람이기 때문인가요?"

피츠 선배는 왕녀의 호위고, 그 스승은 궁정마술사나 그런 것일지도 모른다.

운 좋게 어디서 궁정마술사의 도움을 받고, 그런 연줄로 제자로 들어간다. 그리고 성장해서 왕녀의 호위가 되었다. 그런 느낌일지도 모르겠다.

아슬라 왕국의 궁정마술사라면 무영창 정도는 할 수 있겠지.

"높은 사람…은 아니지만, 으음, 피트아령 사람이야."

"아…."

전이에 휘말려들었나.

그래서 어디에 있는지 알 수 없다.

"그건 뭐라고 할까…. 살아 있으면 좋겠네요."

"살아 있어. 이미 찾았는걸."

그러고 보면 지인을 찾기 위해 전이에 대해 조사하기 시작했다는 이야기였나.

그리고 최근에 발견되었다고. 그게 스승이었나.

"어라? 그럼 왜 전 만날 수 없나요?"

"후후…. 비밀."

피츠 선배는 조용히 웃었다.

…왜 이 미소를 보면 가슴이 고동치는 걸까.

나는 2차원의 남자아이라면 사랑할 수 있지만, 결코 호모는 아닐 텐데….

혹시나 그런 거친 치료일까.

피츠 선배의 조언을 바탕으로 따라서 노예를 찾았다. 조건은 세 가지다.

1, 다섯 살 전후(그 보다 어리면 말을 이해하지 못할 가능성이 크다).

"음, 좋아."

2, 드워프(여차하면 진흙을 조각하여 만들 수 있도록 손재주가 뛰어난 편이 좋다).

"녀석들은 손재주가 좋고 예술을 아는 이도 많으니까."

3, 귀여운 여자아이(내 취미).

"여자입니까? 저는 아무래도 좋습니다만, 스승님, 목적을 그르치는 것 아닙니까?"

"루데우스…."

조건을 하나씩 꼽는데, 마지막 것에서 두 사람이 비난을 날렸다.

"어라?"

남자들만 있으니까 오히려 찬동을 얻을 거라고 생각했는데….

그런 녀석들도 아닌가.

엘리나리제라면 찬동할지도 모르지만….

아니, 그녀라면 오히려 귀여운 남자 쪽을 제안할까. 최근 쇼타 취미에 눈을 뜬 모양이니까.

"하지만 다섯 살이 되면 교육은 기대할 수 없습니다. 말을 모를 수도 있습니다. 수신어밖에 못 한다면 마술을 가르치고 말고의 이야기가 아니니까요."

"나는 수신어도 할 수 있으니까, 그 경우에는 내가 가르치지요."

"아니, 스승님은 수신어도 하실 수 있습니까? 역시 대단하십니다."

"흠, 뭐, 별거 아니죠."

자노바의 칭찬에 나는 콧대를 세우며 가슴을 폈다.

이래 보여도 다국어를 할 수 있다.

다섯 살짜리 애한테 공부를 가르칠 수도 있다.

…그러고 보면 실피는 잘 지낼까.

엘리나리제나 피츠 선배를 볼 것도 없지만 엘프족은 지극히 내 취향…이라고 할까, 판타지 세계의 일본인 취향의 얼굴이다. 선이 가는 미남미녀들이 모였다.

실피도 엘프족의 피가 흐른다.

그녀는 분명히 나와 동갑이니까 지금은 열다섯 살인가.

꽤나 아름다워졌겠지….

파울로의 이야기로는 마술도 꽤나 늘었다고 했고, 게다가 머리칼이 녹색이다. 어딘가에서 소문이 나돌기도 하겠고, 보면 금방 알겠지.

소문을 전혀 못 들었지만… 그녀는 지금 어디에 있을까.

"아무튼 조건도 정해졌으니, 상인에게 물어보지요."

나는 '상담소'라고 적힌 장소로 이동했다.

접수처의 남자는 매끈하게 벗겨진 스킨헤드로, 콧수염을 기른 마초풍의 남자였다.

나와 피츠 선배를 보더니 의아한 얼굴을 했지만, 자노바를 보고 납득한 듯이 끄덕였다.

"저기, 죄송합니다, 사실은 찾는 게…."

마초는 말하는 나를 무시하고, 뒤에 있는 자노바에게 말을 걸었다.

"오오, 선생, 어서 옵쇼. 뭘 찾으시는지? 호위용 전사? 지금이라면 검을 가르칠 수 있는 녀석도 있지. 마술사도 있기야 있지만, 그거라면 마법대학에 가는 편이 나을지도. 아니면 이쪽의 그건가? 아니, 말할 것 없어. 넌 인기 없을 얼굴이니까. 빵빵한 이십대가 한 명 있지. 창녀였으니까 그쪽으로도 확실해. 물론 병도 걸린 적 없으아아아아!"

그리고 자노바에게 아이언 크로를 당해서 들어올려졌다.

"스승님을 무시하지 마라. 그 주절주절 나불대는 혀를 뽑아버리고 턱을 찢어 버린다."

"어, 어이! 무슨 짓이야!"

옆에 있던 경비원이 바로 자노바를 제지하려고 했지만 꿈쩍도 하지 않았다.

오히려 몸을 조금 뗀 것만으로도 날아가 버렸다.

우와, 하이 파워.

건장한 경비원을 비쩍 마른 오타쿠 같은 남자가 날려 버린다.

초현실적이다. 이게 신의 아이의 파워인가. 힘이야말로 파워인가!

어차, 보고만 있을 때가 아니지.

"노! 자노바, 그만둬. 하우스!"

"예!"

내 말에 자노바는 손을 놓았다.

자노바가 갑자기 멈춰서 경비원도 멈췄다.

나는 이때다 싶어서 곧바로 경비원을 향해 고개를 숙였다.

자랑거리는 아니지만 머리를 숙이는 스피드는 몇 년 동안 꽤나 늘었다. 속도야말로 스피드다!

"죄송합니다, 조금 흥분했을 뿐입니다."

"아니, 됐어… 하지만 너무 사고치진 마라? 다음엔 검을 뽑을 거니까?"

그들은 쾌히 용서해 주었다.

그 눈에 살짝 두려움이 담겨 있었지만, 보지 못한 걸로 하자. 그런 걸 일일이 지적해도 좋을 것 없다.

그렇긴 해도 의외였던 것은 피츠 선배인가.

그는 자노바가 사람을 붙잡은 순간, 내 앞으로 나서서 지팡이를 들었다. 지극히 빠른 동작이었다.

역시나 왕녀의 호위로군. 내가 겁쟁이일 뿐이라고도 할 수 있지만.

뭐, 됐어. 하던 이야기를 마저 하자.

"다섯 살 정도의 드워프를 찾고 있습니다."

다시금 마초에게 말을 걸었다.

"다섯 살 정도…?"

마초는 겁먹은 눈치면서도 수중의 목록 같은 것을 훑어보았다.

팔랑팔랑 종이를 넘기면서 눈을 가늘게 떴다.

"드워프 자체가 이 근처에는 별로 없으니까. 게다가 다섯 살이라…."

역시 조건적으로 힘든가.

드워프는 기본적으로 미리스 대륙의 주민이다. 대삼림 남쪽, 청룡산맥 기슭에 산다.

그야말로 유괴라도 당하지 않는다면 이 근처에 오지 않는다.

"손재주가 좋은 종족이라면 딱히 드워프가 아니라도 문제없습니다. 어리다면 종족에 관해서는 묻지 않겠는데요…."

"아, 있다, 한 명 있어."

마초는 목록 한 곳을 손가락으로 따악 튕겼다.

"드워프, 여섯 살짜리 여자애다. 부모의 빚으로 일가족이 죄다 노예가 되었군. 건강 상태는 조금 나빠. 영양실조인가…. 뭐, 잘 먹이면 금방 원래대로 되겠지. 인간어는 못 하는군. 여섯 살이면 당연하지만, 글도 못 읽어."

"과연, 부모 쪽은 어떻게 되었습니까?"

"부모는 양쪽 다 팔렸다."

그러고 보면 모험가 시절에 주점에서 들은 이야기가 있다.

드워프 중에는 산만 있으면 살아갈 수 있다고 생각하는 층이 있다.

미리스 대륙을 떠나서 왕룡산맥에서 일하면 되겠지만, 가끔은 착각해서 북쪽까지 왔다가 산에 들어가지 못하고 오도가도 못 하는 바보도 있다.

가족까지 끌어들이다니, 더 없는 멍청이로군.

"아무튼 만나 볼까요."

마초의 부름에 잠시 뒤 상인 한 명이 얼굴을 보였다.

가무잡잡한 피부의 남자였다. 볕에 타기만 한 것일 리가 없다.

아마도 베가리트 대륙 출신이나, 양친 중 누군가가 베가리트 출신이겠지.

다소 뚱뚱해서 땀을 뻘뻘 흘리고 있었다.

어깨에 걸친 천으로 연신 땀을 닦는데, 그 천도 푹 젖었다. 땀 냄새가 풍기는데, 이 시장이 더운 탓이겠지. 뭐라 말할 건 아니다.

나도 방금 전에 로브를 벗었고, 자노바도 망토를 벗었다.

피츠 선배만큼은 평소와 같았다.

물론 그는 태연한 얼굴이었다. 아니, 얼굴은 시뻘겋지만. 다른 이유로.

"예이, 저는 리움 상회 산하, 도메니 상점의 지점장 페브리트입니다."

상인은 그렇게 소개를 한 뒤 제노바를 향해 손을 내밀었다.

자노바의 손이 페브리트의 **얼굴**로 향하기에, 나는 페브리트의 손을 억지로 붙잡고 악수했다.

"안녕하십니까, 진흙탕 루데우스입니다."

일부러 그렇게 이름을 대자, 페브리트는 순간 의아한 얼굴을 했지만 곧 얼굴을 폈다.

"오오, 당신이 진흙탕이었습니까! 들은 적 있습니다. 작년에 외톨이 용을 해치웠다고."

"운이 좋았을 뿐이지요. 상대도 약해진 상태였고요."

A급 모험가, 진흙탕 루데우스의 이름은 이 근처에서도 제법 알려진 모양이었다.

이름을 팔려고 헛된 노력을 한 건 아니었다.

"오늘은 드워프를 찾으십니까…?"

페브리트는 힐끗 자노바와 피츠 선배를 보았다.

"예, 이쪽 분들의 출자로 사업을 시작하려고 합니다. 어렸을 때부터 기술을 가르칠 만한 아이를 찾고 있지요."

적당한 말이지만, 거짓말은 하지 않았다.

"아하, 그런 것이었습니까…. 별로 추천할 만한 상품은 아닙니다만…. 아무튼 보시지요. 이쪽입니다."

페브리트의 뒤를 따라서 우리는 시장 뒷문을 통해 옆건물─노예 창고로 이동했다.

창고라고 해도 도르래가 붙은 쇠창살 우리가 여럿 있고, 그 안에 노예가 들어 있을 뿐이었다.

우리의 크기는 두어 평 정도로, 하나당 한두 명이 들어가 있었다.

시장에 나오기 전에 씻기거나 기름을 발라서 광택을 내는 거겠지.

하지만 지금은 꾀죄죄하고 안 좋은 냄새가 코를 찔렀다.

잘 살펴보면 훌쩍훌쩍 우는 아이나 번쩍거리는 살기를 띠는 이도 있었다.

창고에는 우리처럼 직접 가게 사람과 상담을 하는 사람이 몇 명 보였다.

페브리트는 쇠창살 우리 사이를 술술 걸어가더니 구석에 있던 사람에게 한마디 말을 붙였다.

"어이, 그 드워프 아이, 아직 살아있나?"

"예. 일단은."

"어디지?"

"이쪽입니다."

부하인 듯한 사람은 페브리트를 안내하기 시작했다.

노예 창고 안쪽에서도 또 안쪽.

여기까지 오면 난방도 안 되는지 다소 쌀쌀하게 느껴졌다.

"이 녀석입니다."

페브리트의 부하는 어느 우리 앞에 멈추었다.

우리 안에는 공허한 눈을 한 소녀가 무릎을 껴안고 앉아 있었다.

"…어이, 꺼내라."

"예이."

페브리트의 부하는 고개를 끄덕이더니 우리 문을 열고 안에 있는 아이를 끄집어냈다.

목줄과 족쇄를 찬 아이.

빼빼 마른 몸을 넝마로 간신히 가렸다. 머리는 뻣뻣하니 더럽고, 백발도 섞여 있었다. 원래 색깔은 오렌지…일까.

그녀의 안색은 안 좋고 눈은 완전히 공허해서, 팔로 몸을 껴안고 바들바들 떨었다. 여기는 창고 안쪽이라서 다소 춥기도 하겠지만, 그 탓만이 아닌 듯했다.

아무래도 보기 안쓰러웠다.

"벗겨라."

페브리트의 부하는 그런 것에 개의치 않고 소녀의 넝마를 재빨리 벗겼다.

결핍 아동처럼 빼빼 마른 몸이 완전히 드러났다.

그걸 보고 피츠 선배는 얼굴을 찌푸렸다.

"루데우스…."

안심하길. 아무리 나라도 퓰리처상 수상작의 사진에 나올 만한 아이에게 욕정하지 않는다. 얼른 사서 밥을 먹이고 따뜻한 물로 씻겨 주고 싶다. 그런 마음이 끓었다.

하지만 소녀의 눈이 살짝 마음에 걸렸다.

이 공허한 눈. 어디서 본 적이 있다.

"보시는 바와 같습니다. 드워프 아이입니다. 여섯 살이니까 기능은 딱히 없습니다. 양친 모두 드워프입니다. 아버지는 대장장이, 어머니는 장식품을 만들었습니다. 손재주라면 부모에게 물려받았을 거라고 기대할 수 있습니다. 다만 말을 수신어밖에 못합니다. 우리로서도 팔릴 거라고 생각 안 했기에 건강상태는 별로 좋지 않습니다. 그만큼 가격을 깎아드리지요."

피츠 선배가 복잡한 얼굴을 하면서 소녀에게 다가가서 그 뺨을 만졌다.

몇 초 뒤에 소녀의 안색이 다소 좋아진 것 같았다.

뭔가 한 걸까.

"당연하지만 처녀니까 성병 등의 걱정은 없습니다만, 다른 병

에 걸렸을지도 모릅니다. 일단 구입하실 때 이쪽에서 해독을 걸
어드립니다만, 별로 추천하는 상품은 아닙니다."

"……"

피츠 선배가 버려진 강아지를 주워온 아이 같은 눈으로 바라
보았다.

어찌 되었든 조건에 맞으니까 살 생각이었지만.

역시 눈이 마음에 걸렸다.

조금 확인해 볼까.

[안녕, 꼬마아가씨.]

웅크려앉아서 수신어로 말을 붙였다. 일단은 대화다. 면접이
다.

[나는 루데우스. 너는?]

[……]

[사실은 말이지, 오빠들이 너한테 부탁하고 싶은 게 있어.]

[……]

[어어…]

소녀는 내 쪽을 공허한 눈으로 볼 뿐이지 아무런 말도 하지
않았다. 페브리트의 부하가 허리에 찬 채찍을 집으려고 했지만
손으로 제지.

"스승님, 왜 그러십니까?"

"꽤나 절망했네요. 희망이고 뭐고 없이 죽고 싶어 하는 얼굴
입니다."

"…스승님은 그런 자를 보신 적이 있습니까?"

"예전에 몇 차례…"

자노바와 피츠 선배가 생각에 잠긴 얼굴을 하였다.

생전의 일을 줄줄이 떠들 생각은 없다. 부정적인 일만 떠오르니까.

"……."

나는 잠시 동안 소녀와 마주보았다.

그리운 눈이다. 생전에 나도 이런 눈을 했던 적이 있다.

그래, 그건 분명히 스무 살을 넘었을 무렵이었던가.

배운 건 없고 장래성도 없고 아르바이트 경험도 없고, 나는 앞으로 그저 밥만 먹고 똥만 싸면서 살아가겠지, 그렇게 생각하던 시절의 눈이다.

지금 생각하면 그 무렵의 나라면 아직 뭔가 할 수 있었다.

하지만 현황에 절망하고 모든 것을 내던졌다. 몇 년 뒤에는 니트족이라는 것에 자포자기해서 더 심한 얼굴을 하게 되지만….

아무튼 당시에는 아무런 희망도 없었다.

죽고 싶다고 생각했다.

[넌 그냥 죽고 싶어?]

[…….]

[이제 어쩔 수가 없다. 그런 마음은 알아.]

[…….]

소녀의 눈이 천천히 나를 보았다.

[뭣하면 이대로 끝내 줄까?]

가벼운 어조였다고 생각하지만, 진심으로 말했다.

나는 진심으로 죽고 싶다고 생각한 적이 있었다. 다만, 나는 거기서 죽지 않고 그 후의 인생을 그저 계속 살았다. 길고 긴 후회의 시간이었다.

나는 그녀의 인생을 구할 수 없다.

물론 여기서 그녀를 사서 일을 줄 수는 있다.

옷을 사 주고 밥을 먹여 주고 다정한 말을 걸어 줄 수 있다.

하지만 그게 구원이 아니라는 것을 나는 잘 알고 있다. 하고 싶지도 않은 일을 억지로 시켜도 결코 구원이 아니다.

오히려 그럴 거면 끝내 주는 편이 낫다.

혹시 나처럼 죽어서 다른 인생을 걸을 수 있다면 지금 인생을 내버리고 새로운 인생에서 노력하는 편이 낫다.

그런 녀석은 틀림없이 있다. 열심히 하려고 하면 할 수 있다는 말 따위는 그냥 번지르르한 소리다.

내 눈으로 볼 때 그녀는 아직 괜찮다. 아직 나이도 어리고, 앞으로의 노력에 따라서는 어떻게든 된다…고 말하고 싶지만, 그런 말을 계속 들어온 나는 괜찮지 않았다. 죽을 때까지 멍청한 짓을 고칠 수 없었다.

이 소녀가 나와 같은지는 모르겠다.

결국 본인의 마음에 달렸다. 정하는 건 내가 아니다.

[……]

[말 좀 해 봐.]

소녀는 미동도 하지 않았다.

하지만 부르튼 입술을 천천히 열었다.

[──죽기 싫어.]

소녀는 그렇게만 말했다.

가녀린 목소리였다. 소극적인 대답이었다.

하지만 괜찮겠지. 그런 거다. 나도 그랬다.

그거면 됐다. 살고 싶다, 가 아니라도 좋다. 죽기 싫다, 는 말이면 일단 됐다.

"사겠습니다."

나는 손에 든 로브를 그녀에게 덮어 주었다. 마술로 온풍을 만들어서 몸을 데워 주고, 해독 마술을 외웠다. 치유 마술로는 체력이 회복되지 않는다. 나중에 밥을 먹여 주자.

"페브리트 씨, 얼마입니까?"

아슬라 대동화 한 닢 정도. 그게 그녀의 가격이었다.

구입한 뒤에 우리는 노예시장의 구석에 있는 세면소에서 그녀를 씻겼다.

그 뒤에 상업거리에서 여자 옷 등 필요한 것들을 구입하고 적당한 찻집에 들어갔다.

밥집이 아니라 분위기 좋은 찻집이었다.

나 혼자라면 분명히 피할 가게로, 거길 고른 것은 피츠 선배였다.

피츠 선배는 이런 찻집이 어울리니까 괜찮지만, 아무래도 나는 안 어울리는 느낌이라서 불안했다.

반대로 자노바는 역시나 왕족인 것처럼 당당한 기색이었다.

방금 구입한 소녀는 그럴 정신이 아닌 듯했다. 막 산 원피스를 더럽히면서 열심히 요리를 입 안에 욱여넣었다.

왠지 불편한 기색인 것은 나뿐이었다.

"후후후…"

피츠 선배는 기분 좋은 눈치였다.

잘되었다고 말하면서 소녀의 머리를 쓰다듬었다.

"그런데 루데우스, 이 아이의 이름은 뭐지?"

그 말에 나는 아직 이름을 듣지 않았다는 걸 깨달았다.

페브리트도 이름을 가르쳐 주지 않았다.

[네 이름은 뭐라고 하지?]

소녀는 이상하다는 표정으로 내 얼굴을 바라보았다.

[…이름?]

어라? 내 수신어가 혹시 안 통했나?

분명히 3년 정도 쓰지 않았지만, 대삼림에서는 제법 잘 통했는데….

혹시 돌디어족의 마을에서는 도쿄에 갓 도착한 마이클(미국인, 자칭 일본어 좔좔)을 보는 듯한 눈으로 봐 줬던 건가.

아니, 그럴 리가…. 루이젤드랑 별로 다르지 않았을 텐데.

[어어, 뭐라고 불렸어?]

[…성철의 바잘과 아름다운 설룽의 리리테라의 자식.]

무슨 소린지 몰라서 그대로 피츠 선배에게 전달했다.

그러자 그는 '아, 그렇지'라고 이해한 얼굴로 끄덕였다.

"드워프는 일곱 살이 될 때까지 정식 이름을 붙여 주지 않아."

"정식 이름?"

"응, 드워프는 일곱 살이 되기 전에는 이름을 주지 않다가, 일곱 살이 되었을 때 좋아하는 것이나 동경하는 것, 잘 다루는 것에서 이름을 따와."

그런 것인 모양이다. 역시나 피츠 선배는 박식하군.

"이름이 없으면 불편하겠네요."

"부모는 이미 없으니까 우리가 붙여 줄 수밖에 없어."

그렇겠군.

[이제부터 네 이름을 정할 건데 희망하는 거 있어?]

일단 본인에게 물어보았지만 고개만 갸웃거렸다. 이래서 정말 피겨를 만들 수 있게 될까. 조금 불안해졌다.

"여자니까 귀여운 이름으로 해 주자."

피츠 선배는 그렇게 소녀 같은 말을 하였다.

그런 말을 들으면 오히려 멋진 이름을 붙여 주고 싶어지는데…. 안 되지, 안 돼. 개나 고양이도 아니니까 잘 붙여 줘야지.

"자노바, 네 의견을 듣지!"

그렇게 말하자 자노바가 얼굴을 이쪽으로 돌렸다.

"음? 제가 정해도 되겠습니까?"

"돈을 낸 건 내가 아니니까요."

"그럼 줄리어스로."

자노바는 조용히 그렇게 말했다. 생각하는 시늉도 없었다.

"그거 남자 이름 아닌가요?"

"예, 과거에 제가 힘을 잘못 줘서 죽여 버린, 불쌍한 동생의 이름입니다."

나는 이상한 표정을 지었겠지.

자노바가 동생을 목 졸라 죽여서 목 뽑는 왕자라고 불리게 된 건 알았지만, 이렇게 천연덕스럽게 말하는 걸 들으니 무슨 얼굴을 해야 좋을지 알 수 없었다.

피츠 선배는 무슨 소린지 모르는 얼굴을 하였다.

"그 애는 제 방에 두겠지요? 그럼 제가 친밀감을 느끼는 이름이 좋겠죠."

분명히 이 소녀는 자노바와 함께 생활하게 된다.

왕족용 방에 사는 자노바의 방은 넓으니까.

내 방도 좋겠지만, 당초 예정으로는 돈이 있는 자노바의 방에 두는 게 자연스러운 흐름이었을 터이다. 어찌 되었든 노예를 구입해서 같이 살려면 허가증이 필요하고, 허가증은 왕족이 따기 쉽기도 하다.

물론 말이 안 통하니까 내 방에 두는 것도 좋을까.

아니면 내가 자노바의 방에서 같이 산다든가.

"뭐, 원한다면 나는 그걸로도 좋다고 생각하지만, 하다못해 여자애니까 줄리엣으로 하지요."

"저는 그래도 좋습니다. 그럼 줄리엣으로 하지요."

"줄리…엣. 후후, 좋은 이름이네."

피츠 선배는 뭐가 재미있는지 기쁜 듯이 웃었다.

의견이 정리되었으니 그런 뜻을 소녀에게 전했다.

[네 이름은 오늘부터 줄리엣이야.]

[줄리…?]

[줄리엣.]

[줄리.]

소녀는 그렇게 말하고 어색하게 웃었다.

줄리밖에 기억하지 못하는 모양이지만 문제없겠지.

이렇게 자노바의 곁에 줄리엣(통칭 줄리)이 있게 되었다.

그녀는 나와 자노바에게 이것저것 배우면서, 여러모로 칠칠 맞은 생활을 하는 자노바의 뒤를 쫄랑쫄랑 좇아다니며 서포트. 밤이 되면 내게서 인간어나 무영창 마술에 대한 공부. 자기 전에 자노바에게 인형에 대한 강의를 줄곧 듣는 것으로 브레인

워… 교육을 받는다.

그런 노동에 종사한다.

참고로 자노바에게는 계속해서 손가락을 신중하게 움직이는 훈련을 시키기로 했다. 언젠가 자기 손으로 만들고 싶을테고.

나와 자노바의 인형 계획은 여기서부터 조금씩 전진하게 된다.

그리고 나의 진정한 목적이 달성되는 조짐은 아직 보이지 않았다.

제7화   수족 영애 납치감금 사건 전편

리니아 데돌디어.

대삼림의 수호자인 돌디어족 중 하나인 데돌디어, 그 족장인 규스타브의 손녀.

전사장이자 차기 족장인 규에스의 딸.

프루세나 아돌디어.

대삼림의 수호자인 돌디어족 중 하나인 아돌디어. 그 족장인 불독의 손녀.

전사장이자 차기 족장인 테르테리어의 딸.

돌디어족. 그 종족은 수족 중에서 특별한 존재다.

그들의 기원은 약 5,500년 전. 최초의 인마대전 후까지 거슬러 올라간다.

인간과 마족의 총력전, 인마대전. 그 전쟁의 승자는 인간이었다.

인간은 마족을 노예처럼 다루며 거들먹거렸다.

압도적인 풍요로움을 손에 넣은 인간은 차례로 다른 종족들에게 선전포고를 하였다.

그것은 광대한 목재 자원을 가진 대삼림에 사는 수족에게도 예외는 아니었다.

밀려드는 대군세에 대해 당시 수족의 우두머리였던 '수신 기거'가 일어섰다.

비열한 인간을 상대로 수신 기거는 수족을 통합하고 스스로도 최전선에서 싸웠다.

그는 힘을 쓰고, 때로는 지혜를 쓰고, 다른 수족들의 도움을 받으면서도 마지막까지 대삼림을 지켜냈다고 한다.

'수신'이란 수족 모두의 정점에 군림하는 남자이며 영웅의 이름이다.

그리고 그 수신 기거가 바로 돌디어족이었다.

그리고 기거가 죽은 뒤에도 돌디어족은 대삼림에 사는 수족의 우두머리로 계속 남았다.

그렇게만 들으면 대단할 것 없다고 생각할지도 모른다.

어느 부족의 대족장 일족일 뿐이라고 들릴지도 모른다.

하지만 현재 수족은 대삼림만이 아니라 중앙대륙이나 베가리트 대륙 같은 지역에도 진출하는 모습을 보인다. 그 전체 인구는 인간만큼 많지 않지만, 결코 무시할 수 있는 숫자도 아니다.

또한 돌디어족은 수족만이 아니라 엘프나 드워프, 호빗 같은 종족에 대한 발언력도 강하다.

대삼림에 사는 모든 이들의 우두머리다.

대삼림에는 미리스 신성국과 전면 전쟁을 벌일 정도의 전력이 있다고 한다.

수족이란 그 정도의 무력을 가진 강대한 종족이다.

그리고 리니아와 프루세나는 돌디어족 족장의 손녀다.

수신의 직계 자손으로 특별한 의미를 가진 아이고, 장래는 족장, 혹은 족장의 아내가 될 존재다.

인간으로 비유하자면 왕위계승권을 가진 자…, 그래, 왕녀의 위치에 있다.

그것도 대국인 미리스 신성국의 왕녀에 필적하는 나라의 왕녀다.

고로 리니아와 프루세나는 입학 당초에 학생들 중에서 가장 신분이 높은 존재였다.

그런 그녀들이 왜 고향을 떠나 먼 곳으로 유학을 왔을까. 그것은 한 세대 전의 왕자, 왕녀가 너무나도 부족했기 때문이다.

다음 세대인 그녀들 또한 전 세대의 왕자(규에스), 왕녀(길레느) 처럼 머리가 나빴다.

고로 족장 규스타브는 그 사실을 걱정하여 두 사람에게 먼 곳에서 학문을 닦고 지식을 쌓으라고 명했다.

권력이 통하지 않는 장소라면 어쩌면 분별을 익혀서 돌아오지 않을까, 하고.

하지만 한 가지 오산이 있었다.

두 사람은 '수족 족장의 손녀라는 입장이 먹히지 않을 것이 다'라는 이유로 마법대학에 보내졌다.

수족이라는 이유로 오히려 박해를 받을 것도 각오했던 두 사람.

그런 두 사람을 기다리던 것은 자신들을 종기처럼 다루는 교사나 알랑거리는 다른 학생들이었다.

그래, 돌디어족이라는 입장이 너무 세게 먹혔던 것이다.

그걸 이해한 순간 두 사람은 기가 살았다.

입학 당초에는 인간을 상대로 흠칫거렸던 두 사람이었지만, 주위의 주저하는 태도에다가 돌디어족에게 전해지는 목소리 마 술과 높은 민첩성, 근력, 종족 특성에 따른 싸움 실력, 여기에 수업으로 배운 마술을 합치면 상급생을 어렵잖게 쓰러뜨린다는 사실을 깨달았을 때부터 점점 성질이 나빠지기 시작했다.

보이콧, 공갈, 등치기, 무리짓기….

대략 불량학생다운 짓은 거의 다 하고, 1학년이면서 무리의 보스가 되었다.

　하지만 그 쾌진격은 곧 끝났다.

　2학년으로 올라감과 동시에 아슬라 왕국에서 공주가 들어왔다.

　아리엘 아네모이 아슬라. 아슬라 왕국 제2왕녀.

　얼마 전 파벌까지 만들어서 세력다툼을 벌이던 인물이 호위를 두 명이나 데리고 제 것인 양 리니아, 프루세나의 영역에 들어온 것이다.

　그리고 마음에 안 들게 여태까지 리니아나 프루세나에게 꼬리를 흔들던 교사들은 아리엘에게 꼬리를 흔들기 시작했다.

　그래도 반년은 참았다.

　마음에 안 든다, 마음에 안 든다, 생각하면서도 왠지는 모르지만 참았다.

　물론 의미 없는 인내가 그리 오래갈 리도 없다. 곧 한계에 달했다.

　계기는 아리엘이 1학년이면서 학생회에 소속된 것이었다.

　우등생으로 인정받은 아리엘과 불량아 딱지가 붙은 자신들.

　리니아와 프루세나에게는 마치 그게 야유처럼 느껴졌다.

　불량아 딱지가 붙은 건 자업자득이니까 완전히 역정이지만, 그런 건 알 바 없다.

　두 사람은 아슬라 왕녀 일행에게 시비를 걸기 시작했다.

엇갈릴 때마다 눈앞의 지면에 침을 뱉는 사소한 심술부터 시작해서, 일부러 어깨를 부딪치고 물을 끼얹거나 속옷을 훔쳐서 남자기숙사 앞에 버리는 식으로 점점 심해졌고, 최종적으로는 불량학생을 모은 습격사건으로까지 발전했다.

그리고 피츠 선배 한 명에게 박살났다.

이 사건에 대해서는 아리엘 쪽이 리니아와 프루세나를 함정에 빠뜨렸다는 소문도 나돌았다.

그렇긴 해도 스무 명 가까운 습격자가 피츠 선배 단 한 명에게 격퇴되었다는 사실은 변함없다.

리니아와 프루세나는 피츠 선배 한 명의 손에 인정사정없이 박살났다.

그리고 사건이 드러나면서 교사진 사이에서도 의논이 오가고 스무 명 가까운 습격자는 족족 퇴학당했다.

하지만 리니아와 프루세나는 퇴학에 이르지 않았다. 아무래도 돌디어족의 영애를 퇴학시키는 건 안 좋다는 판단이겠지.

피츠 선배 한 명에게 패배하면서 체면은 뭉개졌다.

거느리던 불량아들은 죄다 퇴학당해서 아군도 없다.

리니아와 프루세나의 주가는 폭락하고, 아슬라 왕녀 일행은 학생들에게 영웅으로 추앙받게 되었다.

참고로 아슬라 왕녀 일행도 일단 특별생이라는 위치지만, 아슬라 왕녀의 요청으로 일반학생과 동등한 대접을 받았다.

물론 리니아와 프루세나는 마음에 들지 않았다.

마음에 들지 않았지만, 전력 차이는 뚜렷하고 이미 부하도 없다.

기껏해야 작년에 입학한 특별생 자노바나 크리프가 설치길래 화풀이 삼아서 해치우고 상하관계를 보여준 정도다.

자노바를 시켜서 왕녀 일행의 정보를 모으게 했지만, 복수할 생각도 없었다.

최근에는 다소 불량한 모습을 보이면서도 수업을 진지하게 들었다.

갱생했다는 소리를 들을 수 있겠지.

신입생인 내게는 피츠 선배가 대단하다고 말할 뿐인 에피소드.

끝난 사건…이었을 터였다.

★ 자노바 시점 ★

줄리가 내 손아래 제자가 된 지 한 달이 지났다.

스승님이 '실험입니다'라고 말씀하시며 시킨 수행 방법은 기이한 것이었다.

하루가 시작될 때 딱 한 번 주문을 외워 마술을 행사시킨 뒤, 그 이후로는 일체 주문을 가르치지 않고 오로지 무영창으로 흙덩어리를 만들게 한다.

처음에 보았을 때, 그런 식으로 무영창 마술을 쓸 수 있게 될 리가 없다고 생각하였다.

하지만 한 달 만에 성과가 나왔다.

딱 한 달 만에 줄리는 흙덩어리를 만들어 내는 데에 성공하였다.

놀랍게도 무영창으로 말이다.

스승님의 말로는 줄리의 마술은 아직 바람직한 선까지 멀었다고 했다.

분명히 줄리도 무영창으로 흙덩어리를 만들어낼 수 있는 것은 몇 번 중 한 번 정도였다. 마력 고갈도 빨랐다. 하루 꼬박 해도 한 번도 성공하지 못하는 경우도 많았다.

하지만 재능이 없는 나와 비교하면⋯. 아니, 됐다. 나는 다른 방면으로 힘을 기르면 된다.

그렇긴 해도 이런 아이조차도 무영창으로 마술을 쓸 수 있다니.

스승님은 '피츠 선배의 충고 덕분이지요.'라고 말씀하셨지만, 겸손한 말씀.

가르친 것은 스승님이다. 이건 역시나 스승님이 대단하다고 해야겠지. 스승님의 제자로 들어간 나는 올바른 길을 밟았다.

또한 스승님은 그것과 병행하여 줄리에게 인간어도 가르쳤다.

놀랍게도 그녀는 처음부터 짤막짤막하게 인간어를 이해하였다. 생각해 보면 부모와 함께 중앙대륙에서 몇 년 살았으니까 당연하겠지.

그런 탓도 있어서 인간어 교습은 꽤나 간단해 보였다. 그 상인들이 거짓말을 했던 것이다. 아니, 거짓말을 할 이유도 없으니, 단순히 줄리가 말을 하지 않았을 뿐일지도 모르지만.

어찌 되었든 나는 줄리를 꽤나 잘 산 셈이었다.

줄리는 눈치가 빠른 아이였다. 저걸 집어라, 이걸 가져와라, 라고 말하면 자세한 설명이 없어도 필요한 것을 선택했다. 내 마음을 잘 헤아릴 줄 알았다.

마치 진저 같군.

본디 구입한 노예에게는 도망치지 못하도록 낙인 혹은 특수한 마술인 등을 찍는 것이 보통이지만, 스승님은 그런 걸 좋아하지 않는 듯했다. 구입했을 때 그러한 처치를 하지 않았다.

노예가 아니라 어디까지나 제자로서 다루려는 거겠지.

그렇다면 나도 줄리를 손아래 제자로 보기로 결심했다.

노예가 아니라 손아래 제자, 그렇게 생각하니까 귀엽게 보이니 신기한 일이군.

자, 그런 어느 날.

그 사건이 일어났다.

시각은 밤, 스승님이 줄리에게 흙 마술 수업을 마친 직후의 일이었다.

수업 후에 나는 줄리에게 인형의 대단함에 대해 이야기하도록 하였다.

정열 없이 대업을 이룰 수 없다. 스승님의 장대한 계획의 골자가 되는 줄리는 인형의 훌륭함을 이해해야만 한다.

그래, 그 날은 '루이젤드 인형'을 예로 들어 스승님의 인형 조형의 대단함에 대해 말하려고 하였다.

자물쇠 달린 보관함 안에서 인형을 꺼냈다.

언제 보아도 대단하다. 무시무시함과 강함이 담긴 전사의 인형이다.

스승님은 돌아갈 차비를 하면서 그걸 보다가 문득 입을 열었다.

"그러고 보면 록시 인형 쪽은 어떻게 되었나요?"

그 말을 들은 순간 내 온몸에서 비지땀이 좌악 뿜어져 나오는 게 느껴졌다.

여태까지 없었다 없었다 싶었던 그 질문이 드디어 날아들었다. 나는 무심코 '실론 왕국에 두고 왔다.'라고 말할 뻔했다.

물론 거짓말이다.

하지만 입을 꾹 다물고 버텼다.

나는, 거짓말을, 하지 않는다. 스승님에게는, 절대로, 거짓말을 하지 않는다.

"사실은… 있기는, 있습니다만…."

입이 잘 움직이지 않았다.

손이 떨렸다. 이 사실을 알면 스승님은 나를 파문할지도 모른다.

그렇게 생각하니 몸이 납덩이처럼 무거워졌다.

"있나요? 오래간만에 보고 싶은데 한 번 꺼내 주겠습니까?"

스승님의 두근거리는 목소리. 가슴이 아프다.

간신히 침대 밑에서 자물쇠 달린 상자 하나를 꺼냈다.

떨리는 손으로 자물쇠를 열고 안에 든 것을 꺼냈다.

그리고 그렇게 나온 것을 본 순간 스승님의 눈이 못박혔다.

"아니, 이건…."

스승님의 목소리가 떨렸다. 평탄하고 억양이 없는데 목소리가 떨렸다.

나는 울 것만 같았다. 이렇게 두려운 일은 없었다.

스승님의 일대걸작.

'1/8 록시 인형'은 무참하게도 오체가 분해되었으니까.

목은 떨어져나가고, 옷을 입히기 위한 파츠는 깨지고, 팔은 팔꿈치부터 부러지고, 다리도 이상한 방향으로 돌아갔다.

무참한 사체다. 지팡이만큼은 튼튼해서 아무 일도 없었지만.

"어떻게 된 거지, 자노바? 너, 내가, 어이, 이거 어떻게 된 거야, 응…?"

스승님이 화를 내셨다. 평소에는 평탄한 어조로 담담히 경어를 말하는 스승님.

그런 분이 말을 제대로 잇지 못했다.

"내가 얼마나 선생님께 감사하고 존경하는지, 너에게 말하지 않았던가? 이것을 만들 때에 얼마나 선생님을 향한 마음을 담았는지, 넌 알고 있지 않던가?"

스승님이 진짜로 화내는 게 절절하게 느껴졌다.

리니아와 프루세나에게 바보 취급을 당해도 꾸벅거릴 뿐이고, 크리프가 시비를 걸어도 태연히 넘길 뿐이고, 루크가 얕보아도 난처한 얼굴을 할 뿐이었던 스승님이.

스승님이 살기를 띠고 있었다.

줄리가 겁먹고 내 뒤로 숨었다. 나도 숨고 싶었다.

"너 혹시 록시를 얕보는 거야? 어이, 너, 혹시 내 적이야?"

"아아아, 아닙니다!"

나는 다급히 고개를 내저었다.

스승님에게 록시 님의 이야기는 항상 들었다.

훌륭한 분이라고, 존경해야 할 분이라고, 스승님은 항상 말씀하셨다.

거기에는 동경만이 아니라 광신적인 뭔가가 느껴졌다. 그래, 미리스 신전기사단에게서 느껴지는 것과 같은 것이다.

솔직히 나는 록시 님이야 아무래도 좋았다.

하지만 여기서 그걸 솔직히 말하면 스승님은 분노에 떨며 마술을 쓰겠지.

스승님이 제대로 쓰는 마술… 나는 재도 남지 않는다. 괴력을 가진 신의 아이라고 하지만, 이 몸은 마술에 그리 강하지 않다.

"아닙니다! 이건 리니아, 프루세나와 결투할 때에 걸었던 제

가장 소중한 것! 결투에 패배했을 때 무참히 박살나고 짓밟혔지만, 결코, 결코 록시 님을 얕보는 것이 아닙니다."

"결투라고?"

나는 계속해서 변명했다.

오로지 진실을 말했다. 1학년 때 리니아, 프루세나가 결투를 걸어온 것. 그때 서로의 소중한 것을 걸었던 것. 나는 '록시 인형'을 들고 나간 것.

신의 아이인 나는 실론에서는 진 적이 없었기에 승리를 의심하지 않았다. '록시 인형'이 걸렸다. 설령 상급 마술을 써오더라도 버텨내고 철권을 휘두를 각오가 있었다.

하지만 녀석들은 갑자기 이상한 마술을 썼다.

거기에 나는 자유를 빼앗겼다. 그리고 놈들은 움직일 수 없는 나를 가지고 놀았다.

나는 패배하고 울면서 인형을 내놓았다.

어쩔 수 없다. 졌으니까. 저 훌륭한 것을 빼앗기는 건 어쩔 수 없다. 누구든 탐낼 테니까.

그렇게 생각하면 체념할 수도 있었다.

하지만 당찮게도 물건의 진가를 모르는 그것들은 '이게 뭐야?', '보기 싫다냐' 같은 소리를 하면서 인형을 떨어뜨리고 발길질을 하고 짓밟아서 산산조각 내었다.

거기까지 말했을 때 스승님의 살기가 잦아들었다.

"그래, 너도 분했구나."

툭 하고 내 어깨를 두드렸다.

알아주셨다. 그렇게 생각하고 고개를 들었다가 나는 한심하게도 히익 하는 소리를 흘렸다.

살기는 수그러든 게 아니었다.

더 무서운 것이 스승님의 얼굴을 지배하고 있었다.

"그런 일이 있었으면 처음부터 말해 줘야지. 만약 알았으면 그렇게 실실거리지 않았어."

부드러운 말을 하는 그 얼굴은 허옇게 되어 있었다.

어조가 평소와 다르다. 스승님은 분노를 뛰어넘어서 살짝 이상해져 있었다.

스승님은 인형에 대해 별로 많은 말씀을 하지 않는다.

어쩌면 그렇게 인형을 사랑하지 않는 걸지도 모른다, 최근에는 그렇게 생각했다.

하지만 아니었다. 스승님의 안에 숨은 마음은 누구보다도 뜨거웠다.

"그녀들의 생각을 뜯어고쳐 주자."

오늘 밤에 두 사람은 죽는다. 나는 그렇게 확신했다. 공포로 몸이 떨릴 것 같았다.

하지만 몇 초 뒤 생각을 바꾸면서 그 떨림은 환희의 떨림으로 변했다.

"예, 스승님!"

나는 든든한 아군을 얻어서 인형의 복수를 할 수 있다고 생각했다.

★ 루데우스 시점 ★

정말이지 용서할 수 없는 이야기다.

나는 괴롭힘 같은 게 싫다.

백 발 양보해서 싸움에서 이겼으니까 자노바를 턱짓으로 부리는 것은 눈감을 수 있다.

리니아와 프루세나도 피츠 선배에게 당한 뒤로 얌전해졌다고 하고, 그녀들에게는 싸움의 패자가 승자의 말을 듣는 것이 룰이다.

리니아와 프루세나와 자노바, 세 사람이 정한 룰을 세 사람이서 지켰다. 그저 그뿐이다.

자노바 자신도 납득하였고, 내가 뭐라고 할 문제가 아니다.

하지만 남이 만든 것을 빼앗고 일부러 짓밟아서 부수는 건 용서 못 해!

말도 안 되는 폭거다!

컴퓨터를 야구 배트로 파괴하는 것과 똑같은 짓이다!

으으, 제길. 한심한 놈들이다. 용서 못 해.

무엇보다도 용서할 수 없는 것은 설령 인형이라고 해도 록시를 걷어찼다는 것이다.

나는 과거에 후미에란 것을 바보로 여겼다. 그런 걸로 숨어 있는 기○교인을 판별할 수 있을 리 없다고 생각했다.

하지만 지금은 알겠다. 기독○인의 마음을. 눈앞에서 신앙하는 것을 짓밟힌 자의 굴욕을. 시마바라의 난*의 진실을. 카노사의 굴욕을. 무리인 걸 알면서도 진행시킨 십자군의 원정을.

내가, ED가 된 뒤의 내가 얼마나 록시를 떠올리며 정신을 똑바로 지킬 수 있었는지 모르나 보군!

알 리도 없지!

…똑똑히 가르쳐 주마.

그 어리석은 두 마리 동물에게 자기들이 무슨 짓을 했는지를.

똑똑히 깨닫게 해 주마.

멋대로 살면 대가가 있다는 사실을.

"알겠습니까, 자노바 씨?"

"예, 예."

"놈들은 생포하겠습니다. 죽여선 안 됩니다. 신을 거역한 벌을 받게 해야만 하니까요."

"벌입니까. 알겠습니다."

"일단은 한 명씩 포박했으면 합니다."

"하지만 놈들은 항상 함께 다닙니다."

2인 1조.

※시마바라의 난 : 1637년 일본 큐슈 북부의 시마바라에서 카톨릭 신자들이 일으켰던 난.

무리 짓는 동물은 실로 똑똑하다.

"그런가요. 동물이라고 생각할 수 없을 만큼 똑똑하군요. 그리고 2대1이라고 해도 신의 아이인 자노바 씨에게 완승한 전투력…. 제법 힘든 싸움이 되겠어요."

"아뇨, 스승님이라면 여유일 거라 생각합니다만."

"과대평가는 그만두세요. 승리란 항상 겸허한 자의 손에 넘어가는 법입니다."

나는 스스로를 냉정하게 지켰다.

냉정하게. 쿨하게. 모험가 시절에는 쿨한 자세가 생사를 갈랐다.

항상 쿨하게, 냉정하게, 짐승들을 도륙한다.

"작전을 말하지요."

"옙!"

"놈들의 전투력은 미지수지만, 싸우는 방법은 대충 알고 있습니다. 한쪽이 고속으로 이동하면서 마술 등으로 혼란시키고, 다른 한쪽이 그 틈에 목소리 마술로 적을 무력화한다. 심플하지만, 동등한 전투능력을 가진 두 사람. 후위가 공격을 받더라도 금방 역할을 바꿀 수 있습니다."

공격받는 쪽이 회피에 전념하고, 다른 쪽이 한결같이 상대를 마비시키는 마술을 쓴다.

피츠 선배는 이 연대를 어떻게 깨뜨렸을까.

들어두길 잘했다.

"하지만 이번에는 2대2입니다. 기본 능력의 승부라면 자노바, 신의 아이인 당신이 그들에게 뒤쳐질 거라 생각되지 않는군요."

"…아뇨, 2대2가 아니더라도 스승님이라면 혼자서라도 충분하리라고 생각합니다만."

"자노바. 당신이 나를 스승으로 받들어 주는 것. 그건 기쁩니다. 하지만 나는 백병전에서 2년 연상의 소꿉친구에게 항상 당했습니다. 그 뒤로 스스로 조금은 단련했다고 했지만, 솔직히 전혀 자신이 없습니다."

"예?! 스승님을 이길 수 있는 사람이 있습니까?!"

"있다마다요. 적어도 나는 네 명 압니다."

에리스와 루이젤드와 길레느와 올스테드다. 알고 있는 것만 해도 네 명이나 있다. 분명 찾으면 더 있겠지. 그리고 리니아와 프루세나가 그렇지 않다고 장담할 수 없다.

에리스에게는 마안과 마술을 쓰면 이길 수 있지만, 실제로 제 실력을 다 쓰며 붙은 적은 없었다.

리니아, 프루세나는 에리스와 비슷한 나이다. 그 정도로 강하다고 보는 편이 좋겠지.

"스승님은 겸손이 지나치십니다."

"자노바. 승리는 확실해야만 합니다. 두 번 다시 록시 선생님이 짓밟히는 일이 있어선 안 됩니다. 사실은 피츠 선배나 엘리나리제에게도 도움을 받고 싶습니다. 애석하게도 두 사람 다 바쁜 모양이니, 이번에는 우리끼리 하겠지만."

엘리나리제는 사적인 싸움에는 별로 참가해 주지 않는다.

그 인간도 록시에게 신세 진 몸인데. '인형 정도야 아무래도 됐잖아, 록시 본인이 당한 것도 아니고.'라면서.

박정한 녀석이다.

"흠, 그럼 바로 결투를 위한 편지를 보내지요. 우리 조국에서는 예부터 편지에 나이프와 한 송이 꽃을 보내는 것이 법칙입니다. 돌디어족 중에는 썩은 과일을 상대의 머리에 던지는 것이 그것에 해당된다는 모양입니다. 물론 그런 방식은 들어본 적 없으니 거짓말일지도 모르지만, 제 때는 그것이 신호였다고 들었습니다. 스승님은 어떻게 하시겠습니까?"

"기습을 가합니다."

"예? 그건 비겁하지 않습니까…?"

"자노바."

"아뇨, 주제넘은 말을 하였습니다!"

흥, 비겁해도 좋아.

이건 결투가 아니다. 성전이다. 성전이니까 비겁해도 좋다.

종교의 이름 아래라면 뭘 해도 된다.

이기면 장땡이다!

하지만 기습은 포기했다. 돌디어족의 코를 속일 방법이 떠오르지 않았기 때문이다.

결국 단순히 그녀들을 기다리는 형태가 되었다. 정면에서 당당하게 말이다.

학교 본관에서 조금 떨어진 위치에 있는 별관. 거기서 기숙사로 이어지는 루트를 살펴서 다소 인기척이 없는 장소에 진을 쳤다. 숲에 인접한, 다소 시야가 안 좋은 광장이었다.

거기서 당당히 서서 기다렸다.

시각은 해 질 녘. 인적은 적다.

결투는 저녁에 하는 법이라는, 그런 이유에서 이런 게 아니다.

그녀들의 수업이 끝나고 학교에서 돌아오는 것이 이 시간이기 때문이다. 하루가 끝날 무렵이면 그녀들의 마력도 줄어들었을 거란 예상도 있었다.

그렇긴 해도 늦다.

불량배라고 볼 수 없게 녀석들은 끝까지 수업을 다 받았다. 오후는 땡땡이치고 편의점 앞에서 노닥거려도 될 텐데….

해 질 녘이 지나고 주위가 어두워지기 시작해서 사람들의 발자취가 완전히 끊겼다.

자노바를 데리고, 팔짱을 끼고 버티고 서서 기다리는 광경이란 누가 보면 창피할지도 모르겠다고 생각했을 무렵.

녀석들이 나타났다.

"뭐다냐?"

"뭐야?"

버티고 선 우리를 보고 리니아가 의아하게 나를 노려보았다.

"어이, 너희들. 그런 데에 버티고 서 있으면 방해된다냐. 길 열어라냐."

리니아가 말했지만 우리는 비키지 않았다.

프루세나가 킁킁 냄새를 맡더니 뭔가 눈치챈 모양이었다. 날름 입가를 핥더니 히죽 웃었다.

"리니아, 저 녀석들 해 볼 생각이야."

리니아는 그 말을 듣고 내 뒤에 선 자노바를 뚫어져라 바라보았다.

그리고 한숨 한 번.

"자노바, 너 부끄럽지도 않나냐? 예전 일의 앙갚음에 그런 1학년 꼬맹이를 데려오다니냐…."

"흥."

콧방귀를 뀌며 고개를 돌린 자노바의 모습에 리니아는 이마에 핏대를 세웠다.

"으갸! 마음에 안 드는 태도다냐. 다른 인형도 산산조각 나는 거 보고 싶냐냐."

"음…. 스승님, 여기선 제가."

자노바는 울컥한 얼굴로 앞에 나서려고 했지만, 나는 그걸 붙잡아 막았다.

열받는 건 나도 마찬가지다. 다른 쪽의 인형이란 건 루이젤드 인형을 말하겠지.

내 은인이자 존경하는 친구인 이의 인형도 파괴하겠다는 것이다.

"좋잖습니까. 부끄러울 것 없습니다. 항상 둘이 붙어다니는 그녀들 쪽이 훨씬 부끄럽죠. 무리를 짓지 않으면 아무것도 할 수 없다고 선전하는 거니까요."

"뭐라고…."

리니아와 프루세나가 하늘에?! 마크가 떠오르는 듯한 얼굴로 으르렁거렸다.

하지만 역시 별로 무섭지 않다. 나는 더 무서운 살기를 내뿜는 인물을 안다. 그 인물은 그런 말을 들으면 입을 열지도 않고 덤벼든다. 때리고 넘어뜨리고 위에 올라타서 주먹을 휘두르면서 기염을 토한다.

이 녀석들은 아주 미적지근하다.

"어이, 신입, 너 아주 기가 살았구나냐. 할아버지랑 아는 사이라고 해서 봐줄까 했는데, 입을 마구 놀리면 죽여버린다냐."

그건 또 뭐야?

마치 우리가 아무런 이유도 없이 싸움을 거는 것 같잖아.

"자, 알았으면 꺼져라냐. 우리는 이제 깡패 짓 졸업한 우등생이니까 바쁘다냐. 싸움은 다른 데서 해라냐."

리니아는 그렇게 말하고 손을 설레설레 흔들었다.

한 번 눈에 거슬리면 모든 게 다 밉다.

예전에는 그 냐냐 거리는 말에 크게 흥분했지만, 이쪽이 꽤나 심각하게 화내는 상황에서는 비웃는 걸로밖에 들리지 않았다.

"냐냐 시끄럽네. 수족은 다들 그렇게 서툰 인간어밖에 못 하는 거냐? 내가 아는 수족은 제대로 말했어. 어린애도 아니니까 제대로 좀 발음해 보지?!"

"냐?!"

?!

리니아의 입이 쩍 벌어졌다. 동공이 스윽 오므라들었다. 분노의 숨을 씨익 내뱉고 꼬리가 팽팽하게 섰다.

"이게… 알몸으로 만들어서 물을 뒤집어 씌우겠다냐!"

그건 이미 당한 적이 있다. 위협치고 이류로군.

그보다 이렇게 들으니 꽤나 얼빠지게 들리는군.

"리니아는 금방 화를 낸다니까… 제길."

프루세나는 그렇게 중얼거리면서 이빨을 드러내고 입가에 손을 댔다.

규에스에게 당했을 때가 머리를 스쳤다. 목소리 마술이다.

"후웁!"

프루세나의 동작이 신호가 된 것처럼 리니아가 지면을 박찼다.

펑 하는 소리가 나고 리니아의 몸이 옆으로 사라졌다.

[리니아는 세 발짝 정도 옆으로 이동한 뒤에 급히 방향을 틀어서 공격해 온다]

그럭저럭 빠르지만, 나도 이미 예견안을 개안하였다.

보이지 않을 리가 없다.

"자노바! 프루세나다!"

나는 리니아를 눈으로 쫓으면서 자노바에게 지시를 내렸다.

말하면서 프루세나를 향해 팔을 뻗었다. 목소리 마술은 마안으로 판별하기 어렵다. 먼저 막아두는 편이 좋지만, 목소리 마술의 마력 흐름을 알 수 없다.

고로 디스터브 매직이 통용할지 알 수 없다. 그러니까 그녀의 눈앞에 대량의 모래먼지를 만들었다.

"……! 콜록! 콜록!"

크게 숨을 들이마시던 프루세나는 흙먼지에 격하게 기침을 했다.

"샤압!"

동시에 리니아가 덤벼들었다.

보인다. 느리고 조잡하고 힘밖에 없다. 아마도 예견안을 쓰지 않아도 여유롭게 보인다.

에리스의 동작에 못 미친다. 에리스는 더 빠르고 날카롭고, 수족보다 수족답고, 매섭고, 그리고 강했다.

카운터를 맞췄다. 손바닥이 따악 하고 턱 끝을 때렸다.

그것만으로 리니아는 풀썩 하고 다리가 풀렸다.

나는 거기에 추격타를 날렸다. 관자놀이를 때려서 지면에 쓰러뜨리고 가슴을 밟았다.

내려다보면서 스톤 캐논을 선보였다.

콰앙 하는 쾌음이 울려 퍼졌다.

"꺄앙?!"

리니아는 바로 의식을 놔 버렸다.

나는 짓밟힌 개구리 같은 꼴이 된 리니아에게서 발을 치웠다. 싸움의 충격으로 스커트가 올라갔다. 흥, 오늘은 흰색인가.

프루세나와 자노바 쪽으로 눈을 돌렸다. 작전대로 자노바는 목소리 마술을 쓰는 쪽, 후위를 향하였다. 프루세나는 엎드려서 개처럼 자노바에게 거리를 벌리려고 하였다.

자노바는 따라갈 수 없었다.

네 다리로 엎드린 프루세나는 빠르다…. 아니, 자노바의 다리가 느리다. 저 녀석은 무슨 던지기 캐릭터냐.

있는 거라곤 완력뿐인가. 뜀박질 훈련이 부족해.

나는 프루세나의 눈앞에 진흙탕을 만들었다. 그녀는 갑자기 질퍽대는 지면에 다리를 붙잡혀서 얼굴부터 진흙 앞에 처박혔다.

"와웃?!"

그와 동시에 나는 흙 마술을 또 사용하여 진흙을 굳혔다.

"뭐, 뭐야?!"

당황하며 굳은 흙에서 몸을 빼내려는 프루세나.

나는 왼손으로 스톤 캐논을 날렸다.

"꺄앙?!"

따악, 하는 좋은 소리를 내면서 프루세나는 기절했다.

끝났다.

"후우…. 좋아, 나와!"

신호를 보내자, 근처 덤불에 숨어 있던 줄리가 커다란 삼베자루를 들고 종종걸음으로 달려왔다.

그녀는 자노바와 협력해서 재빨리 두 사람을 자루에 넣었다.

그렇긴 해도 의외로 간단했나. 이 정도인가.

에리스였으면 일부러 옆에서 공격하려는 생각을 하지 않겠지.

그녀의 주먹은 항상 가장 짧게 움직인다.

또 처음의 카운터는 들어가지 않았겠지.

가령 맞았다고 해도 포인트를 비껴서 뇌진탕을 피했겠지. 그러면 관자놀이에 공격을 맞고 지면에 쓰러지는 일도 없었다. 설사 쓰러졌다고 해도 바로 달라붙어서 공격을 했을 것이다.

가슴에 다리를 올리거나 하는 일도 없겠지. 그런 짓을 한 순간 무릎이나 발목을 붙잡아서 박살냈을지도 모른다. 그러더라도 스톤 캐논은 멈추지 않겠지만.

프루세나 쪽도 그렇다.

에리스였으면 눈앞의 땅이 진흙이 되었을 때 다리가 걸리지 않는다. 제대로 균형을 잡든가, 직전에 멈춰 서서 진흙에서 빠져나왔다.

물론 에리스라고 처음부터 그럴 수 있었던 건 아니다.

나와 대전경험을 쌓으면서 대처해 왔다. 하지만 파울로는 비슷한 짓을 해도 처음 보자마자 대처하였다. 실전 경험 풍부한 상급 검사라면 진흙탕 정도는 회피할 수 있다.

게다가 요즘 마물은 진흙탕에 다리가 걸리지도 않는다.

외톨이 용은… 어라? 외톨이 용은 진흙탕에 걸렸지?

…응?

혹시 파울로나 에리스는 꽤나 강한가?

그야 재능이 있다고는 들었지만….

"역시나 스승님입니다. 제가 나설 차례는 없었습니다."

삼베자루를 멘 자노바가 돌아왔다. 나는 생각을 접고 그를 돌아보았다.

"아뇨, 스스로도 놀라고 있습니다."

"겸손하신 말씀. 자, 방으로 돌아가죠."

"예."

우리는 어두워진 길을 걸었다. 누구에게 들키지 않도록 조심하면서.

"줄리, 발밑을 조심하세요."

"괘, 괘, 괜찮아요."

기분 탓인지 나를 보는 줄리의 눈동자에 두려움이 섞인 듯했다.

제8화   수족 영애 납치감금 사건 후편

　방으로 돌아오고 잠시 시간이 흘렀다.

　교복 차림의 고양이귀와 개귀. 손을 뒤로 돌려서 흙 마술로 만든 수갑을 채우고 재갈을 물렸다.

　나와 자노바는 의자에 앉아서 그녀들이 눈을 뜨길 기다렸다.

　잠든 상대에게 아무 짓도 하지 않냐고?

　멍청한 소리 하면 안 되지. 나는 신사다.

　"우웁?!"

　"으음! 우읍!"

　두 사람은 곧 눈을 떴다. 자기가 처한 상황을 보고 우우 소리내어 신음했다.

　"일어나셨습니까."

　나는 조용히 인사하면서 일어서서 두 사람을 내려다보았다.

　두 사람은 몸을 비틀면서 내게 시선을 보냈다. 약간의 불안이 섞인 눈으로, 하지만 노려보는 시선이었다.

　"으읍!"

　항의의 신음소리.

　상황을 이해하지 못한 모양이다.

"자… 무엇부터 이야기할까요."

나는 턱에 손을 대고 두 사람을 보았다. 두 사람이 몸을 비트는 바람에 스커트가 올라가고 윤기 도는 다리가 드러났다.

실로 음란한 광경이다.

"흠."

"우웁?!"

프루세나는 곧 시선을 깨달았다.

그리고 코를 킁킁 움직이고 불안한 표정을 하였다. 내가 뭘 보고 어떻게 생각하는지 그 코로 이해한 모양이다. 반대로 리니아는 이해하지 못했는지 나를 노려보며 후우후우 소리를 내었다.

아무래도 프루세나 쪽이 코는 좋은 모양이다.

실제로 병에 걸린 몸인 나에게는 그 냄새도 거의 안 날 텐데….

"흠."

거기서 나는 문득 어떤 사실을 깨달았다.

이 동물귀 여고생은 묶여 있고, 복장도 흐트러지고 움직일 수 없는 상황. 아주 자극적이다.

어쩌면 이런 방향이라면 낫지 않을까.

아슬라 귀족은 다들 이상한 성적 취향을 가졌다고 들었다.

나도 동정을 잃으면서 어쩌면 그런 방향으로 눈떴을 가능성이 있다. 생전에는 이런 것도 싫지 않았다.

좋아한다고 할 정도는 아니지만.

"흠."

떠올렸으면 곧바로 실행을.

양손을 꼼지락거리면서 프루세나에게 다가가서 그 커다란 산맥을 터치.

그녀는 고문이라도 당하는 표정으로 꾸욱 눈을 감았다.

멋진 표정이다. 마치 내가 아주 추한 짓을 하는 것 같잖아. 세상에는 남자의 가슴팍을 사양없이 만지는 여자도 있다고.

그렇긴 해도 아주 좋은 감촉이다.

그녀의 것은 크니까….

하지만 흥분은 별로다. 반응을 보여야 할 내 거기의 환희의 산성이 들리지 않는다.

손을 떼면 흥분은 순식간에 사라지고, 갈 곳 없는 적막감만이 남았다.

평소와 같은 그 감촉이다.

…역시 틀렸나.

손을 떼자 프루세나는 순간 멍한 기색이었다. 코를 킁킁 움직이고 곧 안도한 얼굴을 하다가 조금 복잡한 표정을 지었다.

"스승님? 그런 방향으로 벌을 주시는 겁니까?"

"아니, 작은 실험입니다."

자노바의 질문에 나는 조용히 대답하고 리니아를 보았다.

눈이 마주친 순간 분노의 시선을 보내는 리니아.

일단 그녀 쪽도 만져 보았다. 프루세나보다 작지만, 그녀도 제법 괜찮은 걸 가졌다. 돌디어족은 평균적으로 큰 쪽이 많다.

하지만 역시 내 톰캣은 기뻐하지 않았다.

변화가 있다면 리니아의 시선에 굴욕과 분노의 요소가 늘어난 정도일까.

구속 취미를 가진 자는 이런 시선에 절망을 퍼뜨리는 것이 최고라고 한다.

생전의 나도 그런 걸 이해했지만, 아무래도 모니터 안과 현실은 다소 다른 모양이다.

아무것도 얻을 수 있는 게 없다.

실험은 끝이다.

"자, 여러분. 왜 이렇게 되었는지 알겠습니까?"

일단 그렇게 물었다.

두 사람은 눈짓으로 서로 신호를 주고받고 고개를 내저었다. 리니아는 시끄러울 것 같기에 프루세나의 재갈을 벗겨 주었다. 그녀는 조금 생각한 뒤에 말했다.

"…당신에게는 아무 짓도 안 했어."

"호오, 아무것도 안 했다!"

나는 그녀가 한 말을 일부러 복창하고 따악 손가락을 튕겼다. 자노바가 조심조심 상자를 가져왔다. 뚜껑을 열자, 거기에는 무참해진 록시 인형이 있었다.

"이렇게 만든 건 여러분이지요?"

"…그, 그 기분 나쁜 인형이 뭐?"

"기분 나쁘다!"

나는 다시금 프루세나의 말을 복창했다.

록시를 기분 나쁘다고 말하나!

내가 공들여 만들고, 잘 만들어졌기에 무심코 팔아 버린 록시를!

기분, 나쁘다!

아니, 진정하자. 쿨이야. 쿨해지는 거야… 후우, 후우… 푸우…!

"이건 나의 신을 본뜬 인형입니다."

"시, 신?"

"그렇습니다. 나는 그녀의 도움으로 세계를 알 수 있었습니다."

나는 말하면서 방구석으로 이동했다.

거기에는 신단이 있었다. 이 방에 와서 바로 설치한 신단이다.

쌍바라지로 된 작은 문을 열고 그 안을 보여주었다.

"우웁!"

"뭐, 뭐야…."

"스, 스승님, 이건…."

"……."

신체가 모셔진 그 신성함에 두 사람은 마음을 빼앗겼겠지.

자노바조차도 기가 죽고, 줄리는 자노바의 옷소매를 붙잡고 울 것 같은 얼굴을 했다.

"그 신상은 내 신의 모습입니다. 당신들이 그걸 걷어차고 짓밟아서 산산조각 냈습니다."

리니아와 프루세나는 눈을 치뜨고 내 얼굴과 신단을 차례로 보더니, 천천히 자노바와 울 것 같은 모습의 줄리를 본 뒤에 내게로 시선을 돌렸다. 그 일련의 동작으로 안색이 창백해졌다.

안면 블루레이란 거다.

하지만 그때 아무래도 이해한 듯했다. 자기들이 무슨 짓을 저질렀는지를.

"자, 변명할 말 있습니까?"

내 질문에 프루세나는 몇 초 동안 생각했다.

그리고 말했다.

"아, 아냐, 밟은 건 리니아야, 나는 그만두자고 했어."

"우웁?!"

사죄보다 먼저 변명이라니.

흥, 좋아. 재미있을 것 같으니 리니아의 재갈을 풀어 주자.

재갈을 벗기자 두 사람이 꺄악꺄악 하고 새된 소리로 다투었다.

"기분 나쁘니까 필요 없다고 말한 건 프루세나였다냐!"

"하지만 밟은 건 리니아야."

"아, 다리가 미끄러진 거다냐. 게다가 프루세나도 마지막에 걷어차서 박살냈다냐. 밤중까지 파편을 찾는 자노바를 보고 킬킬 웃었다냐!"

작은 파편을 밤중까지 찾았다니…. 새끼손가락 끝부분만 한 발목 파츠도 있었는데. 자노바, 너는 정말….

지금 자노바에 대한 나의 호감도는 3정도 올랐다. 루데우스 루트 일직선이다. 해냈구나, 자노바!

뭐, 그건 넘어가고.

"셧업! 두 사람 다 똑같습니다."

일단 그 보기 흉한 다툼을 가로막고,

"죄를 지으면 벌을 줘야만 합니다."

단죄를 선언했다.

"그렇긴 해도 내 종교는 이제 막 생겨서 이런 경우의 벌에 대해선 정해지지 않았습니다. 여러분의 마을에서는 이런 경우 어떤 벌을 내립니까?"

"우, 우리한테 이상한 짓을 하면, 아빠랑 할아버지가 가만히 안 있을 거다냐! 대삼림에서도 1, 2위를 다투는 전사니까… 아…."

리니아는 떠올린 듯했다.

내가 규에스, 규스타브와 아는 사이라는 걸.

그리고 나도 떠올렸다. 대삼림에서의 '벌'을.

"규에스 씨인가요? 아, 기억났네요. 그가 누명을 씌워서 말이죠. 성수님에게 괘씸한 짓을 했다면서 옷을 벗기고 찬물을 뒤집어씌우더니 7일 동안이나 감옥에 가두더군요. 그럼 여러분도 그렇게 해 줄까요?"

참고로 나는 거기에 대해 전혀 원한을 품지 않았다. 당시에는 분명히 울컥했지만, 지금 와서 생각하면 그건 그거대로 즐거운 체험이었다.

하지만 그녀들은 그렇게 받아들이지 않았다. 두 사람 다 경악하고 새파란 얼굴을 하였다.

역시 이 일족에게 그 행위는 엄청난 고문인 모양이다.

"아, 아니. 뭐든지 할 테니까 그것만큼은 하지 말아 주세요냐!"

"리니아는 어떻게 되어도 좋아. 그러니까 나만은 살려줘!"

"그래, 나는 어떻게 되어도… 뭐어어?!"

둘이서 애원하면서도 만담을 해댔다.

반성의 기미가 부족하군. 특히나 강아지 쪽은.

"여러분 돌디어족은 신망하는 성수님이 얽힌 문제라면 심했거든요? 증거도 없는데 누명을 씌우고 악당이라고 몰아세우고…. 뭐, 누명이라고 밝혀져서 사죄는 받았습니다만… 하지만 여러분의 죄는 누명도 뭣도 아니고."

"부탁이니까 봐줘…. 소중한 인형인 줄 몰랐어…!"

"예, 그렇겠지요."

"두 번 다시 안 그럴게…."

뭐가 두 번 다시냐. 두 번이나 있을 것 같냐.

알겠냐, 망가진 것은 두 번 다시 돌아오지 않는다. 눈앞에서 소중한 것이 박살난 이의 마음을 이 녀석들이 알 것 같냐. 나는 지금도 그 순간의 일을 떠올릴 수 있다. 동생이 야구배트로 컴퓨터를 박살냈을 때의 일을.

지금 그 때의 일을 다시 문제 삼을 생각은 없지만, 그때의 절망감과 감정만큼은 지금도 떠올릴 수 있다.

유일하게 마음 기댈 곳이 산산조각 났을 때의 감정을!

"사과하겠다냐, 배를 보여도 좋다냐…."

"그래, 나도 부끄럽지만 참을게."

배를 보인다?

아, 규에스가 했던 수족식 사과 말인가.

그렇게 성의가 부족한 사과를 봐도 내 마음은 가라앉지 않는다.

"용서를 받고 싶거든 이 인형을 원래대로 만들어와!"

록, 시, 록, 시!

"그래, 스승님도 고칠 수 없단 말이다!"

자노바도 두 사람을 규탄했다.

하지만 자노바, 딱히 못 고칠 건 없어. 부품도 다 있고, 제일 곤란한 지팡이 부분은 멀쩡하고. 내 피겨 제작 실력은 당시보다 늘었다.

이음매도 없이 깔끔하게….

어?

그래. 고칠 수 있어. 고칠 수 있다.

두 번 다시 돌아오지 않는 건 아니야.

"……."

그렇게 생각하니 분노가 슈욱 가라앉았다.

사죄도 받았다. 두 사람도 반성하고 있다.

용서해 줘도 좋을 것 같았다.

그보다 이 상황도 범죄겠지. 오히려 밝히면 내가 문제되지 않나? 예를 들어서 혹시 이 광경을 창을 든 스킨헤드 남자에게 들키면….

아니! 아냐, 문제는 그게 아냐!

이 녀석들이 남의 소중한 물건을 태연히 망가뜨린 게 문제야!

하지만 여기서 다정한 모습을 보이면 이놈들은 분명 또 그럴 거야!

스스로 반성하게 해야 해! 록시교도의 이름을 걸고!

그렇긴 해도 조금 머리가 식으니까, 따끔한 벌이 떠오르지 않았다.

"자노바, 무슨 생각 있습니까?"

"인형과 같은 꼴로 만들어 주죠."

자노바의 눈은 아주 냉혹했다.

이 녀석은 아직도 화가 머리끝까지 솟은 모양이다. 당연하다. 눈앞에서 당했으니.

그러자고 했다간 그녀들은 현재의 록시 인형과 같은 꼴이 되겠지. 자노바의 손에 산채로 갈가리, 폭군 수프라티누스겠지.

한다, 이 남자라면 한다.

목 뽑는 왕자는 건재하다.

"아뇨, 자노바. 죽이는 건 지나칩니다. 나는 살인을 좋아하지 않습니다."

"그럼 노예상에게 팔아 버리죠. 돌디어족의 매매는 금지되었습니다만, 분명히 아슬라에는 수족을 아주 좋아하는 일족이 있었습니다. 그녀들은 돌디어족 족장의 손녀…. 그걸 노예로 삼을 수 있다면 조약을 깨면서라도 사 줄 겁니다."

자노바는 과격했다.

그렇다고 해도 노예는 지나치겠지. 수족과 전쟁이 일어난다.

"그 아슬라 일족은 지금 멸망 직전이라서 어렵겠죠."

그렇긴 한데 보레아스 가문은 지금 어떻게 되었을까.

북방대지에 있으면 정보가 별로 안 들어온다.

다만 상당히 위험한 상황인 모양이고, 집안이 박살나는 것도 시간문제일지 모른다.

"알겠습니까, 자노바? 아무리 그래도 그녀들은 공주. 별로 문제시되지 않을 방법으로 하지 않으면 후에 이쪽에 불똥이 튑니다."

"역시나 스승님, 머리에 피가 몰렸어도 자신의 안전을 생각하시다니."

"입 다무세요."

으음.

어떻게 한다. 이대로 석방해선 내 성이 차지 않는다.

아예 계속 이대로 놔둬서 눈 보신이나 하는 것도 좋을지 모르겠다. 내 취미와 안 맞는다고 해도 그녀들도 미소녀로 분류된다.

아니, 애초에 납치한 시점에서 문제가 될지도 모른다.

너무 오래 방치할 순 없지.

그녀들도 반성하는 모양이고 인형도 고칠 수 있다. 여기서 한 판 시원하게 끝내고 타협하고 싶은데….

으음.

"그런 일이 있었습니다."

난처한 일이 있으면 피츠 선배에게 의논한다.

최근 내 패턴이 되었다.

피츠 선배는 박식하니까 어지간한 것에는 다 답변해 주고.

"자, 잠깐만. 그럼 지금 두 사람이 루데우스의 방에 있다는 소리…?"

"있긴 한데… 안심하세요. 두 사람이 오늘 결석하는 건 확실히 연락을 해두었으니까요."

"아니, 저기, 붙잡았다면, 그러니까 자노바랑 협력해서 여자를 감금했다는 소리?"

그렇게 되나.

동물귀 미소녀를 감금인가. 생전의 '죽기 전에 한 번은 해보고 싶었던 일 리스트'에 들어갔을 것 같다. 물론 당시 하고 싶었던 것은 그 다음이고, 현재의 나로서는 그 다음을 할 힘이 없다.

"루데우스는, 저기, 두 사람을 감금해서, 그러니까…?"

피츠 선배의 얼굴은 새빨갛고, 그 눈은 비난하는 눈이었다.

이런, 조금 오해를 산 모양이군.

"아뇨, 야한 짓은 안 합니다."

"그, 그래?"

"기껏해야 가슴을 주무른 정도입니다."

"가, 가슴은 만졌구나….'

"예, 조금 확인하려는 게 있어서."

"……? 어어, 그런 의미가 아닌 쪽으로 만진 거지?"

그런 의미가 무슨 의미지?

뭐, 야한 목적으로 만졌나 하는 거지. 넓은 의미로 말하면 분명히 그런 쪽으로도 들어가겠지만, 내 시점에서 말하자면 그건 어디까지나 의료행위의 일환, 실험 중 하나다.

"그런 의미는 아닙니다."

피츠 선배는 다소 안도한 얼굴을 하였다.

"그, 그래. 하지만 문제야. 그녀들은 돌디어족의 족장 집안이고."

"안심하세요. 족장, 전사장 모두와 면식이 있으니까요."

"어?! 그래?"

"예. 그들에게는 학교생활이 너무나도 흐트러졌기에 근성을 뜯어고쳐 주었다, 라고 말하면 납득할 겁니다."

"족장하고, 어, 어떻게 아는 사이야?! 돌디어족은 배타적이니까 족장하고는 어지간해선 만날 수 없어."

나는 피츠 선배에게 대삼림에서의 일을 들려주었다.

내 입으로 말하고 보니 제법 한심한 에피소드다. 어린아이를 구하려다가 붙잡히고, 그대로 석방된 뒤로는 개랑 놀고 피겨를 만드는 매일이었으니까.

"하아, 루데우스는 대단하네…."

한심한 이야기였지만, 피츠 선배는 감탄의 숨을 내뱉었다.

어디에 대단한 요소가 있었을까.

"성수가 따르다니."

그건가. 그러고 보면 성수님은 왜 나한테 왔을까. 설마 진짜로 나를 좋아하는 것도 아닐테고.

"걔라도 누가 자길 구해주었는지 정도는 아는 거겠죠."

"그런 말은 수족 앞에서 절대로 하면 안 돼."

당연하다. 나도 눈앞에서 록시를 저속한 마족이라고 비웃으면 화를 낼 테니까.

넘어선 안 되는 선은 파악하고 있다.

이런 말은 나와 성수님이 친한 증거와 같다. 결코 얕보는 발언이 아니다.

"아무튼 피츠 선배에게 또 지혜를 빌리고 싶습니다. 이쪽의 성이 차면서도 원한이 남지 않는 정도로, 하지만 복수를 당하지 않을 정도로 따끔한 벌은 뭐가 있을까요?"

"어려운 질문이네."

피츠 선배는 그래도 생각해 주었다.

오히려 얼른 두 사람을 해방하라고 할 줄 알았는데.

"나도 여럿이서 한 명을 괴롭히고 물건을 빼앗아서 부수는 녀석은 용서 못 해."

그런 것인 모양이다.

거기에 대해서는 전면적으로 동의다.

참고로 피츠 선배는 자노바와 길에서 엇갈리면 인사를 하는 정도의 사이가 된 모양이다.

지인이 당했다고 들으면 화를 낸다. 노예 때도 그랬지만, 피츠 선배는 정의로운 사람일지도 모르겠다.

"좋아, 나한테 좋은 생각이 있어."

"호오."

그 말은 실패의 플래그니까 되도록 하지 않는 편이 좋다고 생각하지만, 상관없다.

그런고로 그 날은 얼른 조사를 마치고 피츠 선배와 함께 방으로 돌아갔다.

★　★　★

방에 돌아가니 코를 찌르는 냄새가 떠돌았다.

바닥이 젖어 있었다. 전체적으로 냄새가 났다. 리니아와 프루세나는 축 힘을 잃고 있었다. …화장실 정도는 보내 줘야 했을지도 모르겠다.

아무래도 불쾌했기에 마술로 증발시키고 창문을 열어서 환기를 시키고, 그녀들의 더러운 스커트와 속옷도 벗겨서 깨끗이 빨았다.

옷은 세탁. 일단 알몸은 아니니까 괜찮겠지.

그렇게 생각하고 안색을 살폈더니, 두 사람 다 완전히 체념한 얼굴이었다.

"어디 마음대로 해 봐라냐…. 하지만 방에서 키운다고 해도 하다못해 수갑은 끌러줘라냐…. 못 움직이는 건 힘들다냐…. 안 도망칠 테니까 부탁하겠습니다…."

고양이 쪽의 그녀에게 약 24시간의 구속은 힘들었던 모양이다.

"얌전히 있을 테니까 밥은 좀 먹여줘. 밤중에 짖지 않을 거고… 깨물지도 않을게…. 고기 먹고 싶어…. 배고파…."

여태까지 잘 몰랐는데, 이쪽은 먹보 캐릭터인 모양이다.

생각해 보니 처음 만났을 때도 고기를 먹고 있었지. 그렇긴 해도 고작 하루 만에 포기하다니. 역시 밥이 없었던 탓일까. 배가 고프면 인간은 약해지니까.

수갑을 끌러 주었다.

그러자 둘 다 내 앞에 무릎을 꿇었다. 하의를 입고 있지 않으니까 무진장 에로하다.

얼굴이 풀어졌다. 다리 사이도 좀 반응을 보였으면 좋겠는데.

"루데우스…."

바로 옆에서 두 사람의 스커트와 속옷을 세탁하던 피츠 선배의 목소리.

"어어…. 두 사람 다 반성하는 모양이고, 이제 용서해 주는 편이 좋지 않아? 너는 속이 후련하지 않을지도 모르지만, 꼬박 하루 동안 꼼짝도 못 하면 꽤 힘들거든? 남자기숙사에는 굶주린 남자가 잔뜩 있으니까 두 사람 다 무섭겠고."

"그렇다냐."

"발소리가 들릴 때마다 틀렸구나 싶었어…."

아니, 내가 알기로 굶주린 남자는 그리 없다.

딱히 외출이 금지된 것도 아니니까, 여자에 굶주렸으면 환락가에 가든가 최근 1학년으로 들어온 미인이라는 소문의 엘프족에게 가면 된다. 아니면 리니아와 프루세나는 곳곳에 원한을 샀으니까 위험하다는 소릴까.

아, 하지만 이 동네에선 묶인 여자를 둘이나 보면 그대로 노예상에게 데려가는 녀석도 꽤 있나.

"앞으로 말을 잘 듣겠다냐. 부하로 일하겠다냐."

"그러니까 용서해 줘."

두 사람은 충분히 반성하였다. 적어도 보기로는.

"딱히 억지로 내 명령을 따를 필요는 없습니다…. 하지만 록시를 비웃은 것만큼은 용서할 수 없어요."

그렇게 말하자 두 사람은 새파란 얼굴로 고개를 끄덕였다.

"물론이다냐. 다른 신을 비웃었으면 죽어도 불평할 수 없다냐."

"우우, 신전기사단에게 쫓기던 공포가 떠올라…."

"참고로 내 숙모는 신전기사단의 일원입니다."

그렇게 말하자 두 사람은 한층 더 새파래졌다.

돈과 연줄은 있으면 있을수록 좋다는 말이 진짜로군.

잠시 뒤에 세탁도 끝나고 두 사람은 서둘러서 옷을 입었다.

속옷을 입는 동작은 왜 이렇게 흥분되는 걸까. 개인적으로는 벗는 동작보다도 더 흥분된다.

입장이 정해지고 옷도 입었다.

그러자 두 사람 다 평소의 모습을 되찾았다.

"말을 듣겠다고 했지만 애가 생기는 일은 금지다냐. 그런 건 제대로 사귀고 결혼한 뒤다냐."

"그래. 하지만 가끔 리니아의 가슴을 만지는 정도는 용서해 줄게."

"그렇다냐, 가끔이라면…. 왜 나?!"

"내 건 비싸. 비싼 고기를 준다면 모를까."

두 사람은 불량소녀인 것치고 정조관념은 확실한 모양이다. 역시나 좋은 집 아가씨.

그렇긴 해도 방금 전까지의 다소곳한 태도는 반쯤 연기였나.

반성하면 좋겠는데….

"아, 그렇지, 루데우스. 야습에는 주의해."

피츠 선배의 말에 두 사람은 놀란 얼굴을 하였다.

"냐앗?! 잠깐, 피츠, 이상한 소리 하지 마라냐!"

"그래!"

"보스는 머리가 이상한 짐승이다냐. 다음에 지면 어떻게 될지 모르는데, 누가 그런 짓을 하겠냐냐!"

누가 짐승이라고?

말이 심한 거 아닌가?

하지만 그 정도로 생각한다면 나도 마음 편히 잘 수 있다.

"…보스, 슬슬 돌아가도 될까?"

프루세나가 고개를 갸웃거리면서 물었다. 그보다 보스란 말이지. 뭐, 좋지만.

"배고파. 방에 있는 육포 먹으러 돌아가고 싶어."

"그래냐, 어제 저녁부터 먹지도 마시지도 못했으니까냐…."

그 말은 뭐야…. 마치 내가 못된 것 같잖아. 조금 반성이 부족한 거 아닌가?

"조금 반성이 부족하네."

그렇게 말한 것은 피츠 선배였다.

"피츠, 너는 관계 없잖아냐?"

"그래… 제길…."

피츠 선배가 살짝 쇼크를 받은 얼굴을 하였다.

나는 소리쳤다.

"두 사람 다 거기에 정좌!"

"예!"

"멍!"

"피츠 선배, 역시 그거 해 주세요!"

즉각 앉은 두 사람을 앞두고 그렇게 말하자, 피츠 선배는 품에서 병과 붓을 꺼냈다.

검은 염료가 든 병, 그리고 붓.

'좋은 생각'이란 것이다.

일이 끝났을 무렵, 내 분노는 거의 흩어졌다.

"…피츠, 너 기억해둬라냐."

"제길…."

분해 하는 두 사람의 얼굴. 두 사람의 눈썹은 이어지고, 눈꺼풀 위에는 눈이 그려졌다. 입 주위에는 도둑 같은 수염이 그려졌다.

그리고 뺨에는.

'저는 루데우스에게 진 고양이입니다.'

'저는 루데우스에게 진 개입니다.'

라고 적혀 있었다. 신종 바디페인트다. 조금 흥분되는군.

"어느 부족이 몸에 문양을 남길 때에 사용하는 염료를 썼어. 특수한 주문을 외우면 평생 흔적이 남는 것."

그런 염료가 있다는 모양이다.

이 세계의 문신일까. 그러고 보면 모험가 시절에 몇 번 본 적이 있는 것 같다.

"물로 씻는 정도로는 안 지워져. 혹시 루데우스를 거스르면 내가 마술을 발동시켜서 그 문신을 평생 남길 테니까!"

"아, 알았다냥. 그렇게 화내지 마라냥."

"알았어. 따를게. 거짓말 아냐."

두 사람은 바들바들 떨면서 끄덕였다.

엄청 겁먹은 얼굴이군. 평생 남으면 시집도 못 갈 테고.

피츠 선배도 제법 사악한데.

"오늘은 돌아가도 좋지만, 내일은 하루 종일 그 얼굴로 지낼 것. 그러면 지워 주지. 하지만 몸에 그린 건 반년 정도 사라지지 않으니까 그렇게 알고!"

"알았다니까. 제발 참아 주라냥."

"…훌쩍."

프루세나는 눈물을 글썽였다. 참고로 그녀들의 등에는 꽤나 외설적인 말이 적혔다.

평생 남는다면 정말 살아가는 것도 창피하겠지.

두 사람은 복도를 걸으면 눈에 띈다면서 창문을 통해 돌아가게 되었다.

여기는 2층이지만 괜찮을까. 2층 정도면 괜찮은 걸까?

돌아갈 때 리니아가 문득 떠오른 것처럼 물었다.

"보스, 마술사치고 내 움직임을 눈으로 좇았는데, 무슨 훈련을 했냐?"

"특별한 건 안 했습니다. 스승님의 가르침을 지키며 확실히 움직였을 뿐입니다."

에리스와의 훈련이 득을 본 형태라고 해야 할까.

나는 스스로를 약하다, 약하다 라고 생각해 왔다. 에리스가 성장하는 것과 비교해서 나는 전혀 성장이 없다고 생각했는데, 성장속도가 다를 뿐이지 나도 나름 강해졌을지도 모르겠다.

"스승이 누구냐?"

"어어, 길레느인데요."

"길레느? 혹시 돌디어족의 길레느냐? 검왕 길레느."

"어, 그래요. 바로 그 검왕 길레느입니다."

아, 그렇지. 리니아가 규에스의 딸이라면 길레느는 리니아의 고모가 되나.

"…과연."

그렇게 말하더니 그녀는 뭔가 납득한 얼굴을 하였다.

"그럼 이만."

"또 보자, 보스. 인형 문제는 진짜로 미안해."

두 사람은 그렇게 말하고 돌아갔다.

그 뒤에 피츠 선배가 후욱 숨을 내쉬었다.

"미안, 루데우스. 나는 관계없는데 괜히 나서서."

"아뇨, 두 사람이 겁먹은 모습을 봤으니 좋은 걸로 치죠."

그보다.

"특수한 주문이라고 했는데, 혹시 아는 사람이 있으면 문제 아닌가요?"

두 사람은 모르는 모양이지만, 도구인 이상 피츠 선배만 아는 주문일 리가 없다. 누군가가 반쯤 장난으로 두 사람에게 주문을 외운다고 생각하면 불쌍하다.

"어? 아, 그거? 거짓말이야."

피츠 선배는 태연하게 말했다.

"분명히 그런 염료도 있지만, 저건 단순한 마법진용 싸구려 염료야. 마력을 넣으면 지워지는 거."

킬킬 웃으면서 피츠 선배는 말했다.

마치 장난질에 성공한 어린애 같았다.

얼굴이 풀어졌다.

★　★　★

　피츠 선배는 한동안 내 방에 있었다.

　왠지 마음이 들떠서 안절부절못했다.

　방 안을 이리저리 걷고 신기한 것을 볼 때마다 뭐냐고 물었다.

　"저건 뭐야? 뭐가 들어있지?"

　눈이 높은 피츠 선배는 신단을 가리켰다.

　"우리 종교의 신체가 들어있습니다."

　"어라? 루데우스는 미리스교도가 아니었구나. 어떤 건지 봐도 될까?"

　"록시교라고…. 아, 열지 마세요!"

　신단을 열려고 하기에 다급히 제지했다.

　우리 종교의 신체는 너무 신성해서 보통 사람에게는 강렬하다.

　팬티를 보면 보통 사람들은 뜨악하겠지. 어제의 나는 머리가 좀 이상했다.

　"아, 미안."

　피츠 선배는 다급히 손을 거두었다.

　그 뒤에도 이것저것을 보고 다녔지만, 문득 침대 위에서 시선이 멎었다.

베개를 들어보았다.

"이 베개, 사그락사그락 소리가 나네."

"직접 만든 겁니다."

북방대륙의 숲에 사는 마물 마스터드 트렌트가 떨어뜨리는 씨앗. 그걸 깨면 호두와 비슷한 것이 나오는데, 그 껍질이 메밀 껍질과 비슷하다. 그러니까 그걸 깨뜨려서 삼베자루에 채우고 바깥을 마물의 모피로 싼 것이다. 이게 완성된 날부터 내 편안한 수면은 보장되었다.

"헤에…. 조금 누워 봐도 될까?"

"그러세요."

피츠 선배는 베개를 놓고 침대에 누웠다.

"좋은 베개네."

"그렇게 말해 준 건 피츠 선배뿐이에요."

이 베개를 벤 적 있는 것은 엘리나리제 정도밖에 없다.

그 인간은 '베개는 남자 팔이 좋다'고 말했지만.

"……"

피츠 선배는 누워도 선글라스를 벗지 않았다. 항상 쓰고있는 거겠지.

맨얼굴을 보여주는 날은 언젠가 올까. 아니, 오히려 선글라스가 피츠 선배의 본체일지도 모른다.

…여기서 슬쩍 손을 뻗어서 벗기면 어떻게 될까.

아니, 단순히 떼어놓지 않는 게 아니라 이유가 있다고 본인도

말했다. 예를 들어서 눈에 콤플렉스가 있을지도 모른다. 그만두자. 미움 사고 싶지 않아.

"……."

잠시 동안 뒹굴거리던 피츠 선배와 나 사이에 침묵이 흘렀다.

피츠 선배는 내가 바라보는 것을 알아차렸는지 몸을 일으켰다.

왠지 그 얼굴이 붉어진 듯했지만, 기분 탓이겠지.

"보고 싶어?"

그 말에 가슴의 고동이 가속했다.

뭐지? 보고 싶냐니, 뭘? 뭘 보고 싶냐는 말이지?

"…뭘?"

바보 같은 질문을 하였다.

그야 물론 얼굴이겠지. 그런 이야기의 흐름이었다.

"내 맨얼굴."

응. 얼굴이겠지.

하지만 왜일까.

나는 다른 것을 보여주는 게 아닐까 기대했던 것 같다.

피츠 선배는 남자인데. 뭘 보는 걸 기대했을까. 피츠 선배의 뭘 보고 싶은 걸까. 나는….

"……."

선글라스 너머로 피츠 선배와 시선이 마주쳤다.

역시 그의 얼굴도 붉은 것 같다. 내 얼굴도 붉어지지 않았을까.

"보고 싶어요."

"응….".

그렇게 말하자 피츠 선배는 선글라스 다리에 손가락을 댔다.

하지만 거기서 우뚝 움직임이 멎었다.

그 입술은 긴장으로 굳어지고, 손가락이 떨리는 것처럼 보였다.

그 광경은 마치 팬티에 손가락을 댄 여자처럼도 보였다. 남자 앞에서 마지막 옷 한 장을 스스로 벗으려는 여자….

왠지 나까지 긴장되었다.

아니, 왜 긴장하는 거야. 이 사례는 역시 이상하잖아.

피츠 선배는 맨얼굴을 보이는 것을 부끄럽게 생각하는 사람일까.

아니, 그럴 리가. 피츠 선배는 얼굴에, 그것도 눈 근처에 현저한 콤플렉스를 가졌을 뿐이다. 커다란 화상이 있다든가 카멜레온처럼 튀어나왔든가!

응, 그래. 그게 틀림없다.

"노."

피츠 선배가 입을 열었다.

"농담이야! 미안하지만 아리엘 님의 명령이라서 나는 아무한테도 얼굴을 보여주면 안 돼. 무언의 피츠라고 두려움을 사지만 내 얼굴은 어린애 같으니까!"

아니었다.

상사의 명령이라는 모양이다.

그도 그렇지. 나는 무슨 말도 안 되는 생각을 한 걸까.

"…그, 그런가요. 억지로 보여달라고는 안 합니다."

"그, 그렇게 말해 주니 고마워."

피츠 선배는 그렇게 말하더니 당황한 기색으로 침대에서 내려왔다.

"슬슬 아리엘 님한테 돌아가야지."

"예, 수고하셨습니다."

"응, 잘 있어, 루데우스."

"감사합니다."

"무슨 말을."

피츠 선배도 창문으로 나갔다. 복도로 나가려나 했는데, 창문으로 가는 편이 여자기숙사랑 가까운가…. 뭐, 아무래도 좋지만.

"후우…."

왠지 마음이 놓였다.

혹시 그대로 피츠 선배의 얼굴을 보았으면 어떻게 되었을까.

왠지 돌이킬 수 없는 일이 되었을 것 같다.

뭘 돌이킬 수 없는지는 모르겠지만, 들어가면 두 번 다시 돌아올 수 없는 세계로 끌려갈 것만 같은 기분이었다.

배경에 장미가 흐드러지게 핀 듯한 세계다.

그리고 살짝 동물 냄새가 남은 방이 남았다.

나는 모험가가 쓰는 탈취 가루를 뿌리고 침대에 누웠다.

베개에서는 평소와 다른 향기가 났다. 피츠 선배의 향기일까. 불쾌하진 않다.

"그렇긴 해도…."

이번에 여자를 둘이나 납치해서 꽤나 에로한 상황이 되었는데, 역시나 나을 기색이 없다.

봐도 만져도 안됐다.

진전이 없다.

피츠 선배와 단둘인 편이 효과가 있었다는 생각이 들 정도다.

왠지 조금 울 것만 같았다.

★　　★　　★

후일담인데, 문제의 낙서들은 다음날 지우기 전에 자노바에게 보여주었다.

자노바는 이런 걸로는 성이 차지 않는다는 얼굴을 했지만, '너는 이번에 거의 아무것도 안 했잖아.'라고 한소리, 그리고 응급처치를 겸해서 수리한 록시 인형을 보여주자 바로 얼굴을 펴고 두 사람을 용서하였다.

또 두 사람을 감금한 것으로 문제가 될 것 같았지만,

"큰일 아니다냐! 아무 일 없었다냐! 결투에 져서 방에서 얼굴에 낙서가 되었을 뿐이다냐!"

"그래…. 아무것도 없었어…. 정말로 아무것도…. 부들부들…."

두 사람이 그렇게 주장했기에 큰 문제는 되지 않았다.

잘 됐네, 잘 됐어.

막간 실피에트 2

오늘도 루디의 모습을 보았다.

복도를 걷는 루디다. 최근 자주 눈에 띈다.

고작 몇 달 전까지는 혼자서 터벅터벅 걸었지만, 지금은 자노바나 줄리나 리니아나 프루세나, 그런 사람들과 함께 있는 모습도 많아졌다.

나는 그런 그에게 말을 걸 수 없다.

낮 동안에는 줄곧 '공주님'의 시중을 들어야 한다.

가능하면 루디 쪽에서 말을 걸어 줬으면 싶지만, 아무래도 그는 나를 떠올리지 못한 모양이다.

여태까지 몇 번이나 눈이 마주쳤지만, 딱히 말을 걸어오지 않았다.

분명 '공주님'의 '종자' 중 한 명으로밖에 보지 않는 거겠지.

이럭저럭 하는 사이에 루디는 프루세나와 함께 치유 마술 교실에 갔다.

…왜 프루세나일까.

루디도 역시 저런 애가 좋은 걸까.

역시 노토스의 집안이니까 가슴이 큰 편이 좋은 걸까.

프루세나는 멀리서 봐도 알 수 있을 정도로 크다. 수족은 모두 크고, 리니아도 크지만 그 이상이다.

리니아와 프루세나는 루디를 보스라고 부르며 따른다. 같은 특별생인 탓에 거리도 가깝다.

어쩌면 이미 그런 관계가 되었을까.

그게 아니라면 루디가 프루세나와 함께 치유 마술 수업을 받는 이유를 모르겠다.

아니, 루디는 향학심이 강하니까 단순한 학습의 일환으로 치유 마술 수업을 받는 걸지도 모르지만….

하지만 프루세나와 함께 받을 필요는 없어….

수업 중에도 프루세나의 옆에 앉아서 이것저것 가르칠까.

예전에 나한테 마술을 가르쳤을 때처럼.

교과서 하나를 같이 보고 얼굴을 가까이 놓고….

우우~ 질투가 난다.

"왜 그러나요?"

'공주님'이 말을 걸어와서 정신을 차렸다.

어느 틈에 학생회실에 도착하였다. 주위에 인적이 없어서 우리뿐이었다.

"아무것도 아냐."

남들 앞에서는 최대한 경어를 쓰지만, 평소에는 다소 격식 없는 말을 하였다.

'공주님'은 그런 걸로 뭐라고 하지 않는다.

"그런가요. 아까 루데우스 쪽을 보던 모양이던데?"

'공주님'이 웃었다.

이건 분명 가짜가 아닌 웃음이다. 나를 보고 즐거워하는 웃음이다.

"아무것도 아니라니까."

살짝 울컥하였다.

"당신은 루데우스가 지나칠 때마다 그쪽을 보니까요."

"안 돼?"

"아뇨, 안 될 건 없지요."

'공주님'은 그렇게 말하더니 미소를 흐렸다.

"다만 당신을 기억하지 못한다는 점에선 루데우스에게 다소 짜증이 나네요."

"어?"

"당신은 그렇게 루데우스를 생각했는데… 그는 전혀 기억하지 못하지요?"

"뭐…. 하지만 아직 이름을 밝힌 것도 아니고. 어쩌면 기억할지도 모르지만."

이쪽은 한눈에 알았지만 저쪽은 몰라 주었다.

그 사실이 내 마음을 약하게 만들었다.

그런 생각을 하자 '공주님'이 놀란 표정으로 이쪽을 보았다.

"…이름을 밝히지 않았나요?"

"어, 어어…. 예. 밝히지 않았습니다."

솔직히 그렇게 말하자, '공주님'은 곤혹스러운 표정으로 '기사' 쪽을 보았다.

'기사' 또한 복잡한 얼굴을 하였다.

"너, 이름도 안 밝혔어?"

"아니, 어쩔 수 없잖아…. 혹시 이름을 말했는데, 그래도 기억 못 한다고 하면, 나는 큰일이야."

입을 삐죽거리며 그렇게 말하자 '기사'는 아차 하는 얼굴을 하였다.

뭔가 저질렀다는 얼굴이었다.

"뭐야? 그 얼굴은?"

"아니, 별로. 사소한 거야."

'기사'는 말하기 거북한 눈치였다.

어쩌면 내가 이름을 밝히지 않았기에 그도 뭔가 착각을 했던 걸지도 모르겠다.

"아리엘 님, 어떻게 보십니까?"

"그렇군요…. 생각 이상으로 그녀는 겁쟁이였어요."

작은 목소리지만 들린다.

물론 나는 받아칠 말이 없었다. 겁쟁이인 건 사실이고.

"…저로서는 눈에 띄는 실피의 머리칼을 보고도 모르는 루데우스가 박정하다고 생각합니다."

"그렇군요."

그 말에 나는 내 머리를 눌렀다.

어렸을 적부터 계속 놀림 받아온 내 머리를.

하지만 머리를 봐도 루디가 알아차릴 리가 없다. 머리를 봐도….

"…아리엘 님. 여기선 제게 맡겨 주시길."

"루크, 무슨 명안이라도?"

"루데우스도 노토스의 핏줄입니다. 풍만한 여자 한 명만 붙여 주면 간단히…."

"안 돼!"

갑자기 방에 커다란 목소리가 울렸다.

누구의 목소리인지 순간 알 수 없었다.

하지만 '공주님'과 '기사'가 내 쪽을 보고 있어서, 그게 내 목소리란 걸 알았다.

내가 소리친 것이다.

그걸 알고 나는 무심코 입가에 손을 댔다.

"…죄송합니다."

나보다 윗사람인 둘에게 고함을 지른 것을 일단 사과했다.

두 사람은 그걸 탓하지도 않고 나란히 복잡한 얼굴을 하고서 뭔가 속닥거리기 시작했다.

이번에는 정말로 작은 목소리라서 내용이 들리지 않았다.

내 처우일까.

아니면 루디의 처우일까.

모르겠지만, 별로 좋은 예감은 들지 않았다.

"실피."

"예."

"한 가지 물어봐도 될까요? 이전에도 몇 번 물었던 건데."

뭘까.

하지만 '공주님'은 화난 느낌이 아니었다.

이 얼굴은 아마 뭔가 답답하게 여길 때의 얼굴이다.

내가 이름도 대지 않았다고 말해서 짜증을 느끼는 걸지도 모른다.

"당신, 하고 싶은 일이 있지 않나요?"

"…없습니다. 지금은 아리엘 님을 위해 일하고 싶습니다."

다소 침묵한 뒤에 나는 그렇게 대답했다.

그러자 '공주님'은 턱을 쳐들고 내려다보는 듯한 포즈를 취했다.

이런 포즈를 취하는 '공주님'은 보기 드물다. 눈을 가느다랗게 떴지만, 웃고 있는 것처럼도 보였다. 기분이 안 좋은 걸로는 보이지 않았다.

"그런가요…."

"아리엘 님, 어쩌시겠습니까?"

"스스로는 알아차리지 못한 걸지도 모르지요."

'공주님'이 무슨 말을 하고 싶은 건지는 사실 알고 있다. 알고 있으면서 대답하지 않았다.

이건 배신의 일종일지도 모른다.

"실피."

"예."

다시 이름이 불려서 나는 차분한 마음으로 '공주님'을 보았다.

그러자 그녀는 웃었다.

평소처럼 인형 같은 가짜 미소가 아니었다.

왠지 안심한 듯한 미소였다.

이런 웃음은 1년에 한 번, 혹은 두 번일까.

아니, 그렇게 여러 번 본 적은 없다.

어디서 보았더라.

곤혹스러워하는 나를 두고 '공주님'은 말했다.

"루데우스 문제는 그렇게 서두르지 않겠어요. '피츠'를 써도 상관없으니까, 당신 마음대로 해 보세요."

그 말에 떠올렸다.

이 미소는 '공주님'과 처음 만났을 무렵에 자주 지었던 표정이었다.

마법도시 샤리아에 온 뒤로는 볼 수 없었던 표정.

티 없는 미소였다.

그 날 밤.

나는 내 방 침대 안에서 담요를 감고 다시금 생각했다.

내가 지금 하고 싶은 일.

알고 있다. 몇 달 전부터 알고 있었다.

계속 알고 있었다.

나는 루디와 친해지고 싶다.

이전처럼 친구가 되고 티 없이 웃거나 놀거나 많이 배우는 관계를 다시 쌓고 싶다.

'공주님'과 나 같은 관계가 아니다.

루디와 대등하게, 루디의 바로 옆에 설 수 있는 관계가 되고 싶다.

그것이 지금 내가 하고 싶은 것이다.

아니, 부에나 마을에 있을 무렵부터 계속 그러고 싶었다.

하지만 그건 분명히 '공주님'의 목적과는 전혀 달라진다.

"······."

'공주님'은 루디를 밑에 두고 싶어 한다.

그리고 루디는 명백히 '공주님'을 피했다. 똑똑한 루디니까 담담히 알아차렸을지도 모른다.

내가 친하게 지내려고 다가가면 당연하게도 '공주님'이 나서겠지.

그러면 루디에게 오해를 살지도 모른다. 그럴 생각으로 다가온 거였냐고 화낼지도 모른다.

어쩌면 화내지 않을지도 모른다. 루디도 남들과 마찬가지로 '공주님'에게 심취하고 '공주님'을 모시고 도와줄지도 모른다.

"우우…."

그건 싫다.

왜 싫을까.

알고 있다. 그것도 알고 있다.

루디가 다른 이들과 똑같아지는 걸 원치 않는 것이다.

'공주님'의 부하가 되어서 무릎을 꿇고 명령을 듣는 루디를 보고 싶지 않다.

'공주님'이 그런 목적으로 루디를 이 학교에 부른 건 안다.

나도 반대하지 않았다.

하지만 지금에 와선 학교에서 즐겁게 생활하는 루디를 보고 생각했다.

루디는 내게 특별한 사람이다.

그리고 그런 특별한 사람은 특별한 채로 있기를 바란다.

다른 사람과 똑같은 건 싫다.

내 친구의 밑에 있으면 안 된다.

"……."

루디와 친하게 지내고 싶고, 리니아나 프루세나와 친하게 지내는 건 싫고, 뿐만 아니라 내가 돕고 싶다고 생각하는 공주님의 부하가 되기를 바라지 않는다.

그러면 대체 어떻게 되면 좋을까.

그게 어떤 것인지 나는 알고 있다.

"우우…."

거듭 그렇게 결론을 내리자 왠지 부끄러워졌다.

무심코 담요를 껴안고 침대 위에서 몸을 웅크렸다.

얼굴이 뜨거워지는 걸 느끼면서 눈을 꼭 감았다.

나는 루디와 특별한 관계가 되고 싶은 것이다.

에필로그

이럭저럭 하는 사이에 입학한 지 석 달이 지났다.

학교생활은 단조롭다.

아침에 일어나서 트레이닝을 하고 마술 훈련을 하고 아침식사를 하고 수업을 받고 점심식사를 하고 도서관에서 조사를 하고 돌아와서 저녁을 먹고 예습복습을 하고 잔다.

그것의 반복, 실로 단조롭다.

하지만 재미있지 않냐고 한다면 그렇지도 않다.

생전에 나는 골방지기였다.

중학교에는 다녔지만, 고등학교에는 제대로 다니지 않았다. 물론 대학은 말할 것도 없다.

중학교 시절에는 없었던 학생식당이나 선택식 수업 제도. 수업 내용도 내가 흥미 있는 것뿐이다. 재미있지 않을 리가 없다.

물론 그것은 오래간만에 학교란 것에 다니는 탓도 있겠지.

그저 그리움과 신선함이 있다. 추억 보정이란 것이다.

몇 년이나 계속 다니면 질릴지도 모른다.

뭐, 그때는 그때다. 의무교육도 아니고 학력이 만사를 결정하는 세계도 아니다. 억지로 학교에 매달릴 필요도 없다.

물론 지금은 할 일이 있어서 학교에 왔다. 그것이 해결될 때까지는 학교에 계속 다니겠지.

3개월 동안 전혀 보람 없는 생활을 보낸 것도 아니다

그래, 조금이지만 변화도 있었다.

일단 줄리 이야기.

자노바와 피츠 선배랑 셋이서 구입한 드워프 노예소녀.

오렌지색의 부스스한 머리를 한 그녀는 주로 자노바가 돌봤다.

왕족이고 인형에게밖에 흥미가 없는 그지만, 줄리를 정말 잘 돌보았다.

말을 가르치고 음식을 주고 옷을 입히고, 잠자리도 준비해 주었다.

노예를 키운다기보다도 마치 동생 같은 대접이었다.

자신의 죽은 동생과 같은 이름을 주려고 한 자노바다. 분명 뭔가 생각하는 바가 있겠지.

인형에게밖에 흥미가 없는 줄 알았던 자노바의 인간미가 언뜻 보여서 왠지 모르게 기쁜 기분이었다.

줄리도 자노바를 잘 따랐다.

자노바의 말을 뭐든지 잘 듣고, 자노바가 어디에 가려고 하면 오리 새끼처럼 뒤를 종종 따라다녔다.

물론 노예인 탓도 있겠지만, 그녀가 자노바를 어떻게 생각하는지는 말없이도 알 것 같았다.

다만 그녀가 나를 보는 눈에는 이따금 공포의 빛이 있다.

뭔가를 가르칠 때는 괜찮지만, 실패하거나 시키는 것을 할 수 없었을 때면 움찔 몸을 떨고 자노바의 뒤에 숨으면서 사과한다.

마치 내가 뭔가 내키지 않으면 바로 고함을 지르면서 때리는 폭력 교사라도 되는 듯한 태도였다.

실례되는 이야기다.

나는 줄리에게 폭력을 휘두른 적은 없고, 소리친 적도 없는데.

"자노바…. 줄리가 왜 나를 이렇게 무서워하는 걸까요?"

"흠…."

축 쳐져서 자노바에게 물어보았을 때 그는 어떤 답을 하였다.

"드워프의 옛날이야기 중에 '구멍 괴물'이란 게 있습니다."

구멍 괴물.

그 괴물은 구멍 깊은 속에 살면서 평소에는 나오지 않는다.

하지만 못된 아이를 좋아해서, 굴에서 꾸물꾸물 나와서는 못

된 아이를 잡아간다.

도망치려고 해도 어느 틈에 발밑이 진창이 되어서 도망치지도 못하고, 자루에 담겨 구멍 속으로 끌려간다는 것이다.

구멍 속에 끌려간 못된 아이는 어느 날 훌쩍 돌아오지만, 마치 다른 사람처럼 착해져 있다. 자, 그럼 못된 아이는 어떻게 되었던 것일까? 라는 이야기라는 모양이다.

"리니아와 프루세나를 보고 그렇게 생각한 것 아닐까요?"

듣고 보니 분명히 나는 진흙탕 마술을 써서 리니아와 프루세나를 쓰러뜨리고 자루를 씌워서 납치감금. 자노바와 줄리가 없을 때에 피츠 선배의 도움을 받아가며 벌을 주었다.

리니아와 프루세나는 내게 대들지 않는 착한 아이가 되었다.

줄리의 눈에 나는 구멍 괴물로 보였을지도 모른다.

억지로 날 따르게 할 생각은 없지만, 날 너무 무서워하는 것도 조금 싫군.

앞으로도 꾸짖지 말고 마술을 가르치자.

마술에 성공하거든 머리를 쓰다듬으면서 칭찬하고 과자를 먹이자.

아니, 그래선 완전히 애완동물인가…. 어렵군.

변화라고 하면 리니아와 프루세나도 그렇다.

두 사람은 그 사건 이후로 나를 보스라고 부르게 되었다.

딱히 가방을 들어 주는 것도 아니고, 부하처럼 내 뒤를 따라

걷는 것도 아니다.

하지만 얼굴을 보면 고개를 숙이며 인사하고, 길에서 마주치면 길을 양보해 준다.

그것도 그렇게 굽실거리는 느낌은 아니다.

"예이, 보스, 오늘도 일찍 왔다냐."

"안녕~"

조회 시간에도 가볍게 말을 걸어오게 되었다. 거리도 가까워서 나와 자노바가 앉은 자리 바로 옆이다.

"두 분, 최근 허물없어졌네요."

"더 깍듯한 편이 좋으냐? 우리는 경어 같은 거 별로니까, 아무래도 실수할 텐데…."

"경의는 진짜야. 강한 자에게는 꼬리를 흔들지."

프루세나는 그렇게 말하면서 꼬리를 흔들었다.

리니아도 최근에 거리가 가까워진 것 같다.

어조는 그렇지만, 적어도 예전 일은 반성하는 모양이고 딱히 원한을 품은 것도 아니라서 안심이다.

게다가 무엇보다도 역시 젊은 애가 근처에 있는 건 좋군.

화사하기도 하고, 하루 종일 자노바를 보고 있는 것보다는 훨씬 좋다.

내친 김에 말하자면 이 녀석들이 이런 태도를 취하게 된 뒤로 학교 안의 불량스러운 학생들이 나를 피해 다니게 된 것도 좋군.

그런 것에 얽히지 않게 된 것만으로도 의미는 있다.

조회가 끝난 뒤에 밖으로 나갔다.

오늘도 적당히 수업을 받은 뒤에 피츠 선배와 즐겁게 도서관에서 연구다.

"어~이, 루데우스."

그렇게 생각하면서 건물 밖으로 나간 순간 엘리나리제가 말을 걸어왔다.

"잠깐 사이에 제법 친구가 늘었잖아요?"

"친구…? 아, 그렇군요."

자노바에 피츠 선배, 듣고 보니 리니아와 프루세나도 친구 같은 느낌이다.

줄리는 조금 다르지만…. 뭐, 포함해도 좋겠지.

석 달 동안 다섯 명.

역시나 학교란 느낌이다. 딱히 친구를 늘릴 생각을 한 건 아닌데 점점 늘어난다.

이런 페이스로 늘어나면 1년에 26명이 된다.

이 학교는 7년제라고 했으니까 친구 백 명도 가능하겠지.

"하지만 여자만 늘리다니, 역시나 파울로의 아들이군요."

"딱히 여자만 늘린 것도 아닌데요."

"파울로도 예전에 비슷한 말을 했어요."

분명히 주위에 여자가 늘어났다. 하지만 줄리는 노 카운트겠지.

아니, 석 달의 범주에 안 들어가지만, 엘리나리제도 포함하면 여자가 많아졌나….

물론 엘리나리제는 여자아이라고 할 수 없는 나이지만.

그러고 보니 변화라고 하자면 그녀도 변화에 들어가나.

그녀와는 이 학교에 다니기 시작한 뒤로 접점이 적어졌다. 애초부터 깊은 관계인 것도 아니지만, 며칠에 한 번 꼴로 내 얼굴을 보러 오는 정도다.

그녀도 학교생활을 만끽하는 걸지도 모르겠다.

"그보다 엘리나리제 씨는 어쩐 일인가요? 이런 곳까지 오고. 무슨 일이 있었던 것 아닌가요?"

"예, 잠시 빌렸으면 싶은 게 있거든요."

"내 건 못 쓰니까요. 다른 데를 찾아 보세요."

그녀의 학교생활은 나와 조금 다르다. 생전이라면 이미 체포되었을 식으로 즐긴다.

"아니에요. 마술교본을 기숙사에 두고 왔거든요. 가지러 가는 것도 귀찮으니까, 잠깐 빌려줄 수 있을까요?"

그런 그녀도 일단 수업에 참가하는 모양이다.

S급 모험가인 그녀가 뭘 배우는지는 모르지만, 모험가 랭크가 높아도 마술을 못 써서 고생한 에피소드는 길레느에게 들은 적이 있다. 초급 마술 정도는 배워놔서 손해 없다고 생각했을지도 모른다.

"어쩔 수 없군요…. 나도 한 권밖에 없으니까 다음에는 잊어버리지 마세요."

그렇긴 해도 역시 별로 열중하지 않겠지.

"고마워요. 이 빚은 언젠가 갚을게요."

엘리나리제는 그렇게 말하고 손을 흔들면서 떠나갔다.

자, 오늘 하루도 힘내 보자.

이때 루데우스는 자신을 향하는 두 개의 시선을 깨닫지 못했다.

하나는 배후. 조회가 끝난 교실에서 나온 한 소년의 시선.

그는 울컥한 얼굴을 한 채 루데우스에게서 눈을 돌리고 자기 수업으로 돌아갔다.

또 하나는 머리 위.

연구동 최상층에 있는, 커튼을 친 방.

거기서 엿보는 두 개의 눈은 결코 날카롭지도 않고, 시선 그 자체도 강하지 않았다.

하지만 혹시 누가 위를 올려다보았으면 전율했으리라. 어쩌면 경악에 눈을 치떴으리라.

시선의 주인이 새하얀 가면을 쓰고 있었으니까.

또 루데우스가 순조로운 학교생활을 보내기 시작했을 무렵, 동쪽 끝에서도 움직임이 있었다.

북방대지의 동쪽 끝에 있는 비헤이릴 왕국보다 더 동쪽, 바다를 넘은 곳에 있는 섬에서.

귀귀섬.

그렇게 불리는 작은 섬이다.

거기에는 '귀족鬼族'이라고 특수한 일족이 살았다.

검붉은 머리칼과 이마에 뿔이 난, '귀신鬼神'이라고 불리는 강력한 무인을 수령으로 둔 전투 집단.

그것이 '귀족'이다. 마족의 일종이지만, 인마대전에도 라플라스 전쟁에도 참가하지 않았다.

그렇기 때문에 사람들에게는 마족의 일종으로 간주되지 않고, 엘프나 드워프와 비슷하게 종족으로 인식되었다. 그렇긴 해도 기본적으로 귀귀섬에서 나가지 않기 때문에 지명도는 낮다.

귀귀섬의 존재는 모르는 사람이 더 많겠지.

그들은 배타적인 종족이다. 교우관계에 있는 인간은 비헤이릴 왕국뿐이고, 그들의 영역 안에 들어간 외부인은 용서 없이 공격을 받아 격퇴된다.

하지만 그런 종족이라도 자기가 인정한 손님에게는 마음을 연다.

현재도 손님이 한 명 있다.

그는 해인족의 배를 타고 여행을 하였는데, 이 섬이 가까워졌을 때에 흥미로 상륙. 다툼 끝에 '귀신'에게 인정을 받고 손님 대접을 받게 된 인물이었다.

그는 지내기 편한 귀귀섬에 정착했다.

싹싹한 태도로 귀신과 말하고 술을 나누고, 때로는 귀족의 젊은이와 대련을 하였다.

그런 생활을 계속해서 약 2년.

수천 년의 시간을 사는 그 손님에게 찰나와 같은 시간이었다.

어느 날 그런 손님 앞으로 편지가 도착했다.

긴급한 의뢰로 여행에 익숙한 S급 모험가를 통해 지극히 신속하게 배달된 편지.

내용은 짧고 간결했다.

[마법삼대국에 찾던 인물 있음. 몇 달 뒤, 라노아 왕국의 마법대학으로 향한다.]

그런 편지를 보고 손님은 일어섰다.

편지 내용, 그리고 손님의 얼굴을 보고 귀신이 물었다.

"갈 건가?"

손님은 크게 끄덕여서 여기에 답했다.

"음. 슬슬 가야만 하겠지."

그 말을 들은 귀족들은 저마다 말했다.

"쓸쓸해지겠어…."

"가지 말아 줘. 난 너한테 배울 게 더 많다고!" "여기서 살아도 되잖아. 마을사람들은 다 너를 인정해!"

그런 말들에 손님은 고개를 끄덕였다.

"음, 그러고 싶은 마음이야 굴뚝 같지. 하지만 인간의 수명은 짧아. 느긋하게 살다간 죽어 버릴지도 모르지. 짧은 시간이었지만 즐거웠다. 또 만나자고."

다만 귀족의 리더인 '귀신'은 붙잡지 않았다.

'건강해라'라는 딱 한 마디만을 말했다.

귀신의 말, 그것이 귀족의 결정이다.

"그래…. 대인의 결정이라면…."

"어쩔 수 없지…."

아쉬움을 느끼면서도 다른 이들은 결정에 따랐다.

하지만 아쉬움은 사라지지 않았다.

"그럼 하다못해 잔치를 열까?"

그런 말에 따라 귀족의 마을에서 성대한 잔치가 열렸다.

귀족의 실력을 자랑하는 씨름 같은 경기나 술 마시기 경쟁 같은 게 열리고, 귀신도 손님도 크게 즐겼다.

그리고 손님은 기분 좋게 떠나갔다.

어느 날 갑자기 와서 2년 가까이 마을에 머무른 싹싹한 남자.

귀신과 싸우고 졌다가 다음날에는 되살아나서, 몇 번이나 쓰러졌다가 되살아나고, 그러다가 어느 틈에 귀신과 친해진 불사신 남자.

시커먼 피부와 여섯 개의 팔을 가진 대장부.

"푸하하하하! 기다리고 있어라!"

그는 서쪽으로 향했다.

어느 나라는 그의 갑작스러운 내방에 놀라서 상급 마술을 퍼붓고, 어느 나라는 그의 갑작스러운 내방에 놀라서 공물을 준비했다.

하지만 그는 그 모든 것을 무시. 돌진하듯이 서쪽으로 향했다. 산을 넘고 계곡을 넘어, 인간의 정보전달 속도를 능가할지도 모르는 속도로.

각국이 그의 목적을 캐려고 들 즈음에 그는 그 나라를 통과하여 다음 나라에 도달했다.

서쪽으로, 서쪽으로.

압도적인 속도로.

그 목적지는 라노아 왕국이었다….

번외편

줄리엣 매너

어느 날 점심시간.

나는 자노바와 줄리와 함께 식당 밖에서 식사를 하고 있었다.

흙 마술로 만든 의자는 다소 불편하고 사람들의 시선을 좀 받았지만, 양달에서 먹는 식사도 괜찮으니까 최근에는 우리를 따라서 밖에서 먹기 시작한 사람도 있을 정도였다.

특히나 식당 1층에서 식사하는 이들 중에 그런 사람이 많았다.

원래 밖에서 식사하는 것에 별로 저항이 없는 층이다.

다만 그런 이들은 다소 행동거지가 안 좋다.

지금도 포크나 스푼을 쓰지 않고 손으로 집어먹는 이들이 있다.

나나 자노바는 상관없지만, 그런 사람이 주위에 있으면 줄리가 따라──.

"아."

줄리를 보니 마침 베이컨을 손으로 집어먹으려는 참이었다.

"아니, 똑바로 포크를 써야지."

다급히 말하자 줄리는 흠칫 몸을 떨더니 베이컨을 접시 위에 떨어뜨렸다.

그 모습을 보고 자노바가 어깨를 으쓱였다.

"스승님, 그 정도는 괜찮지 않습니까?"

"아니, 고치는 편이 좋겠죠. 손으로 집어먹는 건 버릇없습니다."

"흠…. 실론에서는 때때로 손으로 먹기도 합니다만."

"하지만 기본적으로는 식기를 사용하지요? 이런 건 처음이 중요합니다."

그렇게 말하면서 줄리를 보니 당근을 접시 가장자리로 치워놓은 것도 보였다.

이 동네의 당근은 생전의 것과 달리 풋내가 나고 쓴맛이 있어서 맛이 별로지만….

"음, 당근도 남기지 말고 먹어야지."

"스승님…. 그 정도는 괜찮지 않습니까?"

"안 됩니다."

내가 딱 잘라 말하자 자노바는 한쪽 눈썹을 쳐들고 울컥한 것처럼 입술을 일그러뜨렸다.

"그건 줄리가 노예이기 때문입니까? 분명히 노예란 걸 생각하면 우리가 주는 음식을 남기는 건 안 될지도 모릅니다. 하지만 최대한 노예 취급하지 않기로 결정한 것은 스승님 아닙니까."

"그런 게 아니에요. 뭐라고 할까…. 싫은 건 안 하면 된다는 의식으로 있다간 여차 할 때에 노력할 수 없어질 것 같습니다."

"흠? 하지만 다행스럽게도 제게는 돈도 있고 음식 때문에 고생할 걱정은 없습니다. 저도 먹을 것이 없을 만큼 곤궁하다면 모르겠지만, 지금은 그렇지도… 않지요?"

줄리를 보니, 그녀는 급식시간에 음식을 남긴 초등학생 같은 얼굴로 당근을 바라보고 있었다.

마치 저지르지도 않은 잘못에 대한 벌을 받는 듯한 표정이다.

"…으음."

하지만 분명히 '잘못'은 아닐지도 모른다.

돌이켜보면 모험가 시절에는 손으로 음식을 집어먹는 사람이 얼마든지 있었고, 마대륙에서는 손으로 음식을 집어먹는 문화를 가진 종족이 있었다.

조금 답답했지만, 내가 생전의 지식에 붙잡혀서 이치에 안 맞는 말을 했을 가능성도 있다. 생각해 보면 생전에도 손으로 음식을 집어먹는 문화는 있었다. 게나 감자칩이나 핫도그 같은 것.

개인적으로는 고치는 편이 낫다고 생각하지만, 거기에 너무 사로잡힌 걸지도 모른다.

"스승님이 꼭 그래야 한다고 하신다면 저도 주의하겠습니다만, 인형 제작에 관계없는 일이니까…."

줄리의 장래를 위한 일이라고 생각하지만, 그녀가 그런 요구를 받을 일 없는 인생을 보낼 가능성은 지극히 높다. 장인에게 좋은 테이블매너는 요구되지 않는다. 자노바가 데리고 있겠다면 왕실에 고용되는 거니까 쓸 상황도 있겠지만, 고용한 자노바가 그녀에게 그건 필요 없다고 한다면 뭐라고 할 사람도 없겠고….

"왜 그러나요?"

생각에 잠겼는데 뒤에서 누가 말을 걸어왔다.

돌아보니 엘리나리제가 서 있었다. 식사를 끝마친 모양인지,

입가에 살짝 소스가 묻어 있었다.

"아뇨, 줄리의 테이블 매너에 대해 잠시 말하고 있었지요. 손으로 먹는 건 안 된다든가, 편식은 안 좋다든가."

"흐응."

"엘리나리제 씨는 어떻게 생각하나요?"

"그렇군요….".

그렇게 묻자, 그녀는 잠시 생각한 뒤에 뭔가 못된 생각이라도 떠올렸는지 빙그레 웃었다.

"줄리, 잘 봐요. 손으로 집어먹어도 이렇게 하면 된답니다."

그녀는 내 접시에서 두껍게 썬 베이컨을 하나 손가락으로 집어서 높게 쳐들더니 입을 크게 벌렸다.

턱을 쳐들었기에 목덜미부터 쇄골까지의 하얀 피부가 눈에 띄고, 싫어도 가슴이 눈에 들어왔다. 그리고 붉은 혀가 핑크색 베이컨으로 다가가는 모습은 요염해서, 입가의 소스를 핥고 싶다는 안 좋은 뭔가가 연상….

"버릇없어요!"

무심코 엘리나리제의 뒤통수를 때렸다.

"아앙!"

얻어맞은 반동으로 베이컨은 그녀의 손을 떠나서 하늘을 날아 포물선을 그리며 지면에 떨어져갔다.

다음 순간 타닷 소리를 내며 뭔가가 지면으로 떨어지기 직전의 베이컨을 캐치했다.

"후우, 아슬아슬했네."

프루세나였다.

그녀는 멋지게 입으로 베이컨을 캐치해서 그걸 누구에게도 빼앗기지 않겠다는 듯이 우물우물 입 안에 밀어 넣고 꿀꺽 넘긴 뒤에 이쪽으로 다가왔다.

한심하다는 얼굴의 리니아도 함께였다.

"아무리 보스라도 고기를 함부로 하면 안 돼. 배가 불러서 버리는 거라면 내가 다 먹을게."

프루세나는 화난 얼굴이었지만, 베이컨이 맛있었는지 그 꼬리를 선풍기처럼 휘두르고 있었다.

그런 프루세나를 무시하고 리니아가 흥미 있다는 눈으로 우리를 주욱 둘러보았다.

"싸우는 거냐? 어쩐 일이냐, 자노바가 보스에게 대들다니."

"딱히 대든 건 아니고, 그저 의견이 조금 달랐을 뿐입니다."

"그런 말 해도 되겠냐~? 보스의 기분을 해치면 네가 좋아하는 인형도 안 만들어 줄지 모르는데냐~?"

"흥, 스승님은 그 정도로 심사가 뒤틀릴 만큼 속 좁은 분이 아니지."

그렇죠? 라는 얼굴로 이쪽을 바라보는 자노바의 확신에 가슴이 찡했다.

그리고 나는 기분을 해친 것도 아니다. 조금 답답했을 뿐이다.

"어, 그렇지. 그 점에 대해 두 사람에게 물어보고 싶은 게 있는데요."

"뭐냐?"

"테이블 매너에 대한 건데…."

나는 두 사람에게 지금 이야기를 들려주었다.

손으로 음식을 집어먹는 걸 어떻게 생각하는가, 음식을 가리는 걸 어떻게 생각하나.

"매너는 중요해."

그러자 프루세나가 스윽 앞으로 나섰다. 밥 이야기라면 맡겨달라는 듯이.

"특히나 식사 때에 손으로 음식을 집어먹는 건 절대로 해선 안 돼."

의기양양하게 말하는 프루세나의 손에는 말린 고기가 들려있고, 지금도 그 고기를 우적우적 씹고 있었다.

거리낌 없이 손으로 음식을 집어먹는 모습에 설득력은 전혀 없었다.

어쩌면 그녀에게 이건 식사가 아닐지도 모르지만.

"설득력 없는 프루세나의 변명은 넘어가고, 숙녀의 매너는 중요하다냐. 게다가 편식은 말도 안 된다냐."

"고기는 다르지. 리니아도 저번에 건포도 남겼잖아."

"그건 인간이 먹을 게 아니다냐. 먹으면 배탈난다냐."

"변명이잖아."

눈씨름을 벌이는 두 사람에게 설득력이라곤 없었다.

역시 이 두 사람에게 물은 게 잘못이었다.

말하는 바는 틀리지 않았을 텐데, 줄리가 잘못된 숙녀로 자랄 것 같다.

"……."

봐, 줄리도 곤혹스러운 표정을 하잖아.

"어라? 다들 모여서 뭐 하는 거야?"

그때 피츠 선배가 나타났다.

"마침 잘 왔습니다. 내 말 좀 들어보세요, 피츠 선배!"

"어? 왜?"

피츠 선배는 평소에 아슬라 왕족의 호위로 생활해 그 자신도 기품이 있다.

그런 그라면 정답을 잘 알 터이다.

"실은 이리저리, 이러쿵저러쿵."

"이리저리… 뭐?"

"실은 줄리의 테이블 매너에 대해 이야기하고 있었죠."

이러쿵저러쿵이란 말로는 통하지 않았기에 자세히 설명했다.

그러자 그는 턱에 손을 대고 으음 소리낸 뒤에 고개를 들었다.

"지금은 아직 괜찮지 않을까?"

"…호오, 그 마음은?"

조금 의외다.

피츠 선배니까 바로 매너를 가르쳐야 한다고 말할 줄 알았다.

어렸을 적부터 마술(매너)을 사용하면 마력(매너)은 평소의 두 배든 세 배든 된다고.

"그 애는 지금 루데우스에게 흙 마술을 배우고 있지. 그러면서 자노바의 시중도 들고 있어. 배울 것, 익힐 것이 많아서 힘든 시기라고 생각해. 매너는 배울 게 꽤 많으니까 다 어중간해질지도 몰라."

"그렇군요."

이것도 일리 있다.

식사와 자는 시간에는 배우는 것을 잊고 머리를 식히는 편이 좋다는 생각도 있다.

"물론 언젠가는 배우는 게 좋겠지만, 제대로 배우는 건 내년이나 내후년이라도 좋지 않을까?"

내 설명이 좀 안 좋았을지도 모른다.

확실히 가르치는 게 아니라 최소한 지켜야 할 것으로서의 가르침…. 아니, 똑같은 말인가.

"으음…."

하지만 이걸로 찬성 3에 반대 3. 똑같아졌다.

어떻게 할까. 다수결로 정할 일은 아니라고 생각하지만.

"……."

그렇게 생각하면서 줄리를 보자, 그녀는 불안한 얼굴로 주위를 보았다.

그러고 보면 그녀는 어떻게 하고 싶을까.

테이블 매너는 있는 편이 좋다고 생각하고 없으면 문제가 될 일도 있겠지만, 없다고 죽는 건 아니다. 절대는 아니다.

…그럼 그녀의 의견을 들어볼까.

절대가 아니라면 결국은 그녀가 어떻게 하고 싶은지가 문제다.

그녀가 어느 쪽을 정해도 다수결로 숫자도 맞춰지니까 모가 나지 않는다.

"좋아. 줄리, 네가 정해."

그렇게 말하자 줄리는 놀란 얼굴로 나를 보았다.

자기에게 선택권이 있다고 생각하지 않았던 얼굴이었다.

"……"

줄리는 어쩔 줄 모르는 얼굴로 주위를 보았다.

자노바, 엘리나리제, 리니아, 프루세나, 피츠 선배.

줄리는 그들을 한 번 둘러본 뒤 내게 돌아와 겁먹은 시선을 보냈다.

"어느 쪽을 택해도 화 안 낼 테니까 마음에 드는 쪽을 골라."

"아, 예…"

그렇게 말하면서도 '아차, 이건 실수한 걸지도 모르겠다' 싶었다.

생각해 보면 그녀는 당근을 먹기 싫으니까 피했다. 포크를 쓰는 건 그렇다고 해도 먹기 싫은 것을 먹지 않아도 된다고 하면 그야 안 먹겠지.

뭐, 하지만 괜찮나.

"…음!"

그렇게 생각했을 때, 줄리는 결심한 것처럼 포크를 쥐었다.

역수로 든 포크로 당근을 찌르더니 그걸 단숨에 입 안에 넣고 눈을 꾹 감으며 우물우물 씹었다. 그리고 웃 소리 내어 한 차례 주저한 뒤에 울상을 하면서 꿀꺽 삼켰다.

"꿀꺽꿀꺽… 후아아…."

마지막으로 컵의 물을 마시고 코로 숨을 흐읍 들이마셨다가 입으로 내뱉었다.

달칵 하고 컵을 내려놓고 내 쪽을 보았다.

'어떻습니까? 이거면 됐습니까?'라고 말하는 듯한 자신만만한 얼굴.

"…잘 먹었습니다! 장해요!"

그 표정에 나는 순간 얼떨떨했지만, 곧 칭찬하면서 그녀의 머리를 쓰다듬었다.

"잘 먹었다! 장해!" "훌륭하군요!" "이제 다음부터는 무섭지 않다냐." "용감하네." "잘했어!"

나와 마찬가지로 얼떨떨해하던 주위도 따라서 칭찬을 하였다.

"…예!"

줄리는 그들의 말에 미소 지었다.

그녀와 만난 뒤로 처음 보는, 자신 있고 자랑스러운 미소였다.

나는 기뻤다.

사소한 일이지만, 한 어린 소녀가 싫어하는 것으로부터 도망치지 않았다는 사실.

그녀는 지금 싫어하는 것을 극복하고 자신을 얻었다. 그것이 내게는 내 일처럼 기뻤다.

"내일부터 테이블 매너도 확실히 가르쳐 주지."

"예, 부탁, 드립니다. 그랜드, 마스터."

노예가 테이블 매너를 배우는 것이 옳은지는 모른다.

하지만 그녀가 만사에게서 도망치지 않는 것은 분명 옳은 일이다.

진지한 표정으로 끄덕이는 그녀를 보고 나는 그렇게 생각했다.

8권 끝

무직전생

줄리엣

노예옷

사이드 1

캐릭터 디자인안
줄리엣&피츠

선글라스 없음

피츠

프루세나

캐릭터 디자인안
프루세나&리니아

리니아

남자 교복

✤ 결정안

여자 교복

✤ 결정안

교복 디자인

엠블럼 →

무직전생 ~ 이세계에 갔으면 최선을 다한다 ~ **8**

2017년 1월 7일 초판 발행
2023년 5월 10일 7쇄 발행

저자	리후진 나 마고노테
일러스트	시로타카
옮긴이	한신남

발행인	정동훈
편집인	여영아
편집 팀장	황정아
편집	노혜림

발행처	(주)학산문화사
등록	1995년 7월 1일
등록번호	제3-632호
주소	서울특별시 동작구 상도로 282 학산빌딩
편집부	02-828-8838
영업부	02-828-8986

ISBN 979-11-256-7379-8 04830
ISBN 979-11-256-0603-1 (세트)

값 8,800원